글쓰기의 시작은
자서전 쓰기에서

글쓰기의 시작은
자서전 쓰기에서

이정미

세상의 모든 글쓰기는 자서전처럼
자신의 모든 과거 체험의 기억에서 시작한다.

청년기 중년기 노년기
별거라도 글을 쓰고자 한다면
내 인생의 흘러간 기억에서 글감을 찾고 의미를 찾아보자

생각나눔

책머리에

　　　　　　이 책은 자서전 쓰기의 지침서이면서 넓게 보면 일반적인 글쓰기 지침서의 하나이다. 글쓰기를 처음 시작하려는 분들에게 자서전 쓰기를 권장하고자 하는 의도에서 썼다. 그래서 이 책에서는 자신의 인생을 사랑하며 열심히 살아온 사람이라면 누구나 훌륭한 자서전을 쓸 수 있다는 전제에서 자서전 쓰는 방법을 말하고 있다.

　사람은 나이를 먹을수록 누구나 추억거리가 많아지는 만큼 글로 쓸 거리를 늘 지니고 있기 마련이다. 그런 점에서 자서전은 쓸 가치가 있는 글이다. 자서전은, 생애를 회고하며 쓰는 글이고, 생애의 주기마다 지녔던 독자적인 체험이나 주제를 발굴해서 쓰는 글이다.

　그런 점에서 모든 글쓰기의 시작은 자서전 쓰기라고 할 수 있다. 또한, 자서전 쓰기를 통해서 글쓰기의 기초나 정석을 익힐 수가 있으며, 더 나아가 자신의 인생을 통찰하며 자신의 인생 변화를 이룰 수 있으며, 자기 계발에도 참조할 수 있다.

　혹자는 바쁜 현대를 살면서 현재의 문제를 해결하기에도 바쁜데 새삼스럽게 무슨 지나온 유년 시절부터 떠올리며 과거 일기장을 들추어내냐면서 자서전 쓰기의 무익함을 주장할지도 모른다. 그렇지만 기억하는 과거 체험 그 자체가 현재의 자신이라는 말이 있지 않은가?

모든 문학작품도 어차피 과거 체험을 바탕으로 창작된다.

새천년도에 들어 현대인의 마음 치유, 힐링, 참살이 경향에 편승하면서 자서전 쓰기가 대중화되었다. 자서전 쓰기에 대한 지침서도 적잖게 나왔다. 한때 노인복지관과 도서관에서 자서전 쓰기 지도 강사를 해본 내 경험에 의하면, 기억나는 대로 써서 효율적으로 내용을 구성해서 자서전을 완성하는 분도 있었지만, 자신의 살아온 이야기 중에서 어떤 이야기를 선택해서 어떻게 표현해서 자서전을 쓸지에 대해선 난감해하는 분들도 적지 않았다.

그래서 자서전이 지니고 있는 과거 기억의 힘을 가지고 어떻게 소재거리를 찾아서 직접 써 볼 수 있는지 그 방법을 제시하기 위해서 이 책을 썼다. 동시에 산문 글쓰기를 처음 시도하려는 분에게 우선 자서전 쓰기를 통해서 글쓰기 능력을 키우도록 하자는 의도에서 이 책을 썼다.

part 1에서는 모든 글쓰기의 기초를 익히자는 취지에서 자서전 쓰기와 관련을 지으면서 글쓰기의 시작 단계를 설명하고 있다. 이어서 자서전을 다른 종류의 글과 비교해서 자서전이 어떤 성격과 특징을 지닌 글인지 상세히 밝히고 있다. 자서전을 완성하기 위해서 우선 과거 기억에 따른 자기 성찰의 효과에 대해 설명하면서 자신의 과거를 어떤 방법으로 기억하며 그것을 현재 관점에서 어떻게 해석하여 자서전에 쓸 것인지 그 방향성을 제시했다.

part 2에서는 자서전을 쓰기 위한 준비 단계로서 연습장에다 인생 주기표를 만들어 기억을 되살리며 쓸 것을 유도하고 있다.

part 3에서는 자신의 인생에서 지녔던 많고 다양한 체험담에서 어떤 이야기를 선택해서 내용을 채울 수 있는지 그 방법을 예를 들면서 설명했다. 그 외 이어지는 내용에서는 자서전을 제대로 쓰기 위한 여러 부수적인 실천 사항과 비법을 제시했다.

아무쪼록 이 글이 자서전을 쓰려는 분들에게 많은 도움이 되기를 바란다.

이 책의 출판을 허락해 준 생각나눔 출판사에게도 고마움을 전한다.

2021년 8월 10일
저자 이 정 미

PART 1
글쓰기의 기초 그리고 자서전

내 인생은 내가 창조하는 작품이다.
'나'라는 존재는 한 권의 작품이며, 그 저자이다.

위 두 문장은, 자신의 인생은 결국 하나의 작품으로 창조될 수 있으며 그래서 누구나 글쓰기가 가능하다는 것을 말한다. 이것을 근거로 자서전 쓰기의 합당성을 설명하려고 한다.

태초에 삶이 있었다. 사람들은 언어로 소통하기 이전에 생각부터 했었다. 말을 하지 못하는 갓난아이에게도 생각과 정서가 있다고 한다. 사람이 존재하는 한, 생각하는 행위는 영원하며 절대적이다. 생각하는 행위를 철학적으로 표현한다면 '나'를 주인공으로 세우고 '나'를 찾은 행위이다. 그 결과 반성과 비판을 하며 깨달음에 빠진다. 사람은 생각하기 때문에 소통을 할 수 있고, 소통에 필요한 언어를 만들고 사용한다. 언어 사용은 인간이 지닌 문화적 특성이며 정신활동

중 하나이다. 그중 문자언어로 나타내는 글쓰기(writing, 작문)는 그 자체만으로 생각을 유도하고 의사소통을 이룬다. 진정한 의사소통이란 상대방을 존중하며 상대방과 조화를 이루고, 상대방에게 공감을 주도록 전달하는 것이다. 더 나아가 주고받는 상황과 상대방 사정에 맞게 자신의 뜻과 정서를 표현하고 전달하고 설득하는 것이다. 글쓰기도 근본적으로 이런 기능을 지니고 있다.

글쓰기란 외국어를 익히기 위해 연습장에다 외국어 단어나 문장을 익히기 위해 종이에 베껴 쓰는 전사(傳寫, copy) 행위는 분명 아니다. 무언가 의미가 담겨 있으며 독자로선 그 의미를 해석할 수 있는 수준으로 쓰는 것을 일컫는다. 글쓰기란, 무언가 새롭고 또한 고도(高度)의 의미를 창조하고 발견하기 위한 의사전달 행위이다. 글쓰기란, 삶을 쓰는 것이며 생각을 쓰는 것이다. 문학작품 역시 인물들의 삶을 재현(再現)하고 형상화하는 것이다. 자서전 쓰기도 바로 이와 같다.

1.
글재주가 없어도
누구나 쓸 수 있는 자서전

글이란 어떤 것인가? 글은 표현되고 기록된 형태이며, 일정한 구성과 주제를 지니고 있다. 모든 종류의 글에는 내용이 있고, 내용을 이루는 바탕이 있다. 그것은 쓰는 사람의 체험, 지식, 생각, 정서 등이다. 그래서 글을 쓴다는 것은 살면서 무언가 체험을 했고, 무언가 느끼고 깨닫고 알고 생각한 것을 담고 있는 작업이다. 하다못해 매일 쓰는 일기에서도 그와 같은 요소를 발견할 수 있다.

자서전 쓰기는 자신의 삶을 그대로 쓰는 것이기에 모든 글쓰기의 시작이라고 할 수 있다. "나는 ~년 ~에서 태어났다", "나는 현재 ~을 하며 산다."라는 식으로 정확하게 표현하는 것에서 시작한다. 자서전은 우선 표현에서 현학성을 요구하지 않는다. 그저 효과적인 전달을 위한 구체적이고 정확한 표현, 간결하면서도 효과적인 표현을 요구한다. 시중에 발표된 자서전치고 어려워서 이해가 안 간다는 평을 받은 자서전은 여태 접한 적이 없다. 시, 소설, 희곡, 시나리오와 같은 본격 문학 장르는 서사물에 속하는 픽션(fiction)이라서 상상력, 허구성, 문학적 형상화에 따른 문장기법이 요구된다. 그 반면 자서전은 자신이 살아온 삶을 기억에 의존해서 하나의 이야기로 만들면서 쓰기에 상상력과 허구적 스토리를 애써 구상하는 수고가 필요하지 않다 보니 비교적 쓰기에 부담이 없는 글에 속한다. 자서전은 시인이나 소설가처럼 일정한 자격을 갖춘 문인만 쓰라는 법은 없다. 표현과 발표의 자유가 있는 한에는, 출판 비용만 댈 수 있으면 누구나 쓰고 발표할 수 있는 글이다. 한 편의 글이나 책을 쓴다는 것은, 많은 자료 수집 단계를 거치는 것이라서 대학교수가 강의록을 저술하거나 논문을 작성하고 발표하는 것과도 같다. 자서전에서 자료란, 바로 자신의 살아온 인생, 그리고 깊은 사색이다.

자서전은 넓게 보면 하나의 삶을 담고 있는 이야기이다. 삶 자체는 이야기를 낳는다. 우리는 유년기를 거쳐서 성장하다 보면 나름대로 세계를 인식하게 되고, 그에 따라 보편적인 주제나 교훈성을 담은 이야기를 만들어내기도 한다. 우리가 과거부터 현재까지 꾸려왔고 지금도 꾸려가고 있는 삶은 이야기를 낳는다. 동시에 그 이야기는 우리의 삶을 지배하기도 한다. 각자 살아온 내력은 한 편의 이야기가 되고, 그 이야기에 지배를 받아서 현재 삶을 꾸려나간다는 것을 뜻한다. 이처럼 삶과 이야기는 병행한다. 그래서 우리는 글쓰기의 기초 단계로 자서전을 쓸 수 있고, 더 나아가 다른 종류의 글쓰기에도 도전할 수 있는 것이다.

자신의 체험으로 인해 쌓아 둔 이야깃거리가 확고하다면 화려한 글 재주가 있는지 없는지에 대한 고민은 일단 접어두시길 바란다. 자서전을 쓰고자 하는데, 글재주가 없다 해도 고민하지 말자는 것이다. 언젠가 훌륭한 글을 유창하게 쓸 수 있다는 자부심을 가지고 "천 리 길도 한 걸음부터."라는 말을 새기며 자서전부터 써보자는 것을 제안하는 바이다.

모든 글의 창작 계기가 그러하듯이, 글에는 쓰지 않으면 안 될 자신만의 절실한 욕구가 담겨 있다. 쓰고자 하는 절실한 그 무엇이 있다면 글쓰기는 진행된다. 좋은 글의 요소 중에는 내용의 충실성(성실성), 진정성, 진실성이 있는데, 내용에서 충실성이 있다면 진정성과 진실성도 따른다. 자신이 살아온 생애에 대해 확실히 알기 때문에 자서전을 쓸 수 있는 것이고, 그 내용에 대해 진정성과 진실성을 갖출 수 있다. 이처럼 무언가 표현하고자 하는 내용과 주제만 확실하다면, 화려한 표현력을 자랑하는 글재주는 이차적인 문제이다. 세종대왕의 「훈민정음 서문(1446)」과 링컨의 「게티즈버그 연설문(1863)」을 보면 그 어떤 화려한 수사법이 없이 꼭 필요한 말만 정확하게 전달하고 있어서 오늘날까지 심금을 울리고 있다. "나랏말ㅆ미 中듕國귁에 달아 文문字쫑와로 서르 ㅅ뭇디 아니홀ㅆㅣ(조선의 말이 중국과 달라서 서로 통하지 아니하므로)"로 시작하는 세종대왕의 글은 요즘 식으로 보고서나 기획서의 머리말에서 보는 단순한 수준의 문장이다. 오직 애민정신, 자주정신, 실용정신에 입각해서 훈민정음을 창제한다는 그 취지만 강하게 부각되어 있다. 「게티즈버그 연설문」 역시 꼭 필요한 말로만 국민들 정서에 호소하기에 명문이라 할 수 있다. 이 두 글에선 쓰지 않으면 안 될 그 나름의 절실함을 읽을 수 있다. 사람이 무언가 도움을 요청하느라 또는 긴히 하고자 하는 말이 있어서 편지를 쓰거나 탄원서를 쓸 때, 술술 잘 써지는 것도 그와 같은 이유에서 비롯된다. 당장 자신에게 필요하고 다급한 일이며, 자신이 상세히 알고 있기 때문이다. 소설 창작에서도 소설가 자신이 현실에서 직접 체험했던 사건이나 목격했던 현장 이야기를 소설로 각색하고자 한다면 비교적 수월한 창작이 되는 것과 같다.

글쓰기 양상은 디지털 시대가 되자 새롭게 변모되었다. 인터넷 영상 언어에서 보듯이 부담 없이 재미있게 전달하는 이미지 중심의 소통 형태는 글쓰기에서 혁신을 가져왔다. 인터넷을 통한 자유로운 글쓰기 풍조는 대중적 글쓰기를 유행하게 했다. 파워포인트로 작성한 내용에다 명사형으로 종결하는 문장으로 강의하는 새로운 소통 형태도 낳았다. 2010년도부터 보급된 스마트폰은 사람들과의 소통을 빠르고 편리하게 해 주었다. 수시로 어디에서든 검색하고 실시간 정보를 접하고 이메일을 확인하게 되었다. 원하는 내용은 어디에서든 쉽게 검색하고 복사해서 공유할 수 있다. 이어 카카오톡, 페이스북, 트위터로 인해 개인들 간의 실시간 소통이 활발해졌다. 그 소통은 짧은 분량의 메시지라 해도 결국 글쓰기로 인한 소통이다. 인터넷 글쓰기나 스마트폰 문자메시지 쓰기는 구술(口述) 언어를 즐기듯 자유롭고 부담 없는 글쓰기 습관을 낳았다. 하고 싶은 말을 진솔하고 물 흐르듯이 자연스럽게 표현할 수 있게 되었다. 노자의 『도덕경』 8장에 나오는 "상선약수(上善若水)"라는 말처럼 구술(口述)언어를 구사하듯이 글도 물 흐르듯 쓸 수 있게 된 것이다. 이에 따라 글재주가 없는 사람은 검색을 통해 좋은 표현의 글을 쉽게 접하고 베끼기도 한다. 아무리 그렇다 해도, 글쓰기는 여전히 인위적 노력을 요하는 작업이다. 연습장을 버려가면서 글을 자꾸 써보는 것에서 진정한 글쓰기 훈련은 시작한다.

디지털 영상 미디어(이메일, 게시판, 각종 사이트, 블로그, 카페 등등)를 이용한 글쓰기를 한데 묶어서 '미디어 글쓰기'라고 한다. 미디어 글쓰기의 종류로는 기사문부터 광고, 생활글, 비평, 논문까지 다양하고 무한정하다. 원고지 대신에 PC로 쓰는 것, 우체통에 넣는 것을 이메일이 대신한 것은 글쓰기의 환경변화일 뿐이다. 키보드를 두드리며 PC에 저장하며 글을 완성하는 시대에도 글쓰기 수련 작업은 여전히 존재한다. 문자메시지를 쓰고, 인터넷상에서 부담 없이 작성하는 자유로운 글쓰기는 누구에게나 글쓰기 능력의 향상을 가져다준 것은 아니다. 여전히 글쓰기를 두려워하고 글쓰기에 유창하지 못한 사람들은 있고, 글쓰기의 규범은 존재한다. 글쓰기의 재주가 없어도 일단 누구나 접근해서 쓸 수 있는 자서전 역시 규범을 요구하는 글이다. 자서전도 하나의 작품이라서 독자를 의식하며 써야 하고 최소한 글쓰기의 정석을 담아야 한다.

1-1. 글을 쓰는 목적과 그 기능

앞서 글을 쓰는 이유는 자기표현과 효과적인 의사소통에 있다고 했다. 이에 대해 좀 더 상세하게 살펴보기 위해 글 쓰는 목적과 그 기능을 정리해 본다.

1) 자신의 정서, 생각, 사상 등을 정리하여 표현 욕구를 충족한다.
2) 사회적 존재인 나 자신을 드러내며 사회적 참여를 이룬다.
3) 건전한 정서를 기르고 문화적 창조 활동에 공헌한다.
4) 자신과 그 주변 상황, 세상에 대한 이해력을 키운다.
5) 문제 해결력을 기르고, 자기 계발에 힘쓰며 삶의 변화를 이룬다.

신영복의 『처음처럼(돌베개, 2016)』에서는 창(窓)과 문(門)의 차이점을 설명한 대목이 나온다. 사람은 오직 손으로 창문과 문을 열고 닫는다. 창은 실내에서 실외를 바라보는 기능이 있기에 고요함, 관조, 명상 등의 정서를 연상한다. 문은 밖으로 나가는 통로라서 현장성, 실천, 진보성의 느낌을 준다. 창과 문의 차이점을 글쓰기 작업에 비유해 본다면 창은 생각이고, 문은 실천이다. 창가에 앉아서 머릿속으로 구상했으면, 문을 열고 나가듯이 문자로 표현해야만 글이 된다.

글은 근본적으로 자기표현 본능에서 분출되는 언어예술이라서 문을 열고 나가듯이 세상과의 능동적 소통이 되며, 카타르시스(catharsis)라는 마음 치유 기능을 나타낸다. 문자언어로 나타내는 글쓰기와 음성언어로 나타내는 발설(發說)에는 모두 마음 치유 효과가 있으며, 분열된 것들을 통합, 정리해 준다. 글쓰기가 지닌 표현 욕구는 문학작품의 발생 요건 중 하나로 거론되는 '자기표현 본능설'을 말한다. 카타르시스라는 용어와 「임금님 귀는 당나귀 귀」 설화가 그것을 말해 준다. 사람은 무언가 정신적 욕망의 실현을 위해서 글을 쓴다. 자신의 희로애락이 담긴 인생담을 공유하려는 의도에서 그리고 자신의 존재를 드러내고자 자서전을 쓴다면 자서전 역시 기본적으로 표현의 욕구를 지니고 있다.

글쓰기는 쓰는 사람의 마음, 생각, 정서 등을 가다듬는다. 개인적으로는 자아를 탐구하고 실현하고 완성하는 길이요, 공적으로는 세상의 변화, 문화 창조 등을 지향한다고 하겠다. 글은 세상을 향한 지식을 품고 있다. 세상의 지식에 의해, 세상의 지식을 위해 글을 쓰는 것이다. 글쓰기는 개인적으로는 지식과 정보, 의미를 생산하는 행위라서 모든 학문연구의 기본도 글 읽기와 글쓰기에서 시작한다.

글쓰기 중에서 아름다움을 추구하는 문학예술 창작 글쓰기는 세계와 삶의 본질을 나타낸다. 자서전을 쓰는 것에서도 이런 기능이 나타나 있다. 작가들은 눈에 보이지 않는 실존에 대한 결핍감을 못 이겨 상상력을 발휘해서 시나 소설을 창작하며 삶의 본질을 추구한다. 사회적 억압이 있는 상황에서 작가들은 약자로서 역사에 남고 싶은 충동에 최후의 항변을 한다는 신념에서 글을 쓴다. 문학은 원래 모든 자연현상과 사물을 비롯한 인간사를 깊게 이해하고 가치 있는 사상과 경험담을 공유하기 위해서 창작된다. 그런 점에서 문학 창작 글쓰기는 숭고미, 비장미 등의 아름다움을 추구한다. 자서전도 이처럼 내용이나 표현에서 문학적 미를 추구할 수 있다.

이광수의 장편 『무정(1917)』에서는 저자가 독자를 설득하며 장악하려는 자세와 함께 세상을 변화시키고자 하는 의도가 나타나 있다. 이는 근대에 들어 유행한 계몽주의의 영향이다. 글쓰기를 통해서 세상의 흐름을 보여주며 더 나아가 도덕적 증언까지 하면서 세상을 변화시킬 수 있다는 신념을 지닌다면 일종의 정치적 참여라고 하겠다.

지금까지 글쓰기의 목적, 기능, 가치 등을 살펴보았다. 이를 통해 글쓰기의 필요성을 각자 정리해 보았으면 글을 잘 쓰기 위한 방법과 왜 자서전을 써야 하는지 살펴보고자 한다.

1-2. 한 줄도 쓰기 어려운 분을 위하여

글을 잘 써서 자서전을 완성하고 싶은데, 한 줄도 쓰기 어려운 분도 있을 것이다. 쓸 거리가 없고 게다가 글쓰기 자체에도 열정이 없다면 글쓰기가 고문으로 느껴질 것이다. 이와는 달리, 쓰고자 하는 마음과 쓰고자 하는 내용도 있는데 글쓰기에 자신이 없어서 망설이는 상태가 있다. 쓰려고 해도 유창하게 써지지 않으면 절망감에 빠지고 자꾸 한탄만 하고 말 것이다. 그 상태에 머물면 평생 글을 못 쓴다. 그럴 때는, 노력하면 자신감이 생기고 언젠가는 좋은 글을 쓸 수 있다는 확신부터 우선 지녀야 할 것이다. 그 날이 언제 올지는 자신의 노력에 달려 있다.

글을 못 쓰는 이유 중 하나는 자신의 사고나 경험을 무턱대고 과소평가하는 것에 있다. '내 경험을 글로 써봤자 누가 감동이나 받겠느냐?', '나같이 평범한 사람의 자서전을 돈 들여서 서점에 내놓은들 팔리겠는가?'라는 선입견에 사로잡히는 것이다. 그렇지만 글쓰기 자체에 열정을 가져본다면 자신이 쓰고자 하는 글에 대해서 확신을 가지게 된다. 최소한 남에게 공감을 줄 수 있다는 자신감을 지녀보는 것이다. 진정 글을 잘 쓰고자 하는 의지를 지녔다면 자신의 사고나 경험을 무턱대고 과소평가하지 말라는 것이다. 일기장에 써 볼 수 있는 소박한 내용이라도 하나의 작품이 되며, 아주 하찮은 주관적 정서라도 글이 된다는 자부심을 지녀보자. 하다못해 신문에 나오는 독자 발언대와 같은 짧은 글에서도 글의 가치를 피부로 느낄 수 있다.

글쓰기가 아예 안 된다면, 한 줄도 쓰기 어렵다면 '자유 글쓰기(free writing)'부터 시도해 보자. 빈 공책이나 연습장에 지금 당장 떠오르는 내용이라도 써 보자. 자신의 지금 여기, 현재 위치를 잘 성찰하고, 자신의 과거·현재·미래를 정리해 보는 내용이라도 써 본다면 어떨까? 내 의식이 향하는 대로 쓰는 것이다. 아무리 미숙하고 서툰 내용이라도 일기를 쓰듯이, '수필(隨筆)'의 글자 뜻 그대로 붓 가는 대로 써 보는 것이다.

김연수의 장편소설 『파도가 바다의 일이라면(자음과 모음, 2012)』에서 일인칭 여주인공 카밀라는 양모(養母) '앤'과 아버지 '에릭' 사이에서 자란다. 소설은 미국이 배경이고, 인물들은 교포이다. 그녀는 어머니가 돌아가신 후 아버지가 재혼을 하자, 우연히 '유이치'란 남자를 만난다. 아버지는 딸 카밀라에게 죽은 전처의 흔적이 담겨 있는 카밀라의 짐을 여섯 개 상자에 담아 보낸다. 그 상자들 속에는 자신을 몹시 사랑했던 죽은 양어머니와의 추억이 담겨 있는 소품들도 있다. 카밀라는 상자를 열면서 이런저런 추억에 잠긴다. 그때 유이치는 머릿속에 있는 것이라면 노트 세 장에 무조건 매일 써보라고 카밀라에게 지시를 한다. 카밀라는 본래 작가가 되려는 의욕이 없었다고 한다. 유이치는 그녀가 글을 써야 할 이유로 세 가지를 든다. 그녀는 자신을 사랑하고, 고독을 즐기며, 자신의 것을 지키기 위해서 가장 강한 사람과도 투쟁을 불사하는 사람이며 무엇보다 그녀에게는 쓸 얘기가 너무 많다는 것이다. 카밀라는 매일 시간을 정해서 노트에 글을 쓰기 시작한다. 카밀라는 도무지 뭐라고 표현하기 힘든 감정들을 어떻게 쓸지 난감해하고 막막하게 느껴진다고 하소연한다. 유이치는 그 막막함이라도 쓰라고 한다. 그녀는 상자에서 물건들을 꺼내면서 어린 시절로 돌아가 모든 감각을 총동원해서 관찰하자 내부에서 겹겹이 쌓인 기억의 지층에서 무의식의 짙은 어둠을 뚫고 마그마가 꿈틀대듯이 기억이 나는 순간마다 노트에 글을 쓰기 시작한다. 이렇게 부지런히 써보았더니 마음이 가벼워지고 글쓰기가 잘 되었다고 한다. 그 결과 카밀라는 『너무나 사소한 기억들; 여섯 상자 분량의 입양된 삶』이란 제목의 책으로 출간하게 되었다. 누구나 쓰고자 하는 의지만 있다면 노력 끝에 글은 완성된다는 것을 말하기 위해 소설 내용을 소개했다.

자서전을 쓰고자 하는 의욕은 있는데, 쓰는 것 자체에 영 자신이 없으면 유년 시절의 이야기나 초·중·고 시절 이야기부터 잘 아는 내용을 기억나는 대로 써 보는 '자유 글쓰기'부터 시도하면 될 것이다. 그것조차 힘들면 자신이 지금 현재 어떤 계기나 이유에서 무슨 일을 하고 있는지 그에 관한 내용부터 상세하게 미지의 독자에게 들려주듯이 자유롭게 써 본다. 그다음에 여러 번 검토를 한다. 어떤 내용에선 그다지 쓸 가치가 없다 생각이 들면 과감히 빼면서 취사선택, 첨삭·보충 작업을 거치다 보면 좋은 글이 될 것이다.

글쓰기 방법 중, '마인드 맵(mind map)'이 있다. 이것은 한 편의 수필을 쓸 때에, 어떤 주제나 글감이 주어졌을 때에 그에 대해 무작위로 생각이 나는 대로 그에 대해 자신이 알고 경험한 것, 생각한 것 등을 자유롭게 써 보는 것이다. 그러고 나서 연관되는 내용끼리 마치 지도(地圖)처럼 큰 범위, 작은 범위, 유사한 내용끼리 연결해 보면 내용의 순서가 잡히고, 주제를 어느 부분에서 어떻게 나타낼지 그 방법까지 대강 잡힐 것이다. 이렇게 하면 초고가 대충 구상되거나 완성될 것이다. 연습장에 초고를 썼다가 자꾸 생각하면서 고치면 글이 어느새 완성된다. 지금 쓴 문장이 논리적으로 맞는지, 앞뒤 문맥과 어울리는지 점검하는 것은 글쓰기 중 문장력(writing) 훈련이다.

글쓰기의 준비 요소는 체험, 생각, 문장력. 이 세 가지이다. 체험은 있되 생각이 없어도 안 되고, 생각은 있되 체험이 없으면 안 된다. 체험에는 독서 체험으로 인한 지식의 축적도 포함된다. 중·고 시절부터 문학소녀의 꿈을 키우면서 글쓰기 열정을 지녀왔지만 입시공부에만 시달린 탓에 특별한 경험이 부족하고, 글감을 지니지 못하다 보니 글쓰기가 당장에는 능숙하게 안 되는 사람도 있다. 그럴 때에는 여유 있게 글쓰기 이론서를 열심히 보면서 혼자서라도 글쓰기 수업을 하면 된다. 우선 남의 글을 많이 읽으면서 좋은 글이란 이런 내용과 이런 감수성이 들어간 것이구나 하는 요령이라도 익히면 나도 이런 정도의 글을 쓸 수 있겠다는 자신감이 생길 것이다. 남의 글을 접하다 보면 지식을 얻고 생각하는 능력을 키우게 된다. 글쓰기 이론서에는 예문이 많이 인용되어서 읽다 보면 자신도 모르게 착상(着想)이 되고, 쓰고자 하는 글의 글감이 떠오를 수가 있다.

모든 글쓰기는 자신만의 체험과 사색을 잘 정리하는 방법을 키우는 것에서 시작한다. 시 쓰기, 소설 쓰기와 같은 문예 창작을 한다면 자신만의 상상력을 키우는 작업이 덧붙여진다.

글쓰기를 기초부터 배우고자 하는 분이라면 주변의 공공기관에서 운영하는 글쓰기 반을 수강할 것을 권하고자 한다. 자서전을 쓰고자 하면 산문 글쓰기 반을 수강하면 된다. 물론 시 창작에도 열정과 관심이 있다면 시 창작반도 같이 들으면 된다. 운문과 산문은 쓰는 방법이 약간 다르지만, 어느 것을 수강하든 일반적인 글쓰기의 요령이나 자세는 기본으로 익히게 된다. 산문 쓰기가 아무래도 시간과 노력이 많이 든다. 그렇지만, 시 창작에서도 제대로 시상을 구상하여서 적절한 단어나 표현을 찾기 위해선 장시간 소모되기도 한다.

글쓰기 반에서 수강생이 시를 선택해서 쓰든지, 수필이나 소설을 선택해서 쓰든지 간에 진짜 중요한 것은 바로 다음 단계이다. 남에게 지적을 받는 합평회를 거치는 단계이다. 미숙한 글이어도 용기를 갖고 남에게 보여주어서 독자의 지적을 받아 좋은 주제의 글과 올바른 표현법을 익히자는 것이다. 독자의 평가를 받아야 글쓰기 실력이 느는 법이다. 효과적으로 합평 받는 방법 중에는 출판사에 원고를 보내고 나서 편집자로부터 합평을 받는 방법도 있다.

이 문장은 문법적으로 잘못됐어요.
이 문장에선 단어 사용이 부적절해요.
이 문장은 무엇을 말하는지 모호해요.
이 대목에선 문장들이 앞뒤 문맥이 맞지 않아요.
이 대목의 내용들은 쓰신 분의 의도가 모호하고, 너무 길고 장황해요.
이 글의 의도와 주제가 분명하지 않아요.
이 글의 주제는 개성이 없고 상투적이어요.

이런 말들은 어떤 종류의 글을 써서 발표하면 합평회에서 흔히 듣는 지적 사항이다. 지적 사항으론 이 외에도 더러 있다. 이런 지적을 받아들인 후, 퇴고해서 다시 쓰면 좋은 글이 되고 그만큼 글쓰기의 발전을 이룬다. 그렇지만 이것도 얼마나 수준 있는 수강생들을 만나느냐에 따라 다르다. 글쓰기 반에서는 어느 습작생이 벌써 어느 문예지로 등단했다는 소식은 큰 자랑거리가 된다. 자서전을 잘 쓴다면 수필로 등단할 수 있다. 자서전과 같은 서사 기록물은 넓게는 수필에 속하기 때문이다. 기왕이면 정식으로 등단해서 시인, 수필가, 소설가, 평론가, 희곡작가 등의 직함(職銜)을 받고 작품 활동을 하는 것이 효율적이다. 등단하면 정식 문인으로 인정받고, 문인들과 교류하다 보면 창작을 위한 여러 지식이나 정보를 교류하게 된다.

글쓰기 반에서 정말 바람직하지 않은 분위기가 있다. 최소 회비로 운영되는 소모임에서나 있는 일이다. 타인에게 지적을 자꾸 받자 글쓰기를 아예 포기하고 나오지 않는 사람도 간혹 있다. 습작 문인에게 오만한 태도로 고의적으로 매섭고 자극적인 표현으로 합평을 하는 사람들이 있다 보니 그것에 상처를 받은 탓이다. 필자 개인으로는 문인들의 이런 오만한 태도를 경멸한다. 아무리 실력을 인정받는 문인이라도 언제 어디에서든 항상 절대적 실력파로 인정받으란 법은 없다. 글쓰기 초보자에게 수준 있는 기성작가에게 할 수 있는 비평의 잣대를 가지고 비평할 수는 없는 것이다. 고액의 수강료를 받고서 글쓰기를 지도해 주는 곳에선 수강생을 고객으로 여기기 때문에 이렇게 상처를 주는 스파르타 방식은 아예 없는 것으로 알고 있다.

글쓰기 이론 서적은 글쓰기 실천을 위한 지침서이다. 글쓰기 이론서를 보면서 글쓰기 이론에만 능통해서 정작 글을 쓰고 발표하지 않는다면 소용이 없다. 글쓰기 이론서는 대학 교재용으로도 나왔고, 시중에도 나와 있다. 독자들이 지금 읽고 있는 이 글도 자서전 쓰기 이론서이며, 일종의 일반적 글쓰기 지침서이다. 좋은 글의 요건은 독창성, 충실성, 진실성, 진정성, 성실성, 명료성, 정확성, 경제성, 정직성 등등인데, 이런 말은 글쓰기 이론서에 흔히 나온다.

글쓰기 이론서를 보아야 하는 이유는, 글쓰기 반에 수강한다 해도 제한된 수강 시간과 수강생들의 사정에 따라, 글쓰기 이론서에 나온 체계적인 글쓰기 이론을 모두 지도받는다는 보장이 없기 때문이다. 더구나 강의 끝난 후에 수강생들 간의 친목 행위가 따르고 그런 분위기로 강의가 진행된다면 글쓰기 이론에 대한 체계적 강의는 더욱 힘들어진다.

요즘 일부 대학교에서 '글쓰기(또는 '사고와 표현')' 교과목을 교양 필수로 규정한다. 인문과학 전공 학생, 사회과학 전공 학생, 자연과학 전공 학생도 문장으로 구성된 리포트를 제출한다는 사실만 보아도 기본적 글쓰기는 학습활동에서 필수라는 것을 알 수 있다. 직장인이라면 전공에 상관없이 비즈니스 현장에서 문서로 전달하고 소통한다. 동시에 기획서, 보고서, 제안서, 설명서, 기안 용지, 제품 설명서(메뉴얼) 등 실용적 글쓰기를 접한다.

전공과 직업이 글쓰기 실력을 좌우하지는 않는다. 대학교마다 있는 문학 동아리에는 참신한 감각과 정서 표출로 문예 창작을 능숙하게 하는 이공계 학생들이 있다. 한국문인협회 회원 중에는 이공계 출신 문인들이 있다. 이공계 학생은 국문과, 문예창작과 학생에 비해 문학 작품을 접할 기회가 비교적 부족하지만, 전공 공부 외에 틈나는 대로 개인적으로 문학작품을 부지런히 접한다면 당연히 글을 잘 쓸 수 있다. 이공계 학생들은 수학적 논리력, 도표로 계산하는 과학적 태도 등을 잘 살리면 나름 명문을 창작해낼 수 있다.

1-3. 글을 잘 쓰기를 위한 습관

　이오덕 아동문학가는 일하는 사람이라면 글을 쓸 수 있다고 했다. 일을 하고 있기에 그에 따른 체험이 많기에 남에게 털어놓고 싶은 체험담과 그에 따른 생각과 이야깃거리가 많다는 것이다. 사람의 일생에는 이야기가 무한정 깔려 있고, 또한 사람은 이야기를 만들어 내는 능력이 있다. 글쓰기 초보자로서 자서전을 쓰고자 할 때에는 생애의 수많은 체험담 중에서 유년 시절부터 돌아보면서 정말 유달리 인상적인 사실과 사건들에 대한 기억을 살린다면 자서전 내용을 이룰 만한 이야깃거리를 찾을 수 있을 것이다. 이에 대해선 이 글 「PART 2 자서전, 어떤 내용으로 어떻게 채울까」에 나와 있다. 기억을 살리는 동시에 그 이야깃거리가 무엇을 말하려는지, 과연 글로 쓸 가치가 있는지, 어떤 문장 표현으로 내용을 구성할지 등등도 점검해야 한다.

　글을 잘 쓰기 위한 습관으로는 메모하기와 일기 쓰기가 있다. 메모하기는 곧 기억하는 행위이다. 스마트폰이 대중화되기 전에 문인들은 메모 수첩을 가지고 다녔다. 길 가면서 인상적인 장면을 목격해서 얻어진 자신만의 느낌, 생각, 깨달음이나 갑자기 떠오른 기발한 글감을 즉시 메모했다. 요즘은 스마트폰에다 디지털 펜으로 메모하거나 음성으로 녹음한다. 메모에도 기술이 있다. 아무리 자신만이 들여다보는 내용이라도 나중에 알아볼 수 있도록 써야 한다.

　일기를 쓰는 것은 기초 글쓰기의 도전이다. 일기는 자신을 독자로 규정하고 쓰는 글이라서 내용의 가치를 검토하거나 문장을 올바로 수정하는 작업이 이루어지지 못한다는 단점이 있다. 초등학생이라면 학교 선생님이 일기를 검토해 주기에 문장 수정이 가능하지만, 성인은 일기를 쓰면서 스스로 문장을 검토하는 수밖에 없다. 자서전은 일기와는 달리 독자를 염두에 두고 쓴 글이라서 남에게 보이면서 지적이나 지도를 받을 수 있다.

글을 잘 쓰기 위한 습관으로는 문장 수사학적인 표현 기술이 가미된 훌륭한 표현법을 평소에 익히는 것이 있다. 신문이나 각종 서적을 많이 읽다 보면 올바르고 좋은 문장 표현을 빨리 익히게 된다. 우선 신문 읽기부터 권하고자 한다. 신문의 문장 표현은 국어문장 교열(校閱) 부서를 통한 것이라서 문법적으로 정확하다. 글을 쓸 때에 특별한 의도가 없이 무작정 관념적 표현을 남발하고 일부러 현학적 표현으로 장식적 멋을 부리는 것은 곤란하다. 현학적 표현은 학술논문에서나 필요하다.

글을 잘 쓰기 위한 습관으로는 체험 쌓기와 이야기 만들기를 들 수 있다. 글감 찾기라고도 한다. 여행하거나 사람들을 만나면 의외로 글감을 얻기도 한다. 집을 떠나서 여행길에 올랐던 체험으로 창작된 작품은 동서양 문학사에서 적잖게 있어 왔다. 기왕 글을 쓰고자 하는 의욕을 품었다면 글감은 예기치 않게 발견되기도 한다. 글감을 찾아내기까지에는 개인의 남다른 감수성(sensitivity)이 필요하다. 사물을 남달리 바라보며 자신만의 통찰력과 감수성을 키우는 예술적 감각을 말한다. 글감을 찾고자 한다면 평소에 늘 보는 대상을 참신하고 기발한 발상으로 해석해서 글을 쓰고자 하는 욕구를 품어 보자. 그러기 위해선 독서를 통해 배경지식을 쌓고 지적 호기심을 품으며 사물과 주변 현상을 예리하게 관찰하며 독자적인 것을 발견해 보는 습관을 지녀야 한다. 사소한 일상의 장면을 보면서 자신만의 정서와 생각을 다듬어보는 체험부터 해 보자. 하다못해 길을 가다 흙과 햇빛이 있는 곳이라면 텃밭 삼아 채소를 가꾸는 어느 할머니의 모습을 보면 알뜰한 마음씨를 읽어 볼 수 있을 것이다. 이러한 사소한 풍경에서 우러난 정서와 함께 그에 얽힌 추억이나 작은 체험담이라도 덧붙이면 한 편의 글로 완성되는 것이다. 독서를 하거나 길을 가다 보면 소재거리가 생긴다는 말이 있다. 이런 체험은 대학교 문예창작학과나 글쓰기 교실에서 많이 활용한다.

문인의 훌륭한 점은 사소한 일상에서도 글감을 찾아내는 것에 있다. 구하고자 하면 얻어진다는 말이 있다. 무언가 주제를 잡고서 글로 쓰겠다며 마음을 먹으면 모든 주변에서 아이디어를 찾을 수 있다. 오래전 중국발 황사가 많았던 때에 발표되었던 수필이 있다. 그 글에선, 황사 때문에 국민들이 외출조차 힘들게 되자 우리나라는 왜 중국의 영향을 받고 사는지에 대한 개인적인 상념을 펼쳤다. 사방에 중국산 물건이 많다는 사실을 예로 들면서 외교 문제까지 거론했다. 신달자 시인은 그의 시 「가정백반(『살 흐르다』, 민음사, 2014)」을, '가정에는 밥이 없나 왜 밖에서 가정식 백반을 찾는지'라는 발상으로 썼다. 어찌 보면 외식하는 풍조를 풍자한 것으로 볼 수 있다. 식당 주인은 아마 가정에서 먹는 밥을 가장 이상적이고 맛깔스럽고 정성이 담겨 있다고 여긴 나머지 이름을 그렇게 붙인 것으로 생각한다. 시인들의 통찰력과 발상에는 놀랍고 참신한 것이 많다. 김중식 시인은 그의 시 「완전무장(『황금빛 모서리』, 문학과지성사, 1993)」에선 큰 짐을 이고 사막을 묵묵히 걷는 낙타를 완전무장 한 군인으로 비유했다.

어느 정도 체험, 견문, 지식 등이 있어야 판단력과 사고력이 생기고 최소한의 논리성을 갖춘 글을 쓸 수 있다. 이 말은 논술 쓰기 방법에서 흔히 나온다. 한 번에 읽어서 논리적 연결이 제대로 되고 주제가 뚜렷하게 발견되는 글이 명문이다. 잘 쓴 설명문과 논설문에서 그런 점을 볼 수 있다. 소설 문장에서도 논리성이 있다. 예를 들자면, 앞부분에서 주인공의 성격을 암시했으면 이어지는 내용에선 그 성격에 맞는 인물의 대화와 행동이 이어지는 것이다.

글쓰기는 사고력에서 시작한다. 책에서 본 내용, 남에게 우연히 들었던 한마디 인상 깊은 말에서도 사람들과 공론(公論)이라도 펼치고자 하는 의도를 품을 수 있다. 혈기왕성한 젊은 시절이라면 비판거리를 안겨주는 사회현상이 눈에 많이 띄기 때문에 사회적 공론을 펼치면서 자기 나름대로 문제의식을 품어볼 수 있을 것이다. 이것은 철학을 공부하는 사람들이 흔히 지니는 사고력 습관이다. 사회에 만연된 뿌리 깊은 남녀 차별 의식부터 해서, 백두산은 왜 애국가에서만 우리나라 땅인가, 착하게 산다는 것의 기준은 도대체 무엇인가, 개인은 사회를 위해서 희생해야 하는지 사회가 개인을 위해 희생해야 하는지 등등 그 예는 무한정하다. 마이클 샌델(Michael Sandel, 1953~)의 『정의란 무엇인가(김영사, 2010)』에 나와 있듯이 "어떤 일을 선택할 때에는 왜 선택의 진퇴양난(進退兩難, dilemma)이 놓여 있을까?"라는 것도 생각해 볼 수 있다. 이런 식으로 치열한 생각거리나 지적 욕구, 호기심을 품다 보면 그에 대해 글로 쓰면서 정리하고 싶은 욕구가 생길 것이다.

자서전도 그렇지만 모든 글의 바탕은, 세상을 바라보는 자기만의 관점과 독자적인 해석이 담긴 사고력이다. 더 나아가 글에는 저자만이 발견한 문제의식을 담고 있다. 권비영의 장편소설 『덕혜옹주』 (2009, 2016년 허진호 감독의 영화)는, 작가가 직접 발로 뛰면서 자료 조사한 바에 의해 창작되었다. 고종 임금의 막내딸로서 불우한 일생을 보낸 조선의 마지막 황녀 덕혜옹주(1912~1989)의 존재를 살리고자 하는 사명감에서 창작했다고 한다. 작가는 덕혜옹주가 잊혀져 가는 역사 속 인물이 되어버리는 것을 작가만의 문제의식으로 삼았고, 이 문제의식으로 인해 소설 『덕혜옹주』는 창작되고 발표되었다.

자서전처럼 체험을 가지고 쓰는 글도 그렇지만 모든 문예 창작에선 축적된 체험을 숙성하는 단계가 있다. 자서전을 쓸 때에도 자서전의 내용이 될 만한 이야기가 아무리 풍성하다 해도 쓰기에 앞서 추억에 잠기며 생각하고 성찰하고 정리하는 단계가 필요하다. 이에 대해 어느 원로 소설가는 자신의 체험과 사고가 무르익으면 저절로 글이 써질 때가 있다고 했다. 썩어야 누룩이 되고 술이 되듯이, 생각하는 일 외에 관찰하기를 통해서 감각을 깨우고 더 나아가 분별력과 심안(心眼)을 키워야 한다는 것이다. 글쓰기에서는 조급함을 가질 필요가 없다. 어떤 글을 쓰고 나면 잠시 그 글에 대한 수정을 보류했다가 시간이 흘러서 또 다른 체험, 지식, 정서 등이 쌓이거든 다시 바라보며 다시 써 보는 것도 좋은 창작 과정이 된다는 것이다. 이처럼 시간의 흐름은 생각을 원숙하게 한다.

평소 글을 많이 쓰는 사람이나 전문 작가도 무조건 일필휘지로 단시간에 명문을 생산하는 것은 아니다. 각자 능력에 따라 정도의 차이는 있지만, 구상하고 자료를 찾고 초고를 쓰고 수정하는 단계를 거치는 것에 시간을 보낸다. 그런가 하면 어느 시기에는 개인 사정상 글을 발표하지 못할 때가 있다. 가장 흔한 이유는 직장 생활을 들 수 있다. 그 외 특별한 개인 학습을 할 때이다. 장기간 신병을 앓거나, 어떤 사건을 해결하느라 한동안 글을 쓸 시간이 없을 때도 있다. 쓰지 못하는 기간에는 글로 쓸 만한 체험과 그로 인한 생각거리를 간직하는 기간으로 여겨보면 더없이 좋은 기회가 된다. 나중에 그러한 체험을 살려서 작품으로 완성해서 발표하는 일이 다반사이다. 사회복지사, 요양보호사, 심리상담사, 정리정돈 지도사 등등 자격증을 취득해서 그 분야에서 일을 해본 소설가는 그 세계에서 겪은 여러 체험담을 글감으로 삼아서 소설로 창작한다.

그보다 책상에 앉아서 집중하는 습관부터 필요하다. 자서전 저자도 그렇고, 소설가들에게는 특히 오래 앉아서 써야 하는 지구력이 요구된다. 무엇보다 중요한 것은, 어떤 종류의 글이든 일단 쓰는 습관을 들이는 것이다. 그런 의미에서 자서전이라도 지금 당장 써 보라!

1-4. 왜, 자서전인가

세상의 모든 글쓰기 자체가 종이에다 펜으로 무어라도 쓰는 열정과 의지가 있어야 가능한 것이다. 그 기초는 자신의 성장 이야기를 담고 있는 자서전 쓰기이다. 세상에는 글의 종류가 많다. 그중에서 자서전을 선택해서 쓴다는 것은 지내온 삶과 인생을 액자에 담아 보고자 자신의 인생을 다시 음미하며 무언가 의미를 발견하고자 하는 것에 있다. 따지고 보면 세상의 모든 글은 자서전처럼 자신을 드러내는 목적이 있으며, 삶의 모습으로 내용을 채워나간다. 삶이란 어느 시인의 말대로 낙엽이 지고 물이 왔다가 가는 일정한 기간을 가리킨다. 광대한 우주 변화라는 관점에선 한 사람이 태어나고 죽는 과정이다.

사람의 체험은 그 사람의 성장과 함께 기억되고, 그 기억은 이야기를 낳고, 자서전으로 탄생한다. 우선 왜 자서전을 쓰려는지, 그 동기나 의도를 생각해 보자.

나는 성공 인생(또는 유명한 인생)으로 살아왔다. 그래서 자서전을 쓴다.
나는 평범한 인생으로 살아왔다. 그래서(그래도) 자서전을 쓴다.
나는 실패한 인생으로 살아왔다. 그래서(그래도) 자서전을 쓴다.

성공 인생이라면 독자에게 교훈적으로 들려주는 바가 확고해서 자서전을 쓸 수 있다고 여기지만, 평범한 인생이나 실패한 인생으로 살아온 사람 역시 자서전을 충분히 쓸 수가 있다. 성공 인생도 도중에는 실패 인생을 거칠 수 있다. 거꾸로 보면 실패 인생도 그와 마찬가지일 수 있다. 실패도 인생살이의 한 과정이다. 실패했다고 무기력과 자학증을 못 이겨 다시 일어나지 않는 것이 진짜 실패 인생이다. 성공한 인생이든, 실패한 인생이든, 그리고 평범한 인생이든 각자의 인생에는 한 권의 책이 될 만큼 가치 있는 이야깃거리가 무한정 펼쳐 있다. 그 어떤 인생이어도 지내온 삶을 이룬 온갖 체험과 현재 삶을 성찰하며 각자 삶에서 가치를 찾아볼 수 있다면 말이다.

자서전을 쓰는 개인은 사회적 맥락과 함께하고 있기에 외부적으로 많은 영향을 받으며 성장하고 변화를 이루는 존재이다. 사람은 누구나 먹고 자고 자녀를 낳고 키우는 등 동물적 본능에 의해 생존하지만, 정신으로는 무언가 가치와 의미를 지닌 삶을 추구하고자 한다. 어느 책에서 말하길, 한 사람의 인생은 '각본이 없는 하나의 드라마'가 된다고 한다. 평범한 인생이어도 저마다 수많은 변화와 굴곡을 거치기 때문이다. 남들이 알고자 하는 의미심장한 사연과 주제는 유명한 베스트셀러 서적에만 있는 것이 아니라 바로 내 안에도 있다는 자부심으로 쓰는 글이 바로 자서전이다. 자서전 쓰기는 특히 자기 성찰을 거쳐 자기 계발 단계로도 나아간다. 자기 계발은 거창한 것이 아니라 일종의 자기 성장을 위한 발돋움이다.

마틴 루터 킹(Martin Luther King, 1929~1968)은 "누구나 위대한 사람이 될 수 있다. 왜냐하면, 누구나 남에게 필요한 존재가 될 수 있기 때문이다."라고 했다. 그런 점에서 독자적인 삶을 간직한 사람은 누구나 자서전을 쓸 수 있다.

인류 역사상 근대부터 신분제가 사라지면서 시민의식이 싹트기 시작하면서 누구에게나 그 사람만의 개별적 삶은 가치가 있고 존중받아야 한다는 인권 의식이 보편화되었다. 평범한 사람도 누군가에게는 의식주를 베풀어주는 소중한 부모이고, 우애를 베푸는 형제자매이고, 어느 집단에서는 만나면 반가운 구성원이고 동료이다. 그 누구의 삶인들 하찮다고 치부할 수는 없다. 정현종의 시 「방문객(『광휘의 속삭임』, 문학과지성사, 2008)』에는 "사람이 온다는 건 / 실은 어마어마한 일이다."라고 했다. 이 시를 끝까지 읽어 보면 대인관계가 가져다주는 인생학습을 찬양하고 있다. 자신에게 타인이 다가온다는 그 상태를 "부서지는 마음", 말하자면 인생의 우여곡절이 다가오는 것이라 했다. 자신을 방문한 손님은 타자이면서 자신을 비추어보는 거울이 된다. 타자인 방문객을 맞이하는 자신은 그 방문객이 일생에서 겪었을 마음의 갈피를 더듬어 보는 바람으로 비유된다. 방문객을 환대하는 것은 우연히 타자와 관계를 맺는 것이다. 그것은 결국 그 타자의 과거·현재·미래를 듣는 것이다. 황지우의 시집 『나는 너다(풀빛, 1987)』에서도 '나'는 수많은 타자를 접하면서 정체성이 형성된다는 것을 보여주고 있다.

시 「방문객」을 통해서 사람들은 누구나 자신의 이야기를 남에게 고백하고 털어놓기를 즐기고, 동시에 타인의 인생 이야기 듣기를 즐긴다는 것을 알 수 있다. 또 다른 예로 사람은 자연을 모방해서 예술을 창조하기를 즐기며, 동시에 모방한 예술품을 감상하기를 즐긴다고 한다. 우리가 소설을 읽다 보면 우리가 미처 모르는 삶의 다른 면모와 진실을 알게 된다. 공감하고 뜻깊은 사색에 빠지며 용기, 희망, 교훈, 지식, 정보 등을 얻고, 삶의 어려움에 처했을 때에 위로를 받게 된다. 자서전 쓰기와 감상하기도 바로 이와 같다. 사람은 시간의 변화와 함

께 자신의 환경, 처지, 신분 등에서 성장하고 발전하는 모습을 보여
주고자 한다. 또한, 자신의 내면세계를 탐구하고자 해서 자서전을 쓰
고, 독자는 그런 자서전을 읽으면서 공감하고 정보나 지혜를 얻는다.

　과거가 있었기에 현재가 존재한다. 현재의 '나'는 미래를 개척하는
'나'가 된다. 자서전 쓰기는 현재 시점에서 행하는 작업으로, 그 과정
에서 과거를 기억한다 해도 미래를 향해 열려 있는 과정이 된다. 자
서전 쓰기에서 반드시 거치는 과거와 기억에 대해선 앞으로 이 글에
서 계속 설명이 된다. 우선 자서전의 기본적인 개념과 특성 그리고
그 가치와 그 기능부터 살펴본 후, 자서전을 어떻게 하면 제대로 쓸
수 있는가에 대해 살펴본다.

2.
자서전은 어떤 글인가?

모든 종류의 글이란 그 글에 맞는 특성을 알아야 제대로 쓸 수 있다. 그런 의미에서 자서전이 다른 종류의 글과 어떤 차이점이 있는지, 특히 자서전과 유사한 글의 종류도 아울러 설명하고자 한다.

1) 자서전(自敍傳, autobiography)의 어원과 개념

'자서전'을 사전적으로 풀이하자면 '개인이 스스로(autos) 자신의 삶(bios)을 직접 서술(graphein)한다'는 뜻으로, 자기 자신을 대상으로 쓰는 '자기 전기문(傳記文, self biography)'이다. 오직 자신을 주인공으로 해서, 자신과 관련되며 자기 인생의 결실을 지닌 줄거리를 쓰기 때문이다. 다르게 말하면 '자기 기록물'이다. 자서전을 영어에서 'auto biography'로 표현한다면 "자신이 그려놓은 인생 그림(안정효, 『자서전을 씁시다』, 민음사, 2019, 27쪽 참조)"으로도 풀이할 수 있다.

여기서 말하는 '삶'에는 생물적으로 살아가는 삶과 사회적 존재로서 살아가는 삶을 모두 포함한다. 생물적으로 살아가는 삶은 '생명체

(zoe)'에 가깝다. 서양 고대에선 삶의 기준은 '생명체'였다. '생명체'는 단순히 생명을 유지하기 위해 숨을 쉬며 생리 작용을 하는 것에 그친다. 사고 작용을 하는 '삶'의 단계까지 기대할 수 없다. 물론 이 세상에는 '생명체'처럼 사는 사람들, 속된 말로 '죽지 못해 목숨을 이어가는 인생'도 없지 않아 있을 것이다. 반면 '삶'은 사고하는 인간의 존재를 확인시켜주며, 자연적인 삶의 흐름에서 역사 기록을 염두에 둘 때에 생겨난 개념이다. 사람은 성장하면서 제도권 교육을 받고 사회생활을 하며 미래를 향한 자기 계발을 통해 가치 있고 의미 있게 살고자 한다. 이것이 바로 '삶'이다. 사회는 단순한 '생명체'의 집합이 아니라 '삶'의 집합체이다. 우선 '생명체' 상태를 유지하는 생명이 있어야 '삶'을 영위하기 때문에 넓게 보면 '생명체'도 결국 '삶'에 속한다. 그중 자서전 쓰기에 적용되는 것은 단연 '삶'이다. 사람에게는 누구나 '삶, 체험 그리고 생각'이 있기에 글쓰기가 가능하다.

프랑스의 비평가 필립 르죈(Philippe Lejeune)은 「On Autobiography(1989)」에서 자서전에 대해 실제 인물이 자신의 존재를 소재로 삼은, 개인적 삶과 자신의 인성(人性) 역사를 중점적으로 서술한, 과거 회상 이야기라고 했다. 개성이 담긴 채 살아온 개인만의 역사성을 강조했다. 개인의 역사에는 그 개인만의 체험과 업적, 그에 따른 개인의 정서와 생각이 들어 있다. 네덜란드의 여성학자 이엔 앙(Ien Ang, 1954~)은, 자서전에 대해 개인적 목적이 아닌 공적 목적을 위한 자아의 의도적이고 수사학적인 구성물이라고 했다. 이 말은 서양에서 1980년대 중엽부터 전통적 자서전의 의미가 조금씩 달라지기 시작했을 때, 즉 1990년대에 나왔다. 그는 자서전에 대해 자아를 드러내는 것을 전략적으로 꾸며낸 퍼포먼스에 지나지 않는다고 지적했다. 이는 자서전이 지니고 있는 자기 홍보성에 대해 다소 부정적으로 지적한 것이다. 물론 자서전에도 자기 홍보성을 지닌 내용이 없다고는 할 수 없지만, 자기소개서에서나 볼 수 있는 자기 홍보 내용은 자서전의 본질은 아니다.

자서전의 본질에 대해 살펴보기 위해 우선 사실(fact), 사건, 이야기, 서사성에 대해 설명한다. 자서전에선 사실을 드러낸다. 사실은, 시공간상 실재(實在)하는 모든 존재나 사건이며 개개인에게는 모든 경험적인 일을 가리킨다. 사실은 눈앞에 보이는 객관적 현상으로 주관적인 의견·생각·정서 등과는 다르지만, 그 사실을 근거로 주관적인 의견·생각·정서 등이 발생한다. 의견·생각·정서 등도 넓게는 사실 또는 사건에 속한다. 우리가 살면서 추구하는 진실이란 사실 경험에서도 찾아볼 수 있다. 자서전에서 드러내는 사실이란, 저자 자신이 실지로 겪은 모든 현상이며 사건을 말한다. 자서전에서 보여주는 사건은 결국 '나' 자신에 대한, '나' 자신을 둘러싼, '나' 자신에게서 비롯된 것들이다. 여기서 사건이란 여러 개별적인 행동이 모인 것이지만 개별적 행동 하나만으로 그대로 사건이 되는 경우도 있다. 사건이란 어차피 이 세상에 잠시 나왔다가 사라진다. 어느 정도 비중이 있는 사건인가 아니면 사소한 사건인가 하는 차이만 있을 뿐이다.

사실과 사건은 이야기를 이룬다. 우리가 숨 쉬며 접하는 현실에는 사건의 연쇄가 있어서 이야기로 만들 수 있다. 신문 기사는 사건과 이야기를 담고 있다. 소설 내용에는 사건의 연쇄가 나온다. 자서전은 소설, 희곡, 시나리오 등의 서사물(敍事物)처럼 사건을 기록하기에 서사성을 지닌다. 서사성이란 시간의 흐름에 따라 전개되는 이야기가 있고, 그 이야기 안에 의미가 있는 것을 말한다. 그 의미란 반드시 거창한 것만은 아니다. 어느 일기 제목처럼 그날 무언가 아주 소박하게라도 무언가에 영향을 받고, 알고, 느끼고, 깨달은 바도 해당된다. 서사성이 있는 산문으로는 자서전 외에 수필, 회고록, 수기, 논픽션, 르포, 기행문 등을 들 수 있다. 자서전은 사실 체험을 기록한 '자기 기록 문학'이며, 이야기를 갖춘 '자기 서사물'이다. 자기소개서처럼 스펙이나 자화자찬 내용만 늘어놓은 자기 기록이 아니다. 자기 인생 일지(日誌, journal)처럼 가족 관계, 학력, 직업, 직장 경력, 수상 경력, 연수 경력 등을 단순히 보고하고 나열하는 글도, 성장 시기마다 드러난 단순한 활동 기록도 아니다. 일지 쓰듯 자신에게 일어난 일을 통계 사실의 근거를 위해 객관적으로 기록만 하는 글은 아니다.

이상 설명을 통해서 간단하게 다음과 같이 자서전의 개념을 정리할 수 있다.

- 자서전은 자신의 삶, 행적을 직접 기록하면서 자신의 성장 과정에 초점을 둔 이야기이다.
- 자서전은 개인의 사실 현장 체험담을 서술하며, 소설처럼 이야기를 갖춘 '자기 서사'이다.
- 자서전은 개인의 생생한 삶의 흔적과 정서, 생각 등이 담긴 글로서, 무언가 의미 창조가 들어 있는 하나의 글짓기(작문)이다.
- 자서전은 과거 이야기를 추적해서 핍진성(逼眞性: 작품에서 독자가 신뢰할 만하고 현실감이 있다고 여길 수 있는 정도) 있게 자신만의 어조로 회고, 고백하면서 자신의 삶을 재구성(reconstruction)하는 글이다.

첫째 사항에 나온 '성장'이란, 생애 갈림길마다 성찰과 학습을 통해 완전성에 도달하는 과정이며, 최선의 자아로 만들어가는 것을 말한다. 사람은 노년이 되어서도 성장을 한다. 헤르만 헤세(Hermann Hesse, 1877~1962)의 장편소설 『데미안(1919)』에서는 일인칭 주인공 싱클레어가 대학생이 되기 전에 교회의 오르간 연주자인 친구 피스토리우스를 알게 되는 장면이 나온다. 주인공은 피스토리우스 친구와 대화 도중 서로 간의 관점 차이를 그 친구에게 충고를 한 끝에 갈등을 겪게 되자 내면적 성장에 따른 절망과 고통에 처한다. 싱클레어는 그때 잠시 성장에 대해서 생각한 끝에, 각성된 인간의 의무는 자기 자신을 찾고, 자신 속에서 확고해지는 것, 자신의 길을 앞으로 더듬어 나가는 것이라고 하면서 성장의 면모를 밝혔다. 현재의 자기 인생을 존재하게 하고 성장하게 하고 창조하는 주체는 오직 자신뿐이다.

그 어떤 종류의 글을 쓴다는 것은 자신의 사상과 정서를 정리하는 것이며, 자신과의 대화가 된다. 자서전 쓰기가 바로 그러하기에 자서전은 모든 글쓰기의 출발이 되는 것이다. 자서전을 쓰다 보면 자기 내면과 끊임없이 고차원적 대화를 하게 된다. 자서전을 쓰면서 자신이 겪었던 모든 사실을 서술하지만, 실상은 눈에 보이지 않는 자신의 내면을 찾는 과정이 된다. 그런 점에서 자서전 쓰기는 종교적 표현을 빌자면 '자신과 영혼과의 대화'라고 할 수 있다.

자서전은 자신의 삶을 쓰는 이야기라 해도, 그 주인공 개인을 둘러싼 주변 이야기도 빼놓을 수 없다. 자서전에 나타난 저자 개인의 삶이란 자서전을 쓰고 있는 그 개인의 삶이면서 사회적, 역사적 존재의 삶이기 때문이다.

2) 문학사에서 자서전의 위치

자서전은 고대 그리스 문학사에서도 있었다. 대부분 유명한 사람들이 자서전을 남겼다. 그 이유는 문자 해독 능력이 특권층에게 있었기 때문이다. BC 1세기경에 키케로(Cicero)와 사도 바오로의 편지, 카이사르(Caesar.Julius)의 기록들(Commentaries)에서 자서전의 기원을 찾을 수 있다. (임순철, 『자서전』, 한국기록연구소, 2016, 29쪽 참조)

　동서양을 막론하고 자서전이란 글은, 사회 구성원인 개인의 개념이 부각되면서 나오기 시작했다. 서양에선 르네상스 이후인 16세기부터 개인의 중요성이 자각되었다. 서양 문학사에서 18세기 초에 자서전은 소설의 산파였다. 자서전은 시, 소설, 수필 등과 같은 순수문학 장르가 태어나는 데 산파 역할을 했다. 다니엘 디포(Daniel Defoe, 1660~1731)의 장편소설 『로빈슨 크루소(1719)』와 『몰 플랜더스(1722)』, 로렌스 스턴(Laurence Sterne, 1713~1768)의 소설 『트리스트럼 샌디(1768)』는 내용이 모두 자서전에 쓸 수 있는 사실 체험에 근거를 두었다. 그때에는 자서전과 소설과는 그 경계가 모호했다. 순수문학도 근본적으론 자서전에서나 보이는 사실 체험에 근거를 두었다. 자서전은 순수문학보다 더욱 현장성이 있는 경험담을 담았다. 자서전이 훌륭한 문학작품이 된 예는 많았다. 실지로 자서전으로 규정할 수 있는 글은 19세기 이전부터 있었다. 역사상 위대한 문학작품 중에는 자서전도 있었다. 동서양에서 20세기 글쓰기 경향 중 하나가 경험적 사실에 의거한 글쓰기였다. 허구성을 모태로 하는 소설 창작과는 달리 새로운 맛으로 어필하는 사실 기록물이 모습을 드러내기 시작했다. 자서전, 논픽션, 수기, 르포(reportage)문, 기사문 등과 같은 사실 기록물은 그 자체만으로 독자에게 새로운 느낌과 인식을 심어 주었다.

　자서전의 원조로 고전 철학서로 자리 잡은 것은 아우구스티누스(Augustinus, 354~430)의 『고백록(Confession, 397~400)』이 있다. 이 책에는 신앙적인 내용과 그로 인한 자기 정체성 확립과 자기 고백이 강하게 나와 있다. 그 외 유명한 자서전은 이후 많이 발표되었다. '자서전'이란 용어는 영국 낭만주의 시대에 호반시인 로버트 사우디(Robert Southey, 1774~1843)가 잡지 『쿼털리 리뷰Quarterly review(1809)』에서 처음 사용해서 그 용어가 정립되었다. 로버트 사우디는 자서전 장르가 영국 문단에서 풍토병처럼 유행할 것이라고 예언했다. 예언대로 19세기 이후 자서전이 우후죽순처럼 나오기 시작했고, 20세기에 들어서서 본격적으로 개인에 대한 존엄성과 자율성, 자아의 형성 과정 등에 따른 자각이 강조되었기에 문단에서 자서전은 유행이 되었다.

동양 문학사에서 자서전의 시초는 사마천(司馬遷, BC145~BC85)의 『사기(史記, BC75)』 중 맨 끝에 나오는 「태사공자서(太史公自序)」에서 찾아볼 수 있다. 사마천은 그의 나이 50세에 『사기(史記)』를 완성한 것으로 추정되는데, 「태사공자서(太史公自序)」는 총 130편으로 된 『사기(史記)』에서 서문과도 같은 내용으로 자신의 삶과 집안 내력을 자서전처럼 쓴 글이다. 특히 자신에게 큰 가르침을 준 아버지에 대한 설명이 많다. 『사기(史記)』는 요순시절부터 기록한 최초의 중국 역사서라는 의미 외에 다양한 인물에 대해 탐구한 바도 나와 있어서 인간학의 보고라는 가치를 지니고 있다.

한국문학사에서는 제목에서 최초로 '자서전'이 들어간 것으론 이광수의 『그의 자서전(1936)』이 있다. 그 이전에는 유교문화의 영향으로 글에서 자신을 드러내는 일이 드물었다. 1970년대 이전에 나온 자서전에서는 주로 지식인들의 숨겨진 이야기나 계몽적 내용이 담겨 있었다. 자서전의 준말인 '자전(自傳)'은, 단순한 '나의 이야기'란 뜻으로도 쓰인다.

한국문학사에서 '자전'에 해당하는 글을, 1776년에 박제가가 쓴 산문집 『궁핍한 날의 벗』에 나오는 「소전(小傳)」이란 제목의 글에서 찾아볼 수 있다. 간단하게 줄여 쓴 전기(傳記)라는 뜻의 그 「소전(小傳)」은 원고지 6장 정도의 분량이다. 특이한 점은 운문으로 구성되었다는 점이다. 모든 자서전은 당연히 산문으로 작성된다. '소전'은 세속적 명리를 추구하지 않는 기벽(奇癖)을 지닌 문인들의 자화상을 주로 서술한 글을 말한다. 제목에서 '전(傳)'이 들어갔다는 것은 글 내용에서 자신의 개성이 들어 있다는 것을 말해 준다. 한국문학사에서 1960년대만 해도 '소품(小品)'이란 형식의 글이 있었다. 말 그대로 아주 짧고 간단하게 자유롭게 쓴 신변잡기이다. 「소전」이 나올 무렵, 당시 명나라 말기에 소품을 전문적으로 쓰는 소품가(小品家)들이 있었다. 소품가들은 자신들의 독특한 삶을 '소전'이란 글의 형식을 통해서 나타냈다.

박제가의 「소전」에서는 세속적 삶을 초월해서 사는 개성적인 자신의 모습을 자화자찬하는 식으로 짧게 서술했다. 특이한 점은 "그를 예찬하여 쓴다."라는 문장을 중간에 넣으면서 자신을 3인칭 '그'로 표현한 것이다. 어려서부터 문장을 배우고 익히고 가난하게 살며 학문에 힘쓰며 세속적 벼슬을 멀리한다고 했다. 이어서 명리(名理)를 따져서 종합하고, 심오한 것에 침잠하여 사유를 즐긴다고 했다. 결국, 몸보다는 마음과 정신의 고매한 경지를 추구하자는 것을 강조하고 있다.

1938년에 「자서소전(自敍小傳)」이란 명칭의 짧은 산문이 작가 현덕(1909~?)에 의해 발표되었다. 현덕은 1938년 조선일보 신춘문예에 단편 「남생이」로 등단했다. 당시 「동백꽃」, 「봄, 봄」, 「만무방」 등등으로 유명한 작가 김유정과 친교를 유지했으며, 해방 후 조선문학가 동맹 소설부에서 활동했다가 월북했다. 1988년 해금조치로 우리 문학사에서 연구된 작가이다.

'자서소전'은 '스스로 작성한 약전(略傳)'이라는 뜻이다. '소(小)'란 단어로 인해 아주 짧게 쓴 자서전으로 볼 수도 있다. 현덕의 「자서소전」

은 『조선일보』 출판부에서 1938년에 발행한 『신인 단편집』에 수록되어 있는데 원고지 9장 분량이다. 그 짧은 글에서 일인칭 주인공은 서울 삼청동 사글셋방에서 살았으며 부모님끼리는 간간이 불화가 있었으며, 아버지께선 사업을 한다며 여기저기 다니신 탓에 집안은 어머니 손으로 유지되었다는 내용으로 시작한다. 이어서 주인공이 조부의 집과 당숙의 집으로 전전하며 소년 시절을 보내고 학교에 다녔다는 내용이 나온다. 인천 대부도에 있는 당숙의 집에서는 민감한 성품으로 때로는 남을 질투하기도 하고, 대인기피증으로 방황했다고 한다. 그러던 중 어디에서 노동을 하고 일본에 건너가서 공사판 일을 했다가 귀국해서 작가 김유정과 친해지고 문학의 길에 들어섰다는 것으로 마무리하고 있다.

이 「자서소전」은 요즘 식으론 자기소개서와 같은 부류의 짧은 글이지만 자신이 문인으로서 살아온 바를 주제로 해서 핵심적으로 간추린 내용이다. 이 짧은 자서전, 「자서소전」에서는 내 인생에서 가장 중요했던 일, 전환점이 되었던 일이 있었다면 이것만으로도 한 편의 글이 된다는 것을 보여주고 있다. 한국 문학사에서 자서전의 역사를 찾아본다면 이런 글도 하나의 수확이라고 할 수 있기에 여기 소개한 것이다.

한국문학사에서 자서전의 위치를 기록문학의 성행과 관련지어 설명한다. 자서전은 기록문학에 속한다. 기록문학은 다음 장에서 설명하겠지만, 사실 체험의 기록으로서, 시·소설·희곡 등의 창조적 문학과 대립되는 개념을 가진 글이다. 기록한 글 자체에서도 문학성이 나온다는 근거하에 '사실문학'과 병행해서 쓰이는 말이다. 세계문학사와 한국문학사를 보더라도 기록문학이 문학적 가치를 인정받기는 오래되지는 않았다. 국내에선 1970년대부터 기록문학(또는 '사실문학')은 읽을 가치가 있다는 이론이 나왔다. 급변한 사회 현상으로 인해 민중들의 사실 이야기가 허구성을 지닌 문학작품에 비해 생생하고 효과적으로 전달되었기 때문이었다. 세상일이 다양·다기해져서 소설보다 더 소설적인 이야기들이 실지 현실에서 얼마든지 일어나기에 독자들은 자서전, 논픽션, 수기, 회고록 등과 같은 기록문학을 선호하게 되었다.『월간 신동아』에선 1964년부터 논픽션 공모전을 열었는데 응모자는 매년 많았다. 소설가는 기록문학이 지닌 현장성에서 창작 동기를 얻기도 한다. 자서전은 기록문학의 발달로 비로소 대중화가 되었다고 할 수 있다.

3) 자서전의 사실문학성, 기록문학성, 창조적 문학성

　예술에는 음악, 미술, 조각, 무용, 사진, 연극, 영화, 문학(literature) 등이 있다. 이 중 문학은 자신의 사상과 감정을 언어로 표현한 언어예술이며, 6대 장르(시, 소설, 수필, 평론, 희곡, 시나리오)가 있다. 시와 소설은 각 표현방법이 다르듯이, 장르마다 표현상의 특징이 있다.

　문학을 넓게 분류한다면 창조적 문학과 사회 현상이나 역사적 사실을 기록한 사실문학(또는 기록문학)으로 나눌 수 있는데, 보통 '문학작품' 하면 창조적 문학에 해당한다. 창조적 문학은 시, 소설, 희곡, 시나리오처럼 정서적 요소와 상상력을 토대로 현실을 가공하며 표현의 미학을 지닌 문학작품을 통해 그 특성을 말할 수 있다. 문학에는 사실과 기록도 포함되기에 사실문학, 기록문학이란 말이 성립된다. 문학이 맨 처음 생길 때부터 사실문학, 기록문학은 순수문학과 같이 있어 왔다. 사실 그대로의 체험을 서술한 기록문이 그 내용과 성격에 따라 개인의 정서를 담았다면 독자로서 문학적 향기를 느낄 수 있다는 점에서 사실문학, 기록문학이 성립되었다. 사실 체험 내용을 근거로 시, 소설, 희곡 등과 같은 허구성이 없으며 저자의 관조와 사색을 펼쳐나가는 수필은 창조적 문학이면서 사실문학이다. 수필에는 창조적 문학에 해당하는 문학적 수필이 있는가 하면, 사실문학에 속하는 다소 비문학적이고 실용적 성격의 수필도 있다. 사실문학, 기록문학은 문학 장르 중 넓게는 수필에 해당한다.

사실문학, 기록문학의 종류로는, 일반 수필, 자서전을 비롯한 여행 체험기, 역사, 전기문, 르포, 보고문, 일기문, 서간문, 논픽션, 수기, 입지전, 회고록, 탐방기, 설명문, 논설문, 기사문, 기타 실용적 글 등이 있다. 그 외 정사(正史)와 반대되는 야사(野史), 귀로 전해 들은 사건이나 생각을 자유롭게 기록한 잡기(雜記), 잡필(雜筆) 등 종류가 다양하다.

어떤 글이든 단순 기록에 그친 글이어도 독자에게 감동을 준다. 정서에 호소하도록 서정성을 가미할 수 있다면 얼마든지 문학적 글이 될 수 있다. 자서전은 바로 이와 같은 성격을 지닌다. 자서전을 굳이 문학 장르에 넣겠다면 수필에 속한다. 자신의 경험을 토대로 쓴 수필은 원래가 자서전다운 면을 갖추고 있다. 자서전의 문학성을 거론한다면, 수필처럼 자조(自照)의 문학이며 소설처럼 허구성은 없지만 이야기가 있는 서사문학이라 할 수 있다. 그렇다고 해서, 자서전을 쓰면서 일부러 문학성에 대한 부담을 가질 필요는 없다. 우선 기록하고 쓰는 것에 초점을 두면서 문학적 표현의 장식은 나중에 생각해도 된다. 문학적 정감을 일절 가미하지 않고 있는 그대로 써도 얼마든지 감동을 줄 수 있다. 글에는 수사나 문장 기교와 같은 장식적 요소는 어느 정도 필요하지만, 지나친 장식은 글의 본질을 상실할 수 있다.

기록문학에 속하는 자서전, 논픽션, 수기도 처절한 충격이 가져다주는 감동을 의미화해서 효율적으로 전달하는 점에서는 문학성을 지향한다. 자서전 쓰기는 오직 자신의 경험을 토대로 쓰기에 모든 문학적 글쓰기의 기본이 된다. 또한, 자서전은 근본적으로 자기 생에 대한 성찰, 반성, 고백, 증언, 회한(悔恨)을 담고 있으며, 독자에게 인생 교훈, 세상을 보는 안목을 심어줄 수 있기에 문학작품에 가까운 글이다.

자서전을 쓰고자 한다면 단순하게 실용성을 지닌 보고서처럼 사실 기록 차원으로 쓰느냐, 문학적 향기가 깃든 정서적 표현으로 재미있게 쓰느냐를 결정할 필요가 있다. 이 글에서는, 하나의 작품으로서 가치 있는 자서전, 자신만의 이야기를 독자와 같이 나누며 참신하고 바람직한 정서를 독자에게 함양시킬 수 있으며 더 나아가 교훈을 주며 카타르시스 효과를 주는 그러한 자서전을 쓸 것을 독자들에게 권하고자 한다. 그런 점에서 자서전은 비록 사실 기록의 정도에 그친다 해도 일단 완성해 보면 차원 높은 문학작품 창작 의지도 다져볼 수 있을 것이다. 그래서 자서전 쓰기를 통해서 모든 글쓰기에 대한 자신감을 지닐 수 있는 것이다.

4) 자서전과 유사한 글 1
– 전기문, 평전(評傳, 비평적 전기문), **열전**(列傳), **회고록**

〈전기문과 자서전〉

전기문은, 역사적으로 거론할 가치가 있는 유명 인물의 일생을 후세 사람이 기록한 글이다. 단순한 기록 차원을 넘어서 저자만의 시각으로 인물을 재창조한다는 가치가 있다. 유명 인물이란 남다른 업적과 그에 따른 고매한 인격의 소유자를 주로 가리킨다. 그 외 교훈적 삶을 살았던 인물, 입지적인 인물을 주 대상으로 하여 그 인물의 훌륭한 업적과 그에 따른 평가를 쓴다. 그렇지만 개인사에 대해서 함부로 비평하기가 조심스러운 점이 있다. 자칫하면 후손들의 반론이 생기기 때문에 주로 긍정적이고 교훈적인 면에 초점을 두어서 서술한다. 학생들이 흔히 읽는 위인전이 바로 전기문 형식이다. 위인전 종류의 전기문이 있는가 하면, 위인은 아니어도 나름 신념을 갖고 살았던 인물에 대한 전기문도 있다. 생전에 타인의 손을 빌려서 전기문을 남긴 인물도 있다. 한국고전문학사에서 전기문은 '행장(行狀)'이란 제목이 들어간 글에서 찾아볼 수 있다. 행장이란 종류의 글 역시 자서전과 유사한 글이다. 행장은 '연보(年譜)'라는 뜻인데, 사람이 죽은 뒤에 그 사람의 평생 행적을 기리며 후손에게 귀감이 될 교훈적 업적을 주로 회고적 어조로 쓴 글이다. 중국 한 나라에선 그냥 '장(狀)'이라 불렸는데, 육조시대에 와서 '행장'으로 불렸다. 고려 시대의 문신 민적(閔頔, 1259~1335)에 대한 행장이 현존 최고(最古)의 행장이다. 잘 알려진 행장으로는 서포 김만중의 「윤씨 행장」과 율곡 이이의 「선비행장」이 있다.

전기문은 수필의 한 종류이며, 사실문학에 속한다. 전기문은 소설처럼 인물, 사건, 배경이 있고, 그 주인공에 대한 저자의 평가가 나오는 점이 소설과는 다르다. 전기문과 자서전은 모두 과거 사실의 기록이란 점에선 공통점이 있지만, 다른 점도 있다. 표현의 주체, 표현 방법, 쓰는 목적에서 차이가 있다. 전기문은 개인의 역사를 출생 이야기부터 연대기적 구성을 취하며 서술했다는 점 그리고 인물이 벌이는 사건에 따른 사실성과 감동, 교훈성이 있다는 점에선 자서전과 유사하다. 자서전에서도 전기문처럼 자서전을 쓰고 있는 자기 평가 내용이 필요에 따라 나온다. 자서전은 전기문의 하위 개념이기도 하다.

자서전을 전기문과 견주어보면 '자기 전기문'이라 할 수 있다. 전기문은 자서전보다 후대에 나왔다. 서양에선 종교적 변동기나 반성의 시대. 즉 신비주의와 경건주의 시대에 전기문이 많이 나왔다.

전기문이 지니고 있는 '전(傳)의 형태'로 된 제목(이은미, 『자서전, 내 삶을 위한 읽기와 쓰기』, 보고사, 2016, 49쪽 참조)에 대해 설명한다. 동양 산문을 보면 '전(傳)'과 '기(記)'라는 제목이 많았다. 고소설 『춘향전』, 『임경업전』처럼 제목에서 사람 이름 다음에 '전'이 들어간 것은, 개인의 일생을 시간 흐름에 따라 전승(傳承)하고자 하는 의도에서 순차적으로 기록하는 방식을 취한 것이다. 『신춘순례기』처럼, 제목에 '기'가 들어간 글은 어떤 일에 대한 진행 사항을 해석하면서 기록하는 방식의 글을 가리킨다.

'전'의 형태로 된 제목은 고대소설 외에 고려 시대의 가전체 문학[임춘(林椿)의 『국순전(麴醇傳, 술을 의인화)』, 『공방전(孔方傳, 돈을 의인화)』 외 5편]에서도 나왔다. 요즘 자서전이나 자전적 소설의 제목에서 '전'이란 말은 찾아볼 수 없다. 시대의 변화에 따라 독자의 감각과 의식이 변하고 있기에 자서전의 제목도 문학작품의 제목처럼 점점 참신해지고 있다.

〈평전(비평적 전기문), 열전, 입지전〉

평전과 열전은 전기문의 하위 개념으로 형식이 색다르다. 평전은 특정 인물에 대한 사료를 토대로 해석 정리하면서 비평이 들어간 글이다. 평전에선 주로 역사적 인물이나 활동가의 사상적 행적, 문인의 문학적 업적을 다룬다. 자서전에서도 마찬가지인데 평전에서는 독자에게 입체적이고 시각적 효과를 안겨 주기 위해서 사진 자료를 많이 넣는다. 전기문의 하위 개념으로는 평전, 열전 외에 '소설적 전기'가 있다. 소설적 전기란, 정사(正史)소설, 실록체 소설이 해당한다. 평전의 제목은 '전(傳)'의 형태를 지닌다. 조영래의 『전태일평전(1983)』, 송우혜의 『윤동주평전(1988)』, 장코르미에(Jean Cormier, 1928~)의 『체 게바라 평전(1995)』, 고은의 『李箱 평전(향연, 2003)』, 이원규의 『김산 평전(실천문학사, 2006)』, 김삼웅의 『만해 한용운 평전(시대의 창, 2006)』 등등이 있다.

열전은 후대에 교훈을 줄 만한 삶을 산 사람들의 생애를 기록한 글이다. 왕조의 역사를 기록할 때 유명한 사람들의 일생이나 업적, 그와 관련된 일화 등을 간단히 실은 글이다. 그렇다고 해서 반드시 위인, 충신, 효자, 열녀로 살아간 사람만 기록하지는 않는다. 악인도 기록의 대상이 되어서 후대에 경계(儆戒)를 주기도 한다. 열전의 예로는 사마천의 『사기』 내용 중에 있는 70편의 열전(보통 『사기열전』으로 칭함), 슈테판 츠바이크(Stefan Zweig: 1881~1942)의 『천재 광기 열정』이 있다. 『천재 광기 열정』은 저자의 사후 1958년에 발표된 『세상을 건축한 명인들』을 번역한 내용으로 국내에선 2009년에 번역 소개되었다. 20세기 유명 문호들이 자신의 인생에서 어떻게 의지를 펼쳐서 인류 역사에 깊은 영향을 주었는지를 보여주는 전기문이다. 개별 인물에 관한 내용 자체로는 전기문이지만, 그 다수의 전기문으로 구성했기에 열전이라 할 수 있다. 최근에 나온 데이비드 브룩스의 『인간의 품격(2015)』도 열전에 속한다. 10명 이상의 인물을 소개했는데, 각자 어려운 상황에서 어떻게 노력해서 성장했으며 자기 변화와 인류 문명사에서 롤 모델이 되었는지 그 인생담을 제삼자 입장에서 들려주고 있다. 전기문, 평전, 열전은 사람의 일생을 대상으로 하는 점에선 자서전과 유사해도 제삼자가 쓰는 글이라서 일인칭 시점에서 쓰는 자서전과는 성격과 쓰는 목적에서 차이가 난다.

입지전(立志傳)은 어려운 환경을 이기고 뜻을 세워 노력하여 목적을

달성한 사람의 전기문이다. 평범한 사람의 교훈적 성공담을 내용으로
한 글이다. 자서전처럼 주로 해당 주인공이 일인칭 시점으로 서술한
다. 입지전은 일생 중에서 성공한 시점까지를 들려주기에 전체 일생을
담은 자서전에 비해 범위가 협소하다. 입지전은 완벽한 자서전 형식으
로 보기는 어렵다. 누구나 일생에서 성공한 시점이 있다 하여도 그 후
의 일은 얼마든지 가변성이 있기 때문이다. 일생의 어느 한 시점에서
겪었던 입지전다운 체험담은 자서전 내용의 일부로 들어가기도 한다.

〈회고록〉

회고록은 자서전처럼 일인칭 주인공이 직접 서술하며, 기억과 회상
이란 행위를 거쳐서 쓰는 글이다. 회고록은, 자기 계발 내용이나 자
기 성장담을 기록하기보다는 공적인 삶에서 직접 마주치고 겪었던
인물, 역사상 주목을 요하는 중요한 사건을 중심으로 기록한 글이다.
생애 중에서 중요한 사회활동을 했던 사람이 회고하는 태도로 쓰는
글이다. 회고하는 과정에서는 쓰는 사람의 참신한 시선으로 회고 내
용을 하나의 이야기로 구성하기도 한다.

회고록 내용으로는 전쟁, 내란, 정쟁(政爭)에 얽힌 이야기부터 익히
알려진 사회적 사건이나 행사 등 다양하다. 처칠의 『2차대전 회고록
(1953)』이 대표적 예이다. 그러다 보니 익히 알려진 사건 뒤에 숨은 재
미있는 이야기인 '일화(逸話)'가 많이 들어간다. 일화는 '세상에 알려
지지 않은 이야기'를 가리키는데, 원래 뜻은 '어떤 일이나 사건에 대한
간단한 이야기'로서 전기문에서도 많이 나온다. 회고록이나 전기문을
읽을 때에는 일화가 더 인상에 남는다. 고전문학사에서 일화로 모은
책은 최자의 『보한집(補閑集, 1254)』, 이인로의 『파한집(破閑集, 1260)』
이 있다. 에피소드(episode)는 긴 이야기 속에 독립적으로 종속적으

로 존재하는 짧은 이야기라는 점에서 일화와 구분된다.

회고록은 독자에게 인기 있고 주목을 요하는 정치적 사건에 숨겨진 일화, 비화(祕話)라든지 일반인이 미처 모르고 넘어가기에 십상인 내용을 위주로 작성한다. 그런 점에서 회고록은 독자에게 진실성을 안겨주며 재미있는 정보 제공의 효과가 있다.

저자가 직접 겪어서 잘 알고 있는 사건을 쓴 회고록이 있는 반면, 옆에서 목격한 경험을 쓴 회고록도 있다. 회고록은 단순히 사건을 기록하기보다는 그것에서 의미를 발견하며 쓴 글이다. 어떤 의미를 정했으면 그 의미에다 사건을 맞추어가면서 쓰기도 한다. 회고록은 독자에게 알리며 설명하려는 의도가 있다 보니 내용마다 자서전처럼 사진 자료가 많이 들어간다. 회고록의 저자이며 주인공은 대개 유명인이다. 자서전과 회고록은 모두 과거 사실을 기록하는 점에선 동일해도 표현의 주체, 표현 방법, 쓰는 목적 등에서 차이가 있다. 표지에 분명 자서전이라고 명기한 글에서도 회고록 성격의 내용이 간간이 있는 경우가 있다. 유명인이 쓴 자서전을 보면 어느 대목에서는 사회적으로 잘 알려진 유명한 사건에 대한 일화나 에피소드가 시간적 순서와는 무관하게 집중적으로 나열된 경우가 많다. 이처럼 자서전은 회고록 성격을 지닐 수 있으며, 회고록 내용을 포함하기도 한다.

아우구스티누스의 『고백록(397~400)』과 룻소(J.J. Rousseau, 1712~1794)의 『참회록(1781)』은 회고록의 성격이 있지만, 자서전으로 분류되기도 한다. 17세기 조선 시대에 명문가인 한신 이씨 부인이 한글로 쓴 자서전 『고행록』, 해남 윤씨 8대 종부인 이씨 부인의 수기 『규한록(閨恨錄)(1843)』은 회고록으로 볼 수도 있다. 혜경궁 홍씨의 『한중록(1795)』과 류성룡(1542~1607)의 『징비록(1598년 이후 저술)』은 회고록 성격을 지니고 있다. 정약용(1762~1836)의 『자찬묘지명(1882)』은 자전적 성격을 띤 회고록이다.

5) 자서전과 유사한 글 2
– 자전, 자전적 이야기, 자전적 소설, 성장소설, 자전적 수필

'자기 서사', '자서록(自敍錄)'은 책의 성격을 밝히기 위해 책 표지에 부수적으로 나오는 용어이다. '자기 서사'는 사건을 갖춘 자기 이야기를 산문 형식으로 쓴 글을 말한다. '자서록'은 스스로 자기 자신의 삶에 대해 기록한 글을 말한다. '자서전'보다는 다소 이론적이고 사무적인 느낌이 드는 용어이다. 이들은 모두 자서전의 또 다른 표현으로 보아도 무방하다.

'자전(自傳)'은 '자서전'의 준말이다. 황석영의 『수인(囚人)』 1, 2(문학동네, 2017)는 표지에서 '자전'이라고 명시했다. 목차는 '출생, 방북, 망명, 유년, 방랑, 파병, 유신, 광주'로 되어 있는데, 이를 보더라도 역사적 변혁과 함께했던 작가의 삶을 그대로 보여주고 있다. 김대중 정권 시절까지 서술되고 있다. 작가가 투옥 생활을 했던 시점에서 과거에 자신이 처했던 국내 정치 상황과 역사적 변혁기에 따른 개인적 활동상을 기억의 힘에 의존해서 서술했다.

〈자전적 이야기〉

'자전적(自傳的) 이야기(자전적 글)'는 말 그대로 작가 자신의 실지 체험을 중심으로 쓴 글을 말한다. 장르와 형식에 구애받지 않고서 쓴, 오직 자신의 이야기란 뜻이다. 이런 기준에 의하면 수기, 논픽션, 회고록, 일기문, 서간문 등도 이에 속한다. '자전적 소설(자전소설, Autobiographic fiction)', '자전적 수필'도 '작가의 자전적 이야기'라는 개념에서 나온 용어이다. '자전적 소설'이나 '자전적 수필'에서 내용상 특성을 설명할 때에 '작가의 자전적 이야기'란 말이 부수적으로 나오기도 한다. 그 내용이 마치 자서전처럼 그 작가의 실지 삶을 소재로 했다는 뜻이다. '작가의 자전적 이야기'라는 용어를 통해 자서전이 소설이나 수필의 재료가 된다는 것을 알 수 있다.

'자전적 이야기'란 용어는 소설 외에 일반적인 산문 글의 특성을 밝힐 때에도 나온다. 발표 당시의 작가 연령에 따라 생애 일부 이야기만 나오기도 하고 출생과 유년 시절을 비롯한 전체 생애가 나오기도 한다. '자전적 이야기'는 넓게는 자서전에 속하되 자서전 그 자체는 아니다. 마치 자서전으로 느껴질 정도로 작가의 실지 생애를 주 내용으로 했기에 자서전의 일부 내용으로 인식되어도 별 지장이 없다. 보통 지칭하는 자서전에 비해 격식이 자유롭다. 보다 격식을 잘 갖추어서 쓴다면 자서전이 된다.

〈자전적 소설〉

'자전적 소설(자전소설)'은 작가 개인의 일대기를 주 내용으로 한 소설로서 자서전 성격을 지니고 있다. 소설가가 쓴, '자서전 형식의 소설' 또는 '소설 형식으로 쓴 자서전'이다. 소설가가 자기 생애나 그 일부를 소재로 해서 자서전과 유사하게 쓴 소설이다. 소설가 자신이 자서전으로 쓸 수 있는 내용을 본업인 소설가 취향에 맞추느라 소설 형식으로 쓰다 보니 '자전적 소설'이란 용어를 만들어 낸 것이다. 그래서 독자로선 소설을 읽고 있되, 마치 자서전을 읽고 있다는 느낌을 받기에 '자전적 소설'이란 용어가 나온 것이 아닌가 한다. 자서전에는 교묘하게 소설의 플롯과 일치하는 내용이 있기에, 자서전의 구성 방식은 결국 소설과 유사하기에 '자전적 소설'이란 용어가 나온 것이 아닌가 한다. 아무리 그렇다 한들, '자전적 소설'과 자서전은 서로 완벽하게 같은 글은 아니다. 자전적 소설이 발표된다는 것은, 한 사람의 거대한 일생을 담은 자서전이 소설다운 구성력만 갖춘다면 한 편의 소설이 될 수 있다는 것을 보여준다. 자전적 소설을 쓴다는 것에는, 자신의 일생을 소설가다운 안목으로 창조해 보고자 하는 의도 또는 자신의 일생을 한 편의 소설로 쓰고자 하는 의도가 담겨 있다고 추측할 수 있다.

'자전적 소설'은 소설의 한 종류라서, 내용 진행을 위해 의도적으로 허구성을 살리느라 또는 작품성을 향상시키기 위해서 개인 경험의 일부를 확대 또는 축소하면서 내용을 일부 각색할 수 있다. 이것이 바로 자서전과 다른 점이다. 서양 문학사에서도 막심 고리키의 「유년시대(1913)」를 비롯해서, 제임스 조이스의 『젊은 예술가의 초상(1916)』, 헤르만 헤세의 『데미안(1919)』, 앙드레 지드의 「보리 한 알이 죽지 않는다면(1920)」, 생텍쥐페리의 「남방우편기(1929)」, 제롬 데이비드 샐린저의 『호밀밭의 파수꾼(1951)』 등등을 비롯해서 많이 있다.

우리 문학사에서 자전적 소설은 근대 이후 많이 발표되었다. 자전 또는 자전소설로 알려진 작품으로는 이광수의 「그의 자서전(1936)」, 이상의 단편 「날개(1936)」, 「봉별기(1936)」, 「종생기(1937)」, 이무영의 「제일과 제일장(1939)」, 안수길의 「북향보(1944)」, 이태준의 「해방 전후(1946)」, 이광수의 「나(1947)」, 「나의 고백(1948)」, 박태순의 「형성(形成)(1966)」, 박완서의 『나목(1970)』, 『엄마의 말뚝1, 2, 3(1980~1982)』, 이문열의 「젊은 날의 초상(1981)」, 박완서의 『그 많던 싱아는 누가 다 먹었을까(1992)』, 송기원의 중편 「아름다운 얼굴(1993)」, 김형경의 『세월 1, 2, 3(1995)』, 신경숙의 『외딴방(1995)』, 이호철의 『남녘 사람 북녘 사람(1996)』, 황석영의 『바리데기(2007)』 등등 많이 있다. 이들은 표지에 자전적 소설이라고 명시되어 있지 않아도 내용상 자전적 소설로 규정할 수 있다. 최근에 나온 백수린의 「국경의 밤(『문학동네』, 2015 봄호)』도 그런 예이다. 『증인들(2019)』, 『눈먼 암살자(2000)』로 영문학 최고의 상인 부커상을 수상한 캐나다 출신 작가 '마가렛 애트우드'의 『도덕적 혼란(2020)』이 있다. '작가의 자전적 이야기'라는 소개처럼 여주인공의 유년 시절부터 노년까지의 이야기를 각 단편소설로 구성했다. 자전적 소설은, 요즘도 간혹 발표되고 번역을 통해 소개되기도 한다. 제임스 웰든 존슨(James Weldon Johnson, 1871~1938)의 『한때 흑인이었던 남자의 자서전(문학동네, 2010)』은 1912년에 발표되었는데, 작가의 실제 자서전은 『이 길을 따라서(1933)』이다.

현기영의 『지상의 숟가락 하나(실천문학사, 1999)』, 위기철의 『아홉살 인생(청년사, 1999)』은 작가가 '자전소설'이라고 명시했다. 『지상의 숟가락 하나』는, 제주도에서 보낸 유년 시절의 기억에 힘입어 제주 4·3사태라는 역사적 배경부터 궁핍한 가정생활 중에 어떤 정서를 겪으며 힘겹게 살아왔는지를 그 지역의 자잘한 추억들이 담긴 여러 신변잡기를 곁들이며 흥미 있게 들려주고 있다. 성인이 된 시점에서 서술했지만, 유년 시절과 청소년 시절의 이야기가 압도적으로 많다. 작가는 자신이 일일이 겪고 생각한 그대로를 옮겨 놓은 것이 아니며, 그럴 정도로 자신이 특별히 뛰어난 기억력과 감수성을 지녔던 것도 아니라고 밝혔다. 기억력의 한계를 메우기 위해 다소 상상력을 발휘하다 보니 실제보다 부풀렸던 이야기도 있다고 밝혔다. 사실의 기록이면서 소설적 상상력이 들어갔다는 것이다. 자전적 소설의 독자는 그 소설이 주는 주제와 정서적 미학에만 초점을 두다 보면, 그 소설 내용 중 어디까지가 허구이고 어디까지가 사실인지 일부러 구분하려 들지 않는다.

위기철의 『아홉살 인생』은, 29세 성인의 시점에서 아홉 살 시절(초등 3학년에 해당)의 성장기를 들려주고 있다. 숫자 10이 완성을 뜻한다면 9는 2% 부족한 미완성을 뜻한다. 시골 아이처럼 순박한 주인공 백여

민이 어린 시절 가난한 도시 산동네에서 남달리 궁핍하게 살면서, 각자 다양한 생활을 꾸려가는 주변 어른들의 비극적 삶을 접하면서 세상살이를 배우며 성장했다는 이야기이다. 호기심이 많고 뻔한 거짓말을 잘하는 친구 기종이, 전쟁터에 나간 아들을 기다리는 이웃 할머니, 염세주의자이며 허황된 꿈만 꾸는 골방 철학자 등등 다양한 인물이 나온다. 이 소설을 통해서 아홉 살짜리라도 나름 심리적 갈등을 겪으며 방황할 수 있다는 것을 알 수 있다. 누구나 순간순간 자기만의 인생을 겪듯이, 그 나이에도 인생을 알 수 있는데 단지 자기표현을 스스럼없이 익숙하게 하지 못했다는 차이가 있다는 것이다.

'자전적 소설'과 유사하게 '작가의 자전적 성격의 소설', '작가의 자전적 요소가 있는 소설' 등의 소개 글을 지닌 소설은 요즘도 수시로 나오고 있다. 이를 통해 자서전과 소설은 유사성이 있으며, 자서전은 문학 창작의 산파 역할을 했고 지금도 그런 창작 관습은 이어지고 있다고 하겠다. 허구성을 지닌 소설을 비롯한 모든 문학작품은 사실상 작가 개인의 일상 경험을 토대로 한, 개인 삶에 대한 이야기이며 넓게는 자서전 성격을 지닌다고 할 수 있다.

자전적 소설은 3인칭으로도 쓸 수 있다. 김형경의 자전적 소설 『세월』을 보면, 유년 시절의 주인공을 '그 여자애', 중고생이 된 주인공을 '그 여학생', 성인이 된 주인공을 '그녀'라고 각각 설정했다. 안정효의 자서전 『세월의 설거지(세경북스, 2017)』에선 주인공을 3인칭으로 설정했다. 일인칭과 3인칭은 서술하는 태도와 관점에서 차이가 있다. 3인칭은 일인칭에 비해 훨씬 객관화된 서술을 할 수 있다.

〈성장소설과 자서전〉

소설의 한 종류인 '성장소설'도 내용에서 자서전과 유사한 성격을 지니고 있다. 성장소설은 주인공 인물의 성장기(주로 유·소년기나 20대) 중에서 특정한 시기를 시간적 배경으로 삼아 주로 성인의 시점에서 서술한다. 성장소설, 자전적 소설이 자서전과 다른 점은, 자서전처럼 모든 생애를 총괄적으로 보여주지는 않다는 점에 있다. 일부 성장소설, 자전적 소설에선 청춘 시절의 얘기로 내용을 채우다가 결말에서 중년의 관점으로 마무리한다.

일부 성장소설은 자전적 소설의 성격을 지니기도 한다. 동시에 성장소설과 자전적 소설은 모두 자서전의 특징을 지니고 있다. 이를 통해 소설은 자서전처럼 결국 과거 체험담을 토대로 창작한다는 것을 보여준다. 박완서의 『엄마의 말뚝 1, 2, 3(1980~1982)』은 내용 면에서는 성장소설의 성격이 있는데, 작가는 자전적 소설로 규정했다. 제롬 데이비드 샐린저의 『호밀밭의 파수꾼(1951)』은 자전적 소설로 규정하지만, 청소년기의 성장 이야기를 들려주고 있어서 성장소설에 가깝다. 소설 맨 첫 장에서 딱 한 줄로 출생과 유년 시절의 이야기는 들려주고 싶지 않다면서 이 소설을 통해 그런 따분하기 그지없는 자서전을 쓰고 싶은 생각은 추호도 없다고 못을 박았다. 부모님의 과민한 성품에 대해서만 한 줄로만 언급했다. 주인공이 펜시 고등학교에서 성적 불량으로 제적을 당해서 교사와 면담을 하고 기숙사를 나와 귀가하는 장면에서 소설이 시작한다. 도중에 불량한 친구를 만나서 곤욕을 겪기도 하며, 꽃뱀 여자도 만나는 등 이런저런 험악한 세상 체험을 한다. 그 과정에서 무척 진솔한 자기 고백이 드러나 있다.

성장소설과 자서전에서는 주인공이 사회의 영향을 받으며 성장하는 모습이 보이기에 독자로선 역동성을 느끼며 읽게 된다. 성장소설은 소설이라서 자서전과는 달리 생략, 비약이 있는 문학적 표현에다 극적인 장면이 들어가게 마련이다.

국내에서 1950년대부터 1990년대까지 젊은 세대의 성장소설이 많이 발표되었다. 성장소설에서는 주인공이 주변 사회의 영향을 받으며 '사회화(socialization)'하고 성장하는 모습을 보여준다. '사회화'란 자서전에서도 중요한 설정이다. '사회화'란 가정을 떠나 사회를 접하면서 모든 판단을 하는 과정이다. 일반적으로 개인이 속한 사회집단의 가치, 관습, 규범 등을 제대로 이해하고 자기 것으로 받아들이며 적응하는 과정이다. 이를 통해 집단 속에서 타인과 적응하며, 타인과 구별되는 자신만의 변별적이고 독자적인 자아상을 확립한다. 그래서 진정한 개인의 역사란 주위 사람들과의 관계에서 비롯된다는 말이 있다.

이와 유사한 '사회 학습'은, 성장 과정에서 타인들이 특정한 조건에서 드러내는 태도와 행동을 보고서 배우는 성향을 말한다. 흔한 예로 신문이나 뉴스를 통해 범죄 현상이나 충격적인 사건을 접하면서 경각심을 갖고 그에 맞게 처세하는 행동 양식을 말한다. 이런 단계를 거치면 비로소 나이에 맞게 세상 물정을 알게 되었다고 한다. 사람이 성장하면서 '사회화' 단계를 거치고 '사회 학습'을 하다 보면 가정과 사회가 요구하는 역할을 하게 되고, 그로 인해 자연히 사회인이 되고 비로소 성인이 된다. 자서전에서도 이와 같은 내용은 나온다.

성장소설과 자전적 소설을 읽다 보면 공감하는 내용이 있을 것이고, 그와 유사한 자신의 체험담을 떠올릴 수 있다면 자신이 쓰고자 하는 자서전의 내용으로 삼을 수 있다. 덤으로 소설 작품의 감상법도 익힐 수 있다.

〈자전적 수필〉

자서전의 속성은 수필처럼 사실 체험의 기록이다. 사실 체험은 삶을 이루고, 곧 이야기를 만든다. 이야기는 무언가 의미를 지닌다. 이런 원리에서 수필은 창작된다.

　자서전에서 주인공이 겪은 여러 사건을 연속적으로 서술하는 점을 보면 소설적이라는 것을 느낀다. 그런가 하면 생애 주기마다 들려주는 각 이야기의 형식과 표현에선 수필 형식을 취하기도 한다. 수필에는 저자가 자신의 사적인 사연, 생각, 정서 등을 고백적으로 때로는 자기 성찰과 자기반성의 자세로 들려주는 내용이 많다. 자서전에서도 이런 점이 두드러진다. '자전적 수필(자서전적 수필essography, 수필식 자서전, 자전적 에세이)'은 바로 이런 특성을 살린 수필이다. 수필을 여러 편 쓰고 나서 그 수필들을 자신의 생애를 아우르는 일상의 파편, 에피소드나 신변잡기의 모음집으로 규정할 수 있다면 자서전처럼 저자의 성장 순서대로 내용을 엮을 수 있다. 바로 이런 점에서 '자전적 수필'이란 말이 성립된다. 단행본 분량을 이루는 수필들이 생애의 성장 시기별로 해당하는 체험들을 담고 있어야 '자전적 수필'이라 할 수 있다. 이렇게 규정하는 것은 성장 과정을 중심으로 내용을 구성했느냐에 기준을 둔 것이다. 회고록이라 소개된 책에도 '자전적 수필'다운 내용이 있기도 하다. 그런가 하면 자서전이라 소개된 책에도 '자전적 수필'로 볼 수 있는 내용들이 있기도 하다. 자서전을 완성하고 나서 자전적 수필로 규정하는지 여부는 작가의 의도에 달려 있다. 보리스 파스테르나크의 『어느 시인의 죽음(1977, 안정효 옮김)』은 유명한 자전적 수필이다. 앙드레 지드의 자서전 『지상의 양식(1897)』을 자전적 수필로 보는 분도 있다. 최근에 나온 국내 자전적 수필로는 유인술의 『들쥐 강 건너다(2010)』가 있는데, 가난하게 살았던 성장 이야기를 들려주고 있다.

　성장 순서에 따라 자신의 전문 분야나 특별한 경험만으로 내용을 구성한 자전적 수필이 있다. 김태길의 자전적 수필 『흐르지 않는 세월(1973)』을 본다. 주인공이 고교 시절에 '무심(無心) 선생님'이라는 철학과 교수님의 글을 접하고 나서, 직접 찾아가서 깊고 진지한 사제 인연을 맺는 이야기부터 들려준다. 이후 그 대학교 철학과에 입학해서 계속 무심 선생님과 학문적으로 인연을 맺고 기회가 되는 대로 일상에서 흔히 거론되는 철학적 대화를 자연스럽게 자주 나누며 서로 학문적 발전을 이룬다. 이 책은 사제간의 이런 대화 내용을 시간의 흐름에 따라 그대로 들려주고 있기에 '장편 수필'로 불리기도 한다. 비록 저자의 출생과 유년 시절의 이야기는 소개되지 않았지만, 생애의 특정한 시기부터 시간의 흐름에 따라 주인공과 무심 선생의 외면적 변화상도 같이 나온다. 공자와 제자들 간의 대화로 구성된 『논어』도 이와 유사한 형식의 글이다. 기시미 이치로, 고가 후미타케의 『미움받을 용기(2015)』도 이와 유사한 구성과 내용으로 되어 있다. 자서전은 그 본질상 산문이라서 자전적 소설, 자전수필을 예를 들었는데, 유진 오닐(Eugene Gladstone O'Neill, 1888~1953)의 「밤으로의 긴 여로(1941)」와 같은 자전적 희곡도 있다.

6) 자서전의 범위와 다양한 형식
일기문, 르포(reportage), 논픽션, 수기, 기사문, 서간문

일기문, 르포, 논픽션, 수기, 기사문, 서간문 등에는 표현과 구성 기법에 따른 각각의 특성이 있다. 이 중 르포는, 미국에서 청교도들이 그들만의 생활 일지를 작성하면서 시작되었는데, 자신이 관찰한 특정 사물이나 사회 현상을 객관적으로 보고하기 위해 기록한 글이다. 현장성이 강하고 정보 전달성이 강한 사실 기록물이며 보고문학이다. 논픽션의 하위개념이고 저널리즘에 가깝다. 일기문, 르포, 논픽션, 수기, 기사문, 서간문 등에서 그 일부 내용은 자서전 성격을 지닐 수 있고, 자서전 내용의 일부가 될 수는 있다. 내용에 따라 자서전의 하위 범주에 들어가기도 한다. 이처럼 자서전은 그만큼 다양한 글 종류를 포괄한다. 자서전 쓰기는 가장 기초적인 글쓰기 영역이다 보니 미술의 콜라주(collage) 기법처럼 모든 사실, 체험담, 생각 등을 생각나는 대로 쓸 수 있기에 그에 따른 다양한 방법이 나온다. 만약 자서전을 설명문이나 보고문 형식으로 쓴다면 독자로선 재미를 못 느낄 것이다. 특별한 이유가 있다면 그런 형식으로 쓸 수도 있겠지만 말이다. 독자들이 설명문이나 보고문 형식에서 재미를 못 느끼는 이유는 자서전 주인공의 생생한 목소리 말하자면 문학작품에서나 느낄 수 있는 구체적 정서의 표출, 생생한 반응, 생각 등이 보이지 않기 때문이다.

〈논픽션(nonfiction)·수기와 자서전〉

논픽션은 르포의 한 종류로서 소설을 지칭하는 픽션(fiction)의 상대 개념이다. 소설이 그림이라면 논픽션은 사진으로 비유된다. 논픽션이 현실 묘사에서 주관성이 강하고 문학성을 지닌다면 '르포 문학'으로 불린다. 자서전도 자신의 실제 삶을 그대로 기록한 점에서 넓게 보면 논픽션이며 사실(fact) 기록물이다. 혹자는 전기문을 논픽션의 하위 범주에 넣기도 한다. 이와는 달리 논픽션은 수기와 함께 자신의 특정한 체험담을 기록했다는 점에선 넓게 보면 전기문에 포함할 수 있다는 견해도 있다.

앞서 설명한 회고록과 함께 논픽션, 수기는 모두 자서전처럼 일인칭으로 쓰며 소설처럼 스토리를 지닌 산문인데 각각 쓰는 방법과 그 출발에서 차이가 있다. 회고록, 논픽션, 수기는 자서전처럼 꾸준히 기억을 살리는 움직임에다 기억 내용을 어떻게 바라보고 해석하느냐는 사고력이 중요하다. 실지 겪은 경험의 폭과 깊이에다 문장력을 더해서 승부를 거는 글이다.

논픽션은 일차적으론 사실 기록의 충실성과 함께 작품성을 지닌 글이다. 특정한 주제가 있는 인생사를 중심으로 그에 얽힌 사건과 체험담을 진술한 글이다. 신변잡기, 경수필 수준의 글은 논픽션으로 인정되지 않는다. 논픽션은 자서전과는 달리 출생과 유년 시절을 비롯한 성장 이야기부터 쓰지는 않는다. 오직 생애의 어느 특정한 시기의 체험담부터, 개인의 공적인 업무에 얽힌 일까지 해서 그 주제는 광범위하다. 논픽션의 체험담은 특별하고 한층 의미를 지닐수록 가치를 지닌다. 그 특별한 경험담이란, 그간 국내에서 발표되었던 논픽션 공모전 수상작들을 종합해서 본다면 이렇게 범위를 규정해 볼 수 있다.

성공담, 실패담과 그 극복, 투병 극복, 역사의 이면에 가려진 사실(史實)의 발굴, 잘 알려진 역사적 사실에 가려진 비사(祕史), 사회 현상 고발, 개인의 특이한 사연이나 체험담, 직장 생활의 고충, 특이한 직업의 고충, 소외된 직업의 애환, 법정 투쟁 사연, 정치 활동, 운동권 활동, 군 생활, 개인적 참회, 특이한 가정사(家庭事), 육아, 대인관계 갈등, 이민 생활, 특이한 취미 생활이나 예술 활동 등등 광범위하다. 오늘의 현실을 보여주는 것에 의의가 있기에 보다 다양하고 공익성이 담긴 참신한 소재를 요구한다. 요즘 논픽션은 충실한 자료발굴과 조사를 거쳐서 사회적 의미를 지닌 내용을 선호한다. 월간『신동아』에서 실시했던 논픽션 공모전 당선작 중에는 역사적으로 망각된 독립투사의 근황을 다룬 내용도 있다. 그런 논픽션에서는 사료(史料)의 정확성과 한계를 명확히 제시한다.

논픽션은 강한 호소력, 삶에 대한 관조, 세상을 보는 깊은 안목이 내용 중에 녹아 있어야 한다. 논픽션은 아무리 개인적 체험담이라 해도 객관적 진술이 생명이다. 내용에서 자기변명, 자기 합리화, 무분별한 미화, 편향된 시각, 과장된 해석, 개인적 한풀이, 개인감정의 기복(起伏)이나 울분의 토로, 하소연, 상투적인 자기주장 등은 허용하지 않는다. 지향할 것은 오직 신빙성, 공정성, 진실성 등이다. 이와는 달리 요즘 '창작 논픽션(creative nonfiction, flash nonfiction)'이라고 해서 자신의 이야기를 창작 문학작품처럼 구성하고 표현하는 글이 있다.

국내에서 가장 인기를 끌었던 논픽션으론 이철용의 『어둠의 자식들(1980)』과 『꼬방동네 사람들(1981)』이 있다. 발표 당시 황석영의 소설로 소개되었는데, 이철용의 체험담을 그대로 정리한 논픽션이라고 작가가 서문에서 밝혔다. 발표 당시 한창 진행되었던 산업화 시대를 배경으로 국내 도시 최하위 빈민층들의 삶을, 그들에게 가하는 사회적 구속과 그것이 주는 갈등과 함께 그대로 나타냈다. 이 논픽션이 보여준 것은, 최하위층 사람들에게도 그들만의 세계가 있고, 노력에 따라 얼마든지 삶의 변화를 이룰 수 있다는 것이다. 이철용은 황석영 작가와 교류할 정도로 자신의 파란만장한 삶을 일목요연하게 정리했고, 빈민층들에게 보다 나은 세상을 안겨주기 위해 몸으로 투쟁도 불사했는데, 바로 그 점에서 말년에 국회의원까지 될 수 있다는 가능성을 발견하였다.

논픽션과 유사한 용어로 '실화(實話)'가 있었다. 말 그대로 실지로 일어났던 사건이나 체험담을 말한다. 필자 기억에 1970년대 무렵까지 잡지에서 평범한 사람의 흥미 있고 특별한 체험담을 게재할 때에 '실화'라는 명칭을 사용했다. 그렇지만 상업적 의도하에 일부 내용을 쇼킹(shocking)한 수준으로 흥미 있게 각색했다는 말이 있다.

수기(手記)는 말 그대로 '손'과 '온몸'[身]으로 쓴 글이다. '투병 수기', '합격 수기', '사업 성공 수기', '가난 극복 수기', '성공적인 육아 수기',

'내 집 장만 수기', '저축 수기', '성공적 이민 수기', '성공적 유학 생활 수기', '새터민 정착 수기', '교단 수기' 등등의 제목에서 보듯이, 개인이 특정한 시기에 겪었던 어려움을 이겨 낸 뜻깊은 체험담을 쓴 글이다. 『한국교육신문』에 실리는 '교단 수기'만 보더라도, 학생 지도에 얽힌 체험담, 학부모와의 관계, 잊을 수 없는 제자, 문제 학생을 교화시킨 체험담을 비롯해서 그 소재거리는 많다. 수기는 행복한 삶이란 결과가 뚜렷이 보이는 점에선 교훈성을 띠고 있다. 반면, 슬프고 애달픈 사연을 뚜렷한 해결점이 없이 그대로 담은 수기도 많다. '소년가장 수기', '혼혈아 수기', '백수 생활 수기', '노숙 생활 수기', '난민 생활 수기' 등 종류는 다양하다. 이처럼 수기는 시대에 따라 다양한 삶의 형태가 나오는 것에 따라 종류는 다양해진다. 삶의 균질성이 잘 보장되는 시대라면 슬프고 애달픈 사연을 담은 수기는 그다지 나오지 않는 편이다.

수기는 논픽션처럼 현장 경험이 중시되며 정직성, 사실성, 고백성 등이 요구된다. 고백은 순수하게 자신을 드러내는 것이라서 때로는 자기 홍보의 역할을 할 수 있다. 독자로선 타인의 고백에 대해 인간에 대한 존엄성을 지니면서 바라보아야 한다. 수기에선 글쓴이의 신분이나 개인적 처지, 환경 등이 내용의 주요 변수를 차지한다. 그래서 내용이 그만큼 솔직하고 그에 대한 글쓴이의 반응을 직접 노출한다.

수기 공모전에서 당선작은 단연 내용으로 승부를 본다. 얼마나 처절하고 감동적인 체험담인지, 그 안에서 어려운 현실을 얼마나 극복했는지 그 여부에 달려 있다. 어느 소년가장 수기 공모전 심사를 맡은 분은 이런 소감을 남겼다. 소년가장의 고생담은 투고한 사람 누구할 것 없이 대동소이한데, 결국 누가 얼마나 더 많이 눈물겹게 고생했느냐에 기준을 두어서 심사를 하자니 난감했다는 것이다. 가엾게 고생한 소년가장 모두에게 상을 주고 싶은 심정이었다고 한다. 이를 통해서, 모든 글이란 결국 자기 체험에서 얼마나 깊이 있고 뜻깊은 주제를 찾아내느냐가 우수성을 가린다는 것을 알 수 있다. 수기나 논픽션으로 남기고자 한다면 남달리 중후한 체험을 얼마나 했는지 과연 글로 나타내서 글쓴이의 의도만큼 독자에게 절실한 공감이나 감동, 뜻깊은 주제의식을 심어 줄 수 있는지부터 고민해야 할 것이다.

논픽션·수기는 오직 자신의 뜻깊은 체험만으로 내용을 엮어가고 그 안에서 주제를 찾을 수 있다는 점에서 자서전처럼 모든 글쓰기의 기초가 된다. 자서전을 논픽션·수기 형식으로 쓰겠다면, 논픽션·수기의 일반적 주제에 따라 의미 있고 특별하고 교훈적 내용을 자신의 생애에서 발굴해서 쓸 수 있다. 유년 시절의 논픽션·수기, 청년 시절의 논픽션·수기, 중년 시절의 논픽션·수기 등으로 구성하는 것이다. 그러면서 자서전답게 자신의 성장 과정 이야기를 덧붙이면 될 것이다. 그와는 달리 논픽션·수기로 쓸 수 있는 내용을 자서전의 일부 내용으로 포함하기도 한다. 논픽션·수기는 자서전과는 달리 생애 어느 한 시기의 체험담이다 보니, 논픽션·수기로만 남기는 것이 정말 적절하다 싶으면 자서전에는 포함하지 않은 채 별도로 논픽션·수기로 완성하기도 한다. 논픽션·수기는 단행본 분량인 자서전에 못 미치는 중편소설 분량인 것이 많다. 그렇지만 오래전 어느 논픽션 공모전에선 단행본 분량을 요구하는 일이 있었다.

〈일기와 자서전〉

한 권의 일기장이 곧 그 사람의 자서전과도 같다는 말이 있다. 일기와 자서전은 모두 쓰는 사람 자신이 실지 겪었던 개별적(individual) 일상 이야기에서 출발한다. 일기와 자서전의 공통점은 자기 성찰에 있다. 그래서 일기문을 요즘 들어 다른 말로 '성찰적 에세이'라고도 한다.

우리가 일기를 쓰는 이유는 그날 있었던 모든 일을 글로 표현하면서 의미를 부여하고 그만큼 대상을 뚜렷이 보기 위해서이다. 일기는 하루 단위로 쓴다는 점이 자서전과 다를 뿐, 일기는 부분적으로라도 자서전 내용을 이루기에 자서전의 하위 범주에 속하는 글이다.

일기를 쓰는 순간에는 쓰고 있는 자신만을 독자로 설정하지만, 실지로 사람들은 우연한 기회에 남의 일기를 보게 되는 경우가 있다. 대다수 사람이 공감하는 바인데, 숨을 죽이며 훔쳐보는 남의 일기란 남의 비밀을 엿보는 것이라 그런지 이상스레 재미가 있다.

우리는 속상한 일이 생겼을 때에 흔히 자기 자신을 향해 먼저 얘기하려 한다. 그 방법에는 일기 쓰기와 혼잣말하기가 있다. 전자는 마음 정리가 잘 되지만. 후자는 감각으로만 맴도는 한계가 있다. 마음 정리가 되게 하는 일기는 모든 글쓰기의 기초가 된다. 자서전을 쓰는 것에 자신이 없으면, 글쓰기 자체에 아예 자신이 없다면 우선 일상의 파편을 담고 있는 일기부터 써 볼 것을 권한다. 일기를 쓰다 보면 자신의 그 날 경험, 견문, 체험 등에 대해 판단력을 기르게 해준다. 자신의 생각과 성찰을 통해서 내적 성숙에 이르게 한다. 이것은 일기를 쓸 때에 어떤 내용을 어떤 관점에서 쓰느냐에 달려 있다.

사회에서 늘 능력 인정을 받으며 속된 말로 잘 나가는 사람으로서 자기반성이나 자기 성찰의 의지가 없는 사람일수록 일기를 쓰려고 하지 않는다. 일기는 진지하게 자기반성을 곁들이며 자기 성찰을 하는 사람들이 쓴다. 그런가 하면 외부에서 다양한 갈등을 접하며, 무언가 이루지 못한 꿈을 가진 사람들이 자신만의 이상향을 설정하기 위해서도 쓴다.

사회적으로 알려지거나 사회적 권위를 누리는 유명한 분 중에도 일기를 쓰는 분들이 있다. '유명한' 사람이 쓴 일기문, 자서전, 회고록을 보면 정작 '유명한' 이야기는 없다는 말이 있다. 아무리 유명인이라 해도 성장 과정에서 실수하거나 방황을 겪었으며, 그에 따라 자기 성찰과 반성을 했기 때문이다. 그러다 보니 평범한 사람이라면 겪을 법한 체험담이 많이 나온다. 유명한 사람들도 평범한 사연을 간직하고 있다는 점을 본다면, 자서전은 평범한 사람도 얼마든지 쓰고 발표할 수 있다는 것을 알 수 있다.

일기에서 시간의 흐름에 맡겨진 자신의 일과를 인과관계가 없이 우연히 벌어진 대로 쓰다 보면 내용이 다소 산만해질 수 있다. 하루 단위로 쓰는 일기에 가장 핵심적인 이야기를 정해서 소제목을 달면 내용의 산만함은 어느 정도 해결된다. 일기를 쓰다 보면 아무리 그날이 그날이어도 1년 내내 똑같은 일만 반복되지 않는다는 것을 알 수 있다. 가정주부의 일기에서도 1년 내내 가정에서 있었던 일만 기록하지는 않는다. 매 순간순간이 우리의 삶이다. 살다 보면 수많은 일을 겪기도 하고, 그중에서 때로는 기적 같은 일을 겪기도 한다. 인류 역사를 보더라도 잠깐 동안에 지구상에는 다양하고 많은 일이 벌어진다. 일기를 꼬박 모아서 정리만 잘하면 자서전이 된다는 말이 있다. 하긴 쪽지나 메모도 많이 기록하고 모아두면 한 권의 책이 된다.

일기와 자서전의 공통점은 자신에 대한 고백, 자기 성찰, 반성 그리고 솔직한 감정과 생각을 나타낼 수 있다는 점이다. 일기를 마무리할 때에, '나는 다음부터는 잘해야겠다', '나는 다음부터는 실수하지 않겠다.'라는 반성이 깃든 슈퍼에고(super ego)를 지향하는 문장을 흔히 쓴다. 그런 점에서 일기는 자기 성찰과 자기 존재감을 드러내기에 자신에 대한 몰입도가 큰 글이다. 자서전 쓰기에서 일기문 형식을 부담 없이 활용할 수 있다. 일기장에서나 볼 수 있는 생애 어느 순간에 있었던 사소한 체험담이 자기 나름대로 의미 부여할 수 있을 만큼 가치가 있고 삶의 지혜가 담겨 있다면 자서전 내용이 된다. 무언가 큰 의미를 발견했던 날이나 생애의 변화가 있었던 날들을 중심으로 자서전의 전체 내용을 구성할 수 있다. 자서전에다 일기 내용을 도입한다면, 어느 한 대목에서 마무리할 때 '나는 그때 그 시절에 이렇게 반성하고 다짐했다.'라는 식으로 쓰면 된다.

『안네의 일기(1942~1944)』처럼 세계 명작 반열에 든 일기문도 있다. 주인공 '안네'는 일기를 썼을 때에 독자를 의식하지 않고 썼으나 작품으로 공개되었을 때에는 독자에게 재미와 감동을 주었다. 이순신 장군의 『난중일기(1592~1598)』, 박지원의 『열하일기(1780)』는 익히 알려진 일기문학이며, 사실 기록물이다. 대하소설 분량이 될 정도로 평생 일기를 쓴 어느 평범한 시민에 대한 기사문이 간혹 나왔다. 인천의 평범한 전기공(電氣工) 이광환(1926~2000) 씨는 1년 내내 일기를 썼는데, 그가 1945년부터 1970년도까지 쓴 일기문 26권이 2007년도에 인천 수도국산 달동네박물관에 전시되었다. 26권 일기문은 그분의 가족이 기증했다. 그 일기문에는 매우 진솔하게 서민의 삶을 기록하면서 당시 일상용품의 구체적 가격까지 밝혀서 일기문 작성 당시의 시대상을 엿볼 수 있다. 읽기에 지루하지 않을 정도로 매일 짧게 기록했다. 모 대학 교수는 그 일기장 내용을 텍스트 삼아 분석해서 당시 서민들의 일상과 그들이 처한 사회상이 어떠했는지에 초점을 두는 서평을 계간지 『황해문화』에 발표했다. 대하소설 분량의 일기문은 어찌 보면 하나의 자서전다운 가치를 지닌다고 할 수 있겠다. 일기 쓰듯이 꾸준히 생각하고 기록하는 정신이 자서전 쓰기로 이어질 수 있다.

〈기사문, 인터뷰, 서간문 형식의 자서전〉

기사문 형식의 자서전은 육하원칙이 갖추어진 기사문처럼 쓰는 것이다. 자서전을 기사문 외에 뉴스, 인터뷰 형식으로 쓰는 예도 있다.

인터뷰 형식의 자서전은 자서전에다 다른 사람이 자신에 대해 인터뷰한 내용을 그대로 싣는 것을 말한다. 편지, 문서, 관련 자료, 자신에 대한 인터뷰 자료나 언론기사 자료 등등을 삽입하는 형식이다. 허영철의 자서전 『역사는 한 번도 나를 비껴가지 않았다(보리, 2006)』에는 저자에 대한 인터뷰 기사가 간간이 나오고 있다. 저자이며 주인공은 비전향장기수이다. 그는 6·25 동란 중 월북해서 노동당 활동과 학습을 많이 했다. 동란 이후 남하했지만, 국가보안법 위반과 간첩미수로 무기형을 받았다. 이후 출소해서 경비원을 하며 평범하게 살아가고 있다. 일반적 자서전이나 회고록에도 독자들의 상세한 이해를 위해 이런 인터뷰 자료나 언론기사 자료가 제시된 부분이 있다. 그럴 때에는 무미건조한 내용이 되지 않도록 생생한 현장의 이야기를 담듯이 현재화하거나 독자에게 친근감을 유도하면서 편집하고 서술하는 것이 좋다.

서간문 형식으로 된 자서전은 후손에게 자신의 삶을 들려주는 형식을 취한다. 이문열의 소설 『선택(1997)』은 판타지 기법이 있는 서간문 형식의 소설이다. 고인이 된 조선 숙종시대 정부인 장씨 부인은 화자가 되어 현대 여성들의 여성 상위 풍조를 비판적 어조로 들려주고 있다. 그 과정에서 장씨 부인 자신의 일생을 탄생에서 결혼, 양반 가문의 부인으로 내조한 일, 죽음의 과정까지 들려주고 있기에 자서전 성격을 지니고 있다. 소설은 서간문 발신자인 일인칭 주인공이 자신의 생애를 시기별에 따른 자신의 생각과 함께 들려주고 있다. 이 소설은 유교 시대의 가부장제도에 순응하는 현모양처 삶을 은근히 찬양하는 내용이 있다는 이유로 당시 페미니즘 시각에서 많은 비판을 받았다.

지금까지, 자서전과 유사한 글들을 설명하면서 자서전의 다양한 형식과 특성을 살펴보았다.

2-1. 인생 예찬으로 내가 쓰는 나의 역사 기록

여기서는 자서전의 속성을 여러 각도에서 살펴본다. 자서전의 근본적 특성을 파악하면 어떤 마음 자세로 어떻게 쓸 것인가를 파악할 수 있을 것이다.

자서전은 '인생 회고담', '인생 찬가'라는 성격을 지니고 있다. 자신의 인생을 예찬하는 마음에서 자서전 쓰기를 시작하고, 동시에 '나의 역사(History) 기록' 작업이 이어진다. 자서전을 '작은 개인의 큰 역사(⟨내 인생, 글로 쓰면 족히 책 한 권에서⟩, 『조선일보』, 2015. 6. 27.)'라고 규정할 수 있다. 자서전이 사적 기록물이라 해도 그 내용을 통해 당대 사회적·역사적 배경이나 동시대 사람들의 감추어진 내면을 알 수 있기 때문이다. 역사는 보통 사회, 정치, 경제 등처럼 인류 삶에 큰 영향을 끼친 사건을 가리키지만, 개인적 사건에서도 역사는 만들어질 수 있다.

History는 남성 '그'의 이야기(His story)라는 뜻으로 알려져 있는데, 다르게도 해석이 된다. History의 어원은 Historia인데, 그 의미는 고대 그리스에서 '여러 종족의 말과 관습을 알고 있는 현자(賢者)'를 지칭하는 말 Histor과 '찾아서 안다'는 뜻을 지닌 동사 'Historio'에서 파생했다. 역사란 말에 '찾아서 안다'라는 뜻이 있는 것은, 과거를 통해 무언가를 안다는 것이다. 역사를 알고 역사를 쓰는 것은 무언가를 안다는 것이므로 자서전에서 말하는 과거 추적도 바로 무언가를 알아가는 과정이라 할 수 있다.

역사를 만들어가는 주체는 오직 사람이다. 그 한 사람의 삶에는 하나의 '역사'가 담겨 있다. 이 역사는 굴곡진 인생을 살아온 개인의 이야기이면서, 그 개인이 처한 사회적 상황이기도 하다. "모든 것은 모든 것에 잇닿아 있다." 이 말은 단순한 네트워크를 뜻하는데, 아르헨티나의 국립도서관장을 지낸 노벨문학상 수상작가 호르헤 루이스 보르헤스(Jorge Luis Borges, 1899~1986)가 했다. '모든 것'이란 과거·현재·미래라는 시간, 사물, 환경, 상황, 사람 등 여러 가지로 해석할 수 있다. 비약하자면 개인의 소소한 삶이란 거창한 역사적 상황과도 연결된다는 것이다. 영국 총리 윈스턴 처칠((Winston Churchill: 1874~1965)은, "볼 수 있는 만큼 과거를 돌아보면 보고 싶은 만큼의 미래가 펼쳐질 것이다."라는 말을 했다. 과거를 돌아보는 일이 바로 자신의 역사를 만드는 일이 된다는 뜻이다.

　내가 누구인지 아는 것이 곧 자신에 대한 역사 만들기가 된다. 나의 역사라고 자부할 만한 자신의 모든 성장 과정이 자서전 내용이 된다. 그러다 보니 자서전 내용을 구상하는 일에는 사유하고 비판하는 과정이 있고, 그 비판에 따른 실천이 따른다.

　이미 존재했던 과거를 되살리는 일은 자서전 외에 예술 문화 창조에서도 늘 나타난다. 모든 문학작품도 과거 체험이 재생 복원되며 창작된다. 그 과거 체험이란 어디까지나 영원함으로 채색되어야 가치 있는 내용이 되며 예술적 위대함을 지니게 된다. 스티븐 킹(Stephen Edwin King, 1947~)의 『유혹하는 글쓰기(김영사, 2002)』에 보면, 허구성을 지닌 소설도 이미 존재한 것을 발굴(發掘)하는 것에서 시작한다고 했다. '발굴'은 '발견'과 유사한 말인데, 묻혀 있던 것을 캐내어 세상에 존재를 드러내는 것을 말한다. 자서전 쓰기 역시 사실로 무장된 과거 체험에서 가치 있는 이야기를 발굴해내는 작업이라고 할 수 있다. 스티븐 킹은 500여 편의 공포, 판타지 등 다양한 종류의 소설을 발표한 미국의 유명 작가인데, 그의 소설들은 영상문학으로도 재편되었다. 『유혹하는 글쓰기』의 앞부분에서는 그가 작가로서 어떤 성장 과정을 거치면서 소설적 소양을 갖추고 소설을 쓰게 되었는지에 대해 자서전 형식으로 서술하고 있다.

과거 이야기란 얼마나 방대한가? 나이 40대가 되어서 바라보아도 그렇고 50대, 60대로 갈수록 인생을 관조하다 보면 과거 이야기는 무한정 많아진다. 그 방대한 자기 이야기를 기록하려는 열정과 의지가 있어야 자서전 쓰기가 가능해진다.

모든 글이 그렇듯이 자서전 쓰기에는 자료 수집이 필요하다. 자료 수집이란 자신의 체험 중 어떤 것을 자서전 내용으로 삼을 것인지 구상하는 일이다. 그것은 추억을 더듬는 일에서 시작한다. 일기장의 한 장 한 장부터 살피면서 기억하다 보면 잘 정리된 앨범과도 같은 개인의 발달사를 발견할 것이다. 물리적 시간처럼 흘러간 일상사를 비롯해서 자신이 처했던 시대 상황, 사회적 상황, 가정사, 학교생활, 직장생활, 교우 관계, 자연 풍경에 대한 감정, 이런저런 추억, 특이한 체험이나 사소한 사건, 그에 따른 자신의 정서와 생각, 인생관, 견해, 주장, 심리 상태, 대인관계, 사람들과의 갈등 양상, 그로 인한 반응, 행위 등등이 곧 자서전 자료가 된다. 이 자료들을 통해 이야기를 만들어 자서전 내용으로 채우다 보면 자신의 특성도 드러난다. 똑같은 학창 시절의 체험을 공유한 동창생들과 얘기를 나누다 보면 성인이 되어서 그것을 바라보는 관점은 각자 똑같지 않을 수 있다는 것을 알수 있다. 그래서 자서전을 보면 쓴 사람의 관점이나 취향, 삶의 모습, 인생관이 보인다. 자서전의 여러 내용에 대해선 이 글 「PART 2. 자서전, 어떤 내용으로 어떻게 채울까」에서 상세하게 밝힌다.

자서전에 담을 내용은 실로 다양하고 방대하지만, 걱정할 필요가 없다. 그 많은 내용 중에서 어차피 선정해서 쓰기 때문이다. 자신의 역사를 모두 기억하기에는 한계가 있으며, 한 권의 책으로 된 자서전은 무엇보다 분량의 제한이 있기 때문에 그 많은 인생담 중에서 가치와 의미를 부여할 수 있는 사건을 선정해서 쓸 수밖에 없다. 어느 한 시기를 대상으로 특정한 주제, 예를 들어 '당시의 대인관계', '가정사', '학창 생활', '직장 생활' 등등에 해당하는 이야기를 찾아서 서술할 때에는 육하원칙을 갖춘 대표적 사건, 당시 주변 사람이 모르고 넘어간 비화, 에피소드 등등을 곁들이기도 한다. 이처럼 자기 인생의 전체 흐름을 파악할 수 있는 수준에서 몇 가지 부분적 예를 들면서 내용을 구성하는 것이다. 독자는 자서전을 읽으면서 저자가 미처 서술하지 못한 숨겨진 이야기를 얼마든지 상상할 수 있으며, 쓰인 내용에 대해 감동을 하며 시비(是非), 가치판단을 내린다.

2-2. 가치 있는 인생 체험과 그 의미를 추구하는 글

자서전을 쓴다는 것은 오직 자신의 삶과 체험을 들여다보며 통찰하는 것에서 시작하기에 현재와 미래의 행동지침이 된다. 자서전을 단순히 과거 기억을 그저 되살리며 건조한 설명문처럼 사실 기록 차원에서 쓰는 것과, 되살리는 과거 기억 중에서 무언가 의미를 창조하며 쓰는 것은 차이가 있다. 수필 창작 역시 사실 체험을 기록하는 차원에 그치지 않고 무언가 창조성을 지닌 내용을 지향한다. 자서전 쓰기도 이와 마찬가지이다.

누구나 쓸 수 있는 자서전이라고 해서 아무렇게 쓸 수는 없다. 자서전을 제대로 쓰자는 것이다. 이 말을 부담스럽게 받아들이지 않기를 바란다. 글이란 넓게 보면 개인의 욕구 충족을 위해 존재하지만, 어느 정도 사회적 공감을 주어야 한다. 자서전도 이와 다를 바가 없다. 자서전을 설령 비매품으로 출판해서 지인에게 배부한다 해도 이미 발표해서 독자와 공유하는 글이 되는 것이다. 어떤 종류의 글이든 일단 발표하면 내 것이 아니라 독자에게 평가를 받는 객관적 실체가 된다는 원리를 알아두어야 한다. 하다못해 타인의 일기나 서간문도 그 내용에 몰입해서 읽으면 그 내용은 읽는 사람이 수용하기 때문에 읽는 사람의 것이 되는 것이다.

요즘 들어 자서전 발표가 대중화되다 보니 자서전도 독자에게 읽히는 하나의 문학작품(work, text)으로 자리 잡고 있다. 자본주의 사회는 빠른 속도로 대량생산을 하고, 끊임없이 욕망과 소비를 촉구한다. 독자들 역시 읽을거리의 홍수 속에서 성급한 심정에 못 이겨 자신에게 유익하고 가치 있는 글을 빨리 선택해서 빨리 읽고자 한다. 그만큼 독자들 안목이 높아진 것이다. 그런 점에서 자서전 쓰기의 비법을 살펴보아야 한다. 자서전을 비롯해서 모든 글이란 독자에게 조개 속의 진주처럼 최소한 감동과 재미, 앎의 즐거움이나 깨달음의 즐거움, 교훈이라도 준다면 성공이다. 표현 기법도 중요하지만, 우선 내용으로 승부를 볼 수 있다는 것이다.

자서전 쓰기를 위해서 풍부한 체험이 담긴 각자의 인생을 회고해 보면, 이런저런 생각, 잡다한 사연, 지식, 정보 등을 많이 지녔다는 것은 확인하게 되는데, 이는 소재가 풍부하다는 것이다. 그런데 그 많은 소재거리를 그대로 썼다고 해서 무조건 읽을 만한 글이 되는 것은 아니다. 그 내용이 백 명이면 백 명, 독자 모두에게 공감과 흥미를 안겨주라는 보장(保障)은 없기 때문이다. 소재거리의 풍부함이 작품의 완성도와 비례하는 것은 아니다. 풍부한 소재거리가 자칫하면 차 마시면서 수다 떠는 일상생활의 다반사 수준에 불과할 수 있다. 자서전 내용이 고생했던 삶을 하소연하거나 언짢았던 일을 한풀이하는 수준에 그친다 해도, 독자가 받아들이기 나름이다. 분명한 것은, 글이란 소재의 풍부함만으로 완성되지 않는다는 것이다. 최소한 독자에게 공감을 줄 정도로 진정 가치 있는 내용인지를 따져보며 소재를 선택해서 글로 완성해야 한다는 것이다. 그리고 나서 문장을 제대로 다듬는 과정이 따른다.

적절한 예일지는 모르나, 자기 흥에 겨워서 리듬과 형식을 무시하고 그냥 되는 대로 추는 막춤을 보자. 막춤은 무형식이라서 추는 사람이나 보는 사람에게 모두 흥을 돋워줄 수는 있지만, 특별한 아름다움이 없어 보인다면 더 이상 보는 즐거움을 주지 않을 수 있다. 자서전을 막춤 추듯 자신의 체험담을 무작위로 마구 뽑아서 쓸 수만은 없지 않은가. 자서전의 독자 역시 문학작품을 비롯한 모든 글의 독자라는 것을 명심하자. 그렇다고 자서전을 쓸 때 자신의 경험을 무턱대고 과소평가할 필요는 없다. 내용이 아무리 개인 경험의 나열이라 해도 그에 대해 가치 부여를 하는 것이 자서전 쓰기의 핵심이다. 개별적이고 특수한 이야기라 해도 그것이 담고 있는 일반적 의미를 전달하면서 보편화된 시각으로 전달하는 것이 자서전의 내용적 가치를 한층 높이는 길이 된다.

자서전을 쓰기 전에, '나는 개인적 발달사를 이루기 위해 얼마나 많은 체험을 했는가?'를 우선 정리해 보자. 체험에는 성장하면서 전수받은 가정교육부터 학교교육, 독서를 통해서 얻은 배경지식이나 인생 지혜, 여행을 통한 견문, 직장 생활, 사람들과의 친교 행위, 여러 개인 학습이나 취미 활동, 독자적 생각 등 다양하다. 이런 체험은 나이를 먹을수록 방대해지기에 한 권의 책에 담기 위해선 적절한 범위 내에서 내용의 가감(加減)이 요구된다. 자서전 내용을 이루는 자신의 인생담 중에서 독자들에게 과연 강한 인상을 줄 가치 있는 이야기가 무엇이 있는지 취사선택해야 한다. 이를 위해선 내용을 어느 정도 선별할 줄 아는 재능과 창조력이 필요하다.

자서전에서 흥미 위주의 사연을 나열하고 서술하는 것에는 참신하고 독창적 시각이 필요하다. 다르게 말한다면, 자신의 살아온 이야기가 아무리 평범해도 어떻게 표현하고 전달하느냐, 어떤 구성으로 독자에게 시선을 집중시키느냐에 따라 독자에게 주는 효과가 달려 있다는 것이다. 이에 대해선 글이 지닌 개성과 참신함으로 설명해 본다. 글이 인기를 얻는 비결은 구태의연함에서 벗어난 개성과 참신한 시각을 유지하는 것이다. 물론 이에 대한 판정 기준은 애매한 점이 있고 상대적이다. 글의 개성과 참신함은 미묘한 차이가 있다. 개성은 말 그대로 자기만의 새로움이다. 참신함도 새로움이되 기존의 것과 비교되는 새로움이다. 새로움은 '다름[異]'이란 개념과는 구분해야 한다. 글의 개성과 참신함은 시대에 따라 다르고 상대적이다. 수필에서 고향 집의 물레방아가 있는 개울가, 감나무 등이 그립다는 감성적 취향도 도회지 감각으로 개성 있게 표현할 수 있다. '비빔밥'과 '보자기'에는 모든 것을 감싸기에 화합의 미학이 들어있다는 내용은 1980년대 독자들 감각으로는 참신한 통찰이며 발상이라고 여겼지만, 요즘은 식상한 내용으로 평가받는다. 자신의 모든 사실 체험을 무작위로 선정해서 자서전 내용을 구성할 때에는 구태의연하고 식상한 체험담으로 평가받을 수 있는지 여부를 점검해야 한다. 어쨌든 자신의 체험 중에서 참신성을 갖춘 것을 선정해 보는 것이 좋겠다. 전문 작가가 아니어도 글을 쓰고자 하는 사람으로서 참신성 있는 글을 자주 접한다면 최소한 참신성 있는 글이 어떤 것인지 그 감각이라도 알 수 있고, 참신한 글을 모방이라도 할 수 있다. 필자의 경험상 가장 권하는 방법으로는 신춘문예 당선작, 문학상 수상작과 같은 최신 작품을 많이 접하는 것이 있다.

참신성을 갖춘 체험담을 담으며 소설을 능가하는 흥미와 감동을 주는 자서전으로는 미국의 유명한 칼럼니스트인 러셀 베이커(Russell Baker, 1925~2019)의 자서전 『성장(연암서가, 1982)』을 들 수 있다. 그 후속편으론 『좋은 시절(1989)』이 있다. 『성장』에서 주인공 러셀은 부유한 집안에서 성장하지 못했다. 그는 아버지의 사후(死後)인 8살 때부터 신문 배달을 하면서 홀어머니, 여동생 도리스와 힘겹게 가정을 꾸리는 와중에 꿈을 키우고 열심히 살아간다.

홀어머니가 남은 식구들과 함께 앨런 외삼촌 집에서 거주했을 때의 이야기가 인상적이다. 그 어머니는 교사 출신으로 생활력이 강하다. 경제 악화되었던 시기에 앨런 외삼촌은 이 직장 저 직장 전전하면서 고생을 한다. 그러면서 누님인 러셀의 어머니와 마찬가지로 외삼촌 역시, 성실함과 좋은 성격 그리고 정직한 품성만 있으면 아무리 어려운 상황에서라도 능히 성공을 거둘 수 있다고 믿으며, 자신이 맡은 모든 일에는 최선을 다한다. 그 당시 경기가 더욱 나빠지면서 해고와 감원이 늘어났지만 늘 눈을 크게 뜨고 있는 젊은이에게 그런 상황은 오히려 기회가 될 수 있다고 한다. 앨런 외삼촌은 이런 희망을 가졌기에 나중에 취직이 된다. 어머니는 꾸준히 돈을 모아 나중에 집을 장만한다. 러셀은 이 자서전에서 늘 성실하고 주변 사람들에게 귀감이 되는 사람들만 소개하는 것이 아니라, 사업 야망만 품지만 결국 실패한 해리 외삼촌, 지식인이면서 실업자에 무기력하게 지내는 찰리 외삼촌도 소개한다. 이 외, 무능했던 아버지, 똑똑한 여동생 도리스, 개성을 지닌 외삼촌들, 외숙모, 어머니와 재혼한 마음씨가 따뜻한 허브 아저씨, 러셀을 둘러싼 친구들, 러셀의 여자 친구 등이 등장하면서 평범한 사람들의 살아가는 이야기를 재미있게 들려준다. 그 가운데 교훈과 잔잔한 감동을 전해 준다. 이 자서전은 주로 고생스러운 가족사를 중심으로 이야기를 펼치고 있으며 1, 2차 세계대전, 미국의 경제 대공황을 시대적 배경으로 하고 있다. 『성장』에서 고생하며 살아가는 인물들의 이야기를 들어보면 열심히 사는 사람에겐 그만큼 기회가 따른다는 사실을 읽을 수 있다. 러셀은 가정 형편상 대학 진학을 포기하려 들자 그의 친구는 러셀로 하여금 강제로 입학원서를 쓰게 하고, 장학생 선발 시험에 응시하도록 부추긴다. 그 결과 러셀은 높은 경쟁력을 물리치고 장학생으로 대학에 입학한다. 러셀은 군 입대를 하고 대학을 졸업해서 훗날 유명한 칼럼니스트가 된다.

2-3. 자아 성찰로 자기 계발하며 미래를 개척하는 글

자서전은 자기 역사를 쓰는 글이라서 쓰다 보면 저절로 삶에 대한 성찰이 된다. 글쓰기란 근본적으로 자기 성찰의 기능이 있다. 자기 성찰은 삶의 무늬를 보여주는 것으로서 진솔한 자신의 모습에 대한 이해에서 시작한다. 먼저 '나는 누구인가?'를 살피고 나서, 지금 여기에서 자신을 둘러싼 가정, 사회, 모든 상황 등을 살펴보는 일이다. 이 과정에서 기억하는 과거 내용 그 자체보다는 기억하고 있는 현재 시점에서 바라보는 숙성된 객관적 안목이 중요하다.

자기 성찰은 과거 회상을 통해서 미래를 구상하고 개척하는 마음 자세로 이어지기에 궁극적으로는 행복한 미래를 위한 투사(投射) 행위가 된다. 역사를 공부하는 것도 과거를 통해서 현재의 자아정체성을 밝히며 미래를 예측하고 탐구하는 것에 있다. 유럽도 그리스 로마 시대의 복고주의 성향을 지닌 문예부흥, 르네상스 시대를 거쳐서 중세 어둠을 극복하고 근현대로 힘차게 나아갔다.

앞서 말한 대로 자서전은 일기처럼 자기 성찰의 기능을 지닌다. 자서전을 쓰면서 자기 성찰을 하고, 고뇌하고 각성하는 모습까지 지닌다면 한층 가치 있는 자서전이 된다. 사람은 자기 성찰을 통해서 위대해진다. 유명인사의 자서전에서도 이런 모습이 나온다. 자서전에서 체험이나 견문, 특정한 사실을 객관적으로 명확히 표현한다 해도 때로는 사실에 대한 자신의 진솔한 의견(감상, 평가, 반성, 고백, 훈계 등등)이 들어갈 수 있다. 이것이 곧 성찰 내용이다. 아우구스티누스의『고백록』, 루소의『참회록』은 자기 성찰과 반성을 의도적으로 드러낸 자서전이다.

자기 성찰은 자신을 반성하고 자신의 정체성을 찾아서 그것을 확립하는 것으로 이어진다. 정체성에 대해선「3. 자서전 쓰기를 통한 체험」중「3-1. 정체성 찾기」에서도 구체적으로 설명이 나온다. 정체성 찾기는 쉽게 말하자면 자신을 제대로 잘 알고자 하는 행위이다. 자기 발견을 통한 자기 정체성 확립은 철학의 궁극적 지향이기도 하다. 철학은 참된 자신을 알고 자신을 완성하는 것이라고 한다. 자서전에다 자기 인생관과 가치관을 쓰는 것은 철학적 방법을 실현하는 길이다.

정체성은 실지로 보면 타인과의 관계에서 찾을 수 있다. "그 사람을 알려거든 그 친구를 보아라."라는 명언이 이를 말해 준다. 사람은 누구나 알게 모르게 타인을 의식하면서 살고, 관계 안에서 존재 의미를 찾으려 한다. 그런데 요즘, '관계중독'이란 다소 부정적 표현이 뜻하듯이 너무 대인관계에 얽매여 살다 보니 타인과 관련된 일에 시간을 많이 보내고 정작 자기만의 시간을 내지 못하는 일이 있다. 자기 성찰과 정체성 확립은 인생을 진지하고 충실히 살아가고자 한다면, 또한 자기 계발에 힘쓰고자 한다면 언제 어디에서든 반드시 필요한 행위이다. 바쁜 현대인일수록 사회적 요구, 사회적 기준에 따라 남에게 보이기 위한 욕망에 구속되어 살다 보면 정체성 확립은 어렵게 다가올 수 있다. 이럴 때에 자서전 쓰기를 통해 실존적 자아를 확립하면서 진정 나만의 욕망을 찾으며 외부적 일로 소모되는 시간을 조절하며 자기만의 시간으로 창조하는 노력을 기울여야 할 것이다. 서양 문학사에서 자서전은 "기독교의 반성적 자기성찰(examen de conscience)의 전통(유호식, 『자서전』, 민음사, 2015, 29쪽 참조)"에 힘입어서 발전해 왔다고 한다.

자기 정체성 추구란 평생 과업이기도 하다. 개인차에 따른 것이긴 하지만, 사람은 나이를 먹어도 반성하면서 계속 성장하기에 완벽하게 정체성을 추구하기란 요원(遙遠)할 수 있다. 자기 성찰과 자기 정체성 확립 그리고 미래를 구상하고 개척하는 일에는 연령이 따로 없다. 그런 점에서 자서전은, 인생을 정리하는 노년기에만 쓰라는 법은 없다. 물론 노년기에는 생애를 정리하고자 하는 의도가 강하며 지나온 삶과 사물을 비교적 객관적으로 바라볼 수 있기에 실지로는 노년기에 많이 쓰는 편이다. 그렇다 해도 미래를 개척하는 정신을 지닌다면 자서전 쓰기를 인생의 마지막 글쓰기로만 여길 수 없다. 최근에 보면 청소년층도 자서전을 쓴다. 어느 고교에서 방과 후 프로그램으로 글쓰기 훈련 겸 자서전 쓰기를 실시하는 것을 보았다. 국어 교과서에서도 자서전에 해당하는 글이 나오기 때문이다. 자서전은 일생에 단 한 번만 쓰라는 법은 없다. 쓰고 싶을 때에 쓰는 것이다. 나이별(10대, 20대, 30대, 40대, …)로, 주기별로(청년 시절, 장년 시절, 중년 시절, 노년 시절), 또는 10~20년 단위로 시리즈를 내면서 쓸 수 있다.

자서전을 쓰는 과정에서 자기 성찰을 위해서 파편처럼 흩어진 삶과 그 기억의 조각을 모아 보면 모든 체험에 대한 인과관계, 자신의 관심사, 장점, 잠재해 있던 재능 등을 발견하게 된다. 그 과정에서 내가 누구인가 새삼 깨닫고, 진정 '나다움'이 무엇인지 자기 진단을 하고 성찰하게 되고, 참된 자아를 찾게 되며, 자기 정체성을 형성하게 한다. 그러다 보면 과거에 대한 그리움의 감정에 빠지기도 하고, 과거로 인해 그간 우울함과 열등감에 시달렸다면 거기에서 벗어나 미래에 대한 포부를 갖게 된다. 사실 부끄럽고 추했던 과거를 추억한들, 그때 품었던 모든 후회, 분노, 통한(痛恨) 등을 완벽히 해소한다고 장담할 수는 없지만, 최소한 해소하기 위한 노력이라도 할 수 있다. 자서전의 자기 성찰은 곧 인생 찬가가 된다. 칠레의 시인 파블로 네루다(Pablo Neruda, 1904~1973)는 자서전 내용에 나오는, 존재하는 모든 것에 대한 아름다움, 신기함, 소중함, 새로움을 읽는 능력을 소중히 했다.

자기 성찰과 자기 정체성 추구를 위해선 자신을 사랑하는 마음이 있어야 한다. 그러지 못하는 장애 요인은 내면을 짓누르고 있는 마음의 앙금과 억압이다.

자서전 쓰기는 모든 글쓰기가 그렇듯 쓰는 사람에 의한 일이며, 궁극적으론 쓰는 사람을 위한 일이다. 그래서 글 쓰는 사람이 자서전을 비롯한 온갖 자신의 글을 쓰는 과정에서 또는 남이 쓴 글에서 영향을 받아 스스로 변화하는 일은 자연스러우며 한층 가치가 있다. 이것은 글 자체가 쓰는 사람이나 그 독자로 하여금 자기 성찰을 유도하기에 가능한 것이다.

자기 성찰, 과거 회상, 자기 정체성 추구, 미래 개척 이들을 자서전 쓰기의 정신으로 정리해 본다.

2-4. 스토리텔링이 있는 산문·소설과 자서전의 공통점과 차이점

앞서 말했듯이, 자서전에는 많은 사건과 이야기가 있어서 서사성이 있고 '자전적 소설'이나 '작가의 자전적 이야기'란 말이 성립된다. 자서전에는 소설처럼 스토리텔링(storytelling)이 있고, 경험이 밑바탕이 된 이야기(narrative)가 있다. 이에 대해 이야기와 스토리의 관계부터 설명한다.

이야기란 '사건의 연쇄'를 포함한 모든 것이다. 현학적으로 표현하자면 담화(談話) 형태의 한 유형이다. 살면서 이야기를 간직하지 못한 인생은 없을 것이다. 인간의 내면 심리에는 이야기를 서로 나누며 즐기는 욕망이 있다. 이야기란 정치·경제를 비롯한 세상사의 모든 것이 담겨 있는 한에서, 남에게 들려줄 가치가 있는 내용이 있게 마련이다. 자서전은 이야기 외에 담론(談論, discourse)의 성격을 지니고 있다. 담론은 문학작품을 해설할 때에 흔히 나오는 용어인데, 마치 대화처럼 직접적인 언어 표현 행위로서 공감을 주거나 설득하는 개념을 전제로 한다.

스토리(story)는 사건을 그대로 서술한 이야기이다. 스토리에는 어느 정도 조작이 들어간 특수한 일련의 사건이 들어 있다. 굳이 육하원칙을 갖추지 않으며 소설 창작에서 요구되는 인물, 사건, 배경을 갖추지 않아도 되는 수준으로 단순히 수다 떠는 정도의 내용에서도 스토리는 존재한다. '이야기다운 점이 있다.'라고 할 때 그 핵심은 스토리가 있다는 것이며, 스토리가 있으면 이야기가 된다. (최시한, 『스토리텔링, 어떻게 할 것인가』, 문학과 지성사, 2015, 39쪽 참조) 말하자면 이야기는 스토리보다 큰 범위이다. 개인의 삶을 그대로 쓴 자서전에는 그 본질상 스토리를 포함한 이야기가 있다. 자서전에서는 가치 있는 개인체험을 객관화하며 최소한 인물과 사건이 나오는 하나의 스토리텔링을 이루고 이야기를 이룬다.

스토리텔링은 스토리에다 의미, 메시지를 갖추며 스토리를 만드는 것을 가리킨다. 스토리텔링은 스토리가 하나의 관점과 의미를 갖추며 가치화되는 단계를 말한다. 모든 글쓰기는 근본적으로 스토리텔링이라고 할 수 있다. 한 편의 글이 독자에게 읽는 재미를 안겨주는 이유는 스토리텔링이 있으며 그로 인해 독자에게 정서적 공감과 함께 친화력을 안겨 주기 때문이다. 스토리텔링 하면 흔히 소설을 연상한다. 스토리텔링에는 독백 외에, 타자와의 대화라는 상호 관계성이 있다. 하다못해 뉴스나 신문 기사문에서도 스토리텔링이 있다. 스토리텔링을 갖춘 서술 형식의 뉴스는 좀 더 실감이 나도록 구체적으로 독자를 이해시키기 위해서 특정 개인의 구체적인 사연, 사건을 들려주면서 결론에서는 일반적이거나 보편적인 사회 현상 내용으로 정리하고 있다. 요즘 게임, 문화관광 상품, 마케팅에서도 스토리텔링을 활용하고 있다. 게임 한 편에도 하나의 스토리텔링이 있다. 호모스토리쿠스(Homo-Storycus: '인간은 이야기하는 존재')라는 말은 오늘날 스토리텔링이 급격히 떠오르면서 크게 부각(浮刻)된 용어이다.

소설과 자서전의 공통점과 차이점에 대해서 연대기 구성, 입체적 구성, 우연과 필연이란 용어를 중심으로 설명해 보겠다.

자서전은 자기 삶의 일대기를 기억에 의해서 기록하다 보니 통상적으로 순차적 시간 전개에 따라 내용을 구성한다. 이것을 연대기 구성(소설에서는 '평면적 구성')이라고 한다. 연대기 구성은, 시간의 자연적 변화에 따라 그 해당 시기에 일어났던 일을 순서대로 기록하는 것이다. 역사 기록에서 편년체가 그 예이다. 한국의 고대소설은 모두 연대기 구성으로 되어 있다. 고대소설은 전기수(傳奇叟)라는 직업인이 구술로 들려주어서 귀로 듣고 감상하고 손쉽게 이해되어야 했기에 그러하다. 연대기 구성의 상대는 입체적 구성이다. 이광수의 『무정(1917)』

에서 처음으로 과거 회상 장면에서 현재 시점으로 돌아오는 내용으로 된 입체적 구성 기법이 등장했다. 물론 신소설이나 고대소설에서도 필요에 따라 과거 이야기를 들려주는 내용은 부분적으로나마 있었다. 입체적 구성은 첫 부분에서 시간의 순서를 생각하지 않고 독자의 주의를 환기하는 장면부터 시작한다. 자서전의 원칙적 구성은 연대기 구성이지만 소설처럼 입체적 구성을 취할 수 있다. 그렇지만 자서전에서 연대기 구성을 취하는 것이 여전히 일반적 경향이다.

연대기 구성은 자서전의 주된 구성법인데, 제목에서 '연대기'가 들어간 소설이 있다. 황석영의 중편 「한씨 연대기(1972)」는 3인칭 주인공인 의사 한영덕 씨의 일생을 들려주고 있다. 제목과는 달리 입체적 구성으로 이야기가 전개된다. 주인공은 남북 분단의 여파로 역사적 희생자가 되어서, 남과 북 그리고 포로수용소를 오가며 정처 없는 나그네처럼 살아왔던 비참한 일생을 현재와 과거를 넘나들면서 들려주고 있다. 소설은 작고 초라한 적산가옥에서 죽음을 앞둔 채 살아가는 노인 한영덕에 대해 하나하나 비밀의 열쇠를 풀 듯 그의 과거 행적을 들려주고 있다. 이 소설 제목 '연대기'는 한 사람의 일생을 서술한다는 뜻을 지니고 있다.

소설 속의 사건이란 현실에선 우연히 일어나는 수많은 별개의 사건들을 토대로 작가의 상상력에 힘입어서 하나의 이야기로 가공된다. 우리의 탄생 자체가 결국 우연에서 시작하듯이, 소설에서 맨 처음 나오는 사건도 이야기가 시작하는 시점에서는 우연한 사건이다. 그렇지만 작가가 의도했던 주제로 향하도록 필연적으로 원인과 결과를 이루며 꾸며진다.

그 반면 자서전에서 그려지는 삶은 현실에서 벌어진 우연한 사건의 연속이다. 자서전에서 사실 그대로 발생한 그 우연한 사건들은 소설에서처럼 필연적으로 원인과 결과를 이루며 이어지는 것이 있고, 뚜렷한 결말이 없이 우연적 사건 그대로 그냥 흘러가는 것도 있다. 자서전에 나오는 사건들이 소설처럼 필연적 이야기 구성을 지니는 수도 있다. 한 가지 예를 들어 본다. 어떤 남녀가 한때 헤어졌다. 그런데 우연한 기회에 재회를 하고 다시 사랑을 이어가려고 하지만, 뜻하지 않은 걸림돌로 인해 또 헤어진다. 성사가 안 될 것 같은데, 다시 노력해서 우여곡절 끝에 극적으로 성사된다. 이러한 사건을 겪은 사람이 이야기로 만들어 자서전에 그대로 담으면 그 자서전은 독자에게 소설적 구성과 같은 흥미를 준다. 이처럼 살면서 소설 같은 이야기를 과연 얼마나 발견할 수 있는지는 사람마다 다르다.

소설의 한 부분이 마치 자서전 같고, 자서전의 한 부분이 마치 소설 같이 느껴지는 경우가 있다. 자서전을 서사적으로 서술하다 보면 소설처럼 대화문이 들어가거나 소설 구성을 취할 때 그러하다. 그렇다고 자서전을 쓸 때 기성 소설을 흉내 내느라 있지도 않은 사실을 허구적으로 꾸밀 수는 없다. 자서전은 사실 체험담이긴 해도 소설처럼 주제, 구성, 문체 등 기본 요소 외에 인물, 사건, 배경 등 구성의 3요소를 갖추고 있다. 그렇지만 소설과는 달리 꽉 짜인 플롯, 하나의 패턴으로 일어나는 사건의 배치, 복선, 암시 등의 의도적인 기법을 쓰지 않는다. 소설처럼 독자에게 주제의 효과적인 전달을 위해서 사건의 의미를 하나의 상징성을 띤 장치로 굳이 배합할 필요는 없다. 그렇게 된다면 그것은 자서전이 아니라 이미 소설이다. 물론 자서전에 나오는 현실 체험담의 연결이 기묘하게 소설처럼 들어맞는 경우도 있다.

소설과 자서전은 모두 서사성이 있으며 표현과 구성이 비슷하지만, 그 느낌이 각각 다르다. 동일한 이야기를 소설과 자서전(또는 논픽션, 수기)으로 각각 창작한다면 독자가 받는 감동의 깊이가 다르다. 오래전에 인기 있었던 'TV문학관'은 소설을 드라마로 각색한 것인데, 같은 내용이라도 소설로 보는 것과 드라마로 보는 것은 느낌이 색다르다. 허구적으로 꾸민 이야기로 된 소설이 독자에게 강한 전달력이 있는 이유는 작가가 체험한 현실을 바탕으로 그럴듯하게 개연성(蓋然性)이 있도록 창작한 것이라서 그렇다. 이와 달리 자서전은 오직 기억에 의존해서 사실을 들려주고 보여주는 본성이 있기에 강한 전달력은 물론 인물, 배경, 사건에 대해 현장감을 느끼게 한다. 여러 감각을 통해 상세하게 표현하기도 한다.

소설가의 능력은 천부적 감수성, 상상력(imagination), 관찰력, 경험의 폭과 깊이 있는 사고력, 인간과 세상에 대한 폭넓은 이해력 등에 있다고 할 수 있다. 상상력은 특히 시 창작에서 요구되는 중요한 바탕이다. 소설을 읽다 보면 픽션이 주는 상상력의 힘으로 내용을 음미하면서 숨겨진 주제를 찾는다. 자서전 작가의 능력은 기억에 의존해서 자신의 사실 체험을 바라보고 사유하는 깊이와 그것을 서사적으로 구성하고 표현하는 능력에 있다고 하겠다. 자서전도 소설처럼 언어 표현의 미학에 의존할 수 있다. 자서전을 읽다 보면 그 모든 내용이 자신의 삶에 공감을 주면서 무언가의 깨달음, 반성, 교훈 등으로 직설적으로 다가온다. 이것이 자서전이 지니는 독자와의 친화력(appetence, affinity)이다. 그런 점에서 자서전은 소설보다 더 보편적이며 난해한 문학작품에 비해 부담 없이 읽힌다. 자서전을 비롯한 사실 기록성을 지닌 문학작품(수필, 논픽션, 수기, 일기, 회고록 등등)을 소설과 비교할 때에 어느 것을 가리켜 우월성 여부를 논할 수는 없다. 어디까지나 독자의 취향에 따른 선택이다.

소설에서는 한 가지 글감을 가지고도 무한히 스토리를 뽑아내는 것을 볼 수 있다. 신경숙의 장편 『엄마를 부탁해(창작과 비평사, 2008)』

의 후반부를 보면, 실종된 엄마가 중음신(中陰神)이 되어서 당신이 실종되기 전에 살던 시골집을 둘러보며 독백하는 장면이 나온다. 독백을 하며 시골에서 지내던 당신 삶의 모습을 회상하고 있다. 실종된 엄마는 과거 시골 생활에서 있었던 여러 추억담을 꼬리에 꼬리를 물고 자연스럽게 서술한다. 찐빵을 쪄서 내오면 먹성 좋은 자녀들이 마구 집어먹었던 장면, 별빛이 보이는 밤, 꽃밭과 우물가, 정감 어린 마당, 마루, 우편함, 대문 등등을 그리워한다. 이렇게 장황하게 나열되는 내용을 보아도 시골 생활 풍경과 시골 주민들 간에 오가는 정서나 심리를 엿볼 수 있다. 글이란 불과 서너 줄의 보고(報告) 사항에 불과한 내용을 가지고도 누에고치에서 실이 나오듯, 긴 내용 더 나아가 한 편의 단편소설까지 만들 수 있는 위력이 있다. 필자 개인의 견해이지만, 이 소설은 전반적으로 소설다운 문학성보다는 수필다운 인상이 강하다. 이 소설은 한때 초유의 베스트셀러였는데, 제목과 내용에서 어느 수필을 표절했다는 의견이 있었다.

소설가이든 자서전 작가이든, 글을 쓰는 이상 어느 한 가지 소재를 가지고도 이야기꾼이 된다. 이야기꾼인 이상 재미있게 꾸밀 능력도 생기게 마련이다. 이것은 추억을 간직하기 때문에 가능하다. 사람들이 모여서 차 마시는 문화와 음주 문화에는 수다 떠는 습성이 있다. 그런 자리에서 물을 만난 생선처럼 평소와는 달리 할 말이 그리도 많은 것은 그만큼 평소에 외로움을 많이 느끼고 억눌린 것이 많은 것인지, 남들에게 인정받으며 자신을 그만큼 돋보이고 싶어 하는 심리가 있어서인지 이유는 제각각이다. 이처럼 사람들은 근본적으로 이야기꾼이다.

사실 체험을 소재로 쓰는 사실문학(기록문학)에서는 작가가 의도한 주제에 맞추기 위해 내용을 작위적으로 구성하다 보니 소설처럼 약간 허구적으로 꾸밀 수 있다. 영화, 드라마에선 관객과 시청자에게 강한 느낌과 경각심을 주기 위해서 내용을 과장해가면서 각색하는 일이 있다. 역사 기록도 100% 완벽한 사실이라는 증거는 없다. 역사는 승자의 기록이며, 기록하는 사관(史官)의 재량과 관점에 따라 선별해서 기록할 수 있기 때문이다. 자서전에서도 소설적 구성을 취하려는 의도가 있는 한에서는 약간의 허구를 허용할 수 있다는 주장이 나오고 있다. 소설의 독자로선 소설 내용이 100% 허구인지를 확인할 수 없듯이, 자서전의 독자 역시 자서전 내용이 100% 사실인지를 확인할 길이 없다. 자서전을 쓰려고 지나온 생애를 기억할 때에 완벽하게 기억한다는 보장이 없다 보니, 기억나는 한도에서 쓰거나 기억을 재구성, 편집해서 쓰는 일이 일반적이다. 물론 이런 점은 독자가 눈치로 알아차릴 수 있다. 자서전에서 흥미를 가미하느라 인위적으로 사실 체험의 일부를 각색해서 꾸미는 것은 자서전의 본질상 차마 그럴 수 없지만, 알게 모르게 행해질 수 있다. 자전적 소설이라면 소설이라서 각색이 있을 수 있다. 자서전에서 내용의 풍부함과 재미를 주기 위해서 내용을 인위적으로 꾸미겠다면 차라리 소설 창작을 하라고 권하고 싶다. 굳이 하겠다면 미세한 정도에서 그치는 것이 좋겠다. 자서전 저자로서는 자서전의 모든 내용에 대한 현실 검증 가능성과 자기 확증성을 지니는 것이 원칙이다. 이것은 저자와 독자 간의 보이지 않는 약속이며, 신뢰성을 주는 행위이다.

소설을 평가할 때에 그 소설이 지닌 허구적 창작성이 얼마나 있는지를 가지고 문학성을 논하지는 않는다. 공지영의 장편 『도가니(창작과 비평사, 2009)』는 마치 논픽션처럼 사실 체험담을 그대로 소설로 형상화했는데도 전혀 문제가 되지 않았다. 독자들은 소설의 소재가 된 광주 인화학교 사건의 참상에 더 충격을 받았고, 실지로 국가적 차원에서 진상 규명이 이루어졌다. 이런 경우, 독자로선 소설 내용에서 사실(작가의 현실 체험)과 허구의 경계란 큰 의미가 없다. 이처럼 소설 내용이 기사문처럼 민감한 사회현상으로 받아들여져 사회문제가 된 사례가 실지로 있었다. 그 여파로 '소설 같은 현실', '현실 같은 소설'이란 말이 나오기까지 했다.

자서전이 지니고 있는 '들려주기(telling, 설명하기)' 표현은 소설에서도 나타난다. 특히 '자전적 소설'에서 잘 나타난다. 그런가 하면 소설의 앞부분에서는 현재 시점에서 마음을 정리한 채 과거 사실을 독자에게 들려주기도 한다. 성석제의 장편『투명인간(창작과 비평사, 2014)』은 주인공 김만수를 둘러싼 주변 인물들이 각자 자신의 입장에서 이야기를 들려주면서 내용을 전개하는 새로운 기법의 소설이다. 주인공 만수의 모습을, 주변 인물들(동생, 친구, 부인)이 각자 일인칭 주인공이 되어서 그 입장에서 바라보며 평가하는 방식으로 서술하고 있다. 주인공 김만수가 펼치는 삶의 궤적은 자서전적인데, 그 주변 인물들의 삶도 모두 제 나름대로 매우 파란만장하며 그에 따른 긴장, 감동, 흥미를 주고 있다.

근대소설에 올수록 작가가 일부러 나서서 인물과 배경에 대해 친절하게 '들려주기' 기법으로 나오는 것을 지양한다. 들려주기는 글의 내용을 한결 단순화하는 것이며, 독자의 열린 해석을 방해하기 때문이다. 독자에게 대상과의 거리감 유지를 기본정신으로 하며 비유 또는 암시하면서 주제를 숨기는 '보여주기(showing)' 표현이 대세이다. 그러다 보니 소설에서 '주제 숨기기'가 정석이고, 자서전에선 작가의 육성을 통해 독자에게 친화력을 주다 보니 '주제의 드러냄'이 정석이었다.

그렇지만 자서전에서도 필요에 따라 소설다운 세련된 기법을 따르다 보면 주제를 가르쳐주듯 말해 주지 않는 경우도 있다. 게다가 '보여주기' 기법에 익숙한 소설가나 소설 독자들은 자서전에서 작가가 직접 나서서 독자에게 메시지를 직설적으로 설명하고 논증하는 '들려주기' 기법을 반기지 않을 수 있다. 요즘 자서전에서는 들려주기 기법을 지양하고 저자 자신의 모든 사실 경험담과 생각을 보여주면서 소설처럼 독자에게 주제에 대한 판단을 맡기는 '보여주기' 기법을 따르는 것도 있다. 저자가 직접 밝히지 않은 숨겨진 이야기를 독자들이 상황 묘사만으로 얼마든지 상상하며 선악, 시비, 가치 등의 판단을 내릴 수 있도록 하는 방식이다. 이는 독자에게 그만큼 내용의 유추와 열린 해석을 요구한다. 그렇다고 자서전에서 독자가 주제 파악에서 애매함을 느낄 정도로 표현한다면 곤란하다.

3.
자서전 쓰기를 통한 체험

　　　　　　자서전을 쓰면서 어떤 체험을 하는지 어떤 정신적 과정을 겪는지 살펴보는 것은, 결국 자서전의 가치와 쓰는 이유를 살펴보는 일이 된다. 이에 대해서 정체성 탐구, 자아실현, 교훈성 이 세 가지에 초점을 두어서 설명하고자 한다.

3-1. 정체성 찾기

　앞서 말했듯이, 자서전을 쓰면서 내 존재를 알고 나를 돌아본다는 것은 자기 성찰이란 말로 설명된다. 자기 성찰은 더 나아가 진정한 자아의식이나 '자아 정체성(identity, 또는 자기동일성)'을 찾으며 자아실현을 이루는 것이다. '자아 정체성'은 교육학 용어이다. 과거를 돌아보며 자신을 성찰하는 과정에서, 타자와의 관계를 통해서도 자기 정체성을 알게 된다고 했다. 그런데 시대마다 가치관이 다양하고 상대적이라면 정체성의 혼란을 겪기도 한다. 자신과 관계를 맺는 타인 그리고 자신이 속한 세계와 조화를 꿈꾸는 것 자체가 바로 정체성을 추구하는 행위이다. 그 결과 안정, 안락, 기쁨을 누린다. 정체성을 밝힌다는 것은 누구와도 비교될 수 없는 가장 본질적이고 고유한 '나'를 밝히는 것이며, 사회에서의 역할을 확립하는 것이다. 살면서 내가 겪은 일과 그 흔적을 있는 그대로 자서전에다 쓰다 보면 자신을 둘러싼 모든 사회 역사 현실과 그 여건에서 지녔던 자신의 위치, 자신의 본질성과 고유성을 살펴보게 된다.

자서전에서 자신이 살아온 길을 정리하고자 정체성을 밝히기 위해서 자신에게 하는 질문 사항으론 다음과 같다.

- 나는 누구인가(나이 들어도 변하지 않는 나의 성격, 장단점, 개성)
- 나를 남에게 내세울 수 있는 점(학력, 직업, 취미, 특기, 자랑거리, 사회적 업적)
- 나의 가치관, 인생관, 인생 신조, 삶의 태도, 처세법, 좌우명
- 가장 좋아하는 일과 싫어하는 일
- 나에게 관심을 주고 아껴주는 사람(부모·형제, 친구, 선후배)
- 내가 살아 있는 동안에 소중히 여기는 집단(가족, 종교단체, 모임)
- 현재 나의 관심사, 미래의 꿈

사실 이 사항의 일부는 자기소개서에서도 쓸 수 있다. 이 사항들을 자서전에서 일부 내용으로 얼마든지 쓸 만하다. 이 사항들을 자서전에서 소제목으로 각각 정하고 해당 내용을 잘 정리해서 써 보면 자신의 본질과 정체성을 대강 파악할 수 있을 것이다.

자서전에서는 되도록 자신에 대해 주로 칭찬 일변도로 된 타인의 평가를 삽입해서 들려주는 일이 있다. 그렇지만 자신의 장단점, '내가 바라보는 나', '남이 바라보는 나'를 객관적으로 바라보며 쓰는 것이 바람직하다. 자신의 실체를 안다는 것은, 남에게 보이는 자신, 남에게 보

이지 않는 자신, 앞으로 되고 싶은 자신의 모습을 모두 아는 것이다. 자신을 알고자 자신을 찾는 것은 때에 따라 방어기제를 발휘하는 단계라 할 수 있다. 우물 안 개구리 생활에서 벗어나지 못하거나 자신의 마음을 비우지 못하면 자신을 제대로 알기란 어렵다. 자신을 알고자 하는 데에는 어느 한도까지 허용할 수 있는지, 이에 대해선 또한 상대적이다. 자신을 알고 객관적으로 평가하는 일은 쉽지 않겠지만, 용기와 순수한 마음을 가지고 해 보아야 한다. 자존감이 강한 사람이라면 자신에 대한 평가를 두려워하지 말아야 할 것이다. 어떤 자서전에서는 '나는 당시 친구들로부터 이러이러한 평가를 받았다'는 내용을 자연스럽게 인용하기도 한다. 사람은 대인관계를 통해 성장하기에 남이 나를 어떻게 바라보는가는 결코 무시할 수 없다. 자서전 쓰기의 본질은 '내가 나를 만나는 글쓰기'이며, '나를 찾는 인생 글쓰기'이다. 사람은 자신을 잘 알고 있는 것 같지만, 막상 그렇지도 못하다.

그러면 정체성에 대해서 심리학에서 말하는 '무의식'에 초점을 두어서 설명을 한다. 자서전에서 자신의 정체성을 확립하고자 할 때 '자아(ego, self)'라는 용어보다는 '주체'라는 용어를 사용한다. 자아는 심리적 용어로서, 각 개인이 자신에 대한 개념을 가리킬 때 쓰인다. 자아는 변하지 않는 고유의 자기 모습을 말하며, 일관성 있고 자율적인 개성을 지닌 것에 무게를 두는 용어이다. 주체는 좀 더 현장성과 구체성을 지닌 주인의식이란 뉘앙스가 강하다. 주체를 철학적 표현을 빌자면 '실존적 주체'라고 한다.

1990년대 이후에 나온 예술 사조로 포스트모더니즘이 있었다. 종전의 규격화된 중심에서 벗어나서 개성, 다양성, 자율성을 중시하는 태도이다. 포스트모더니즘의 영향으로, 자서전은 전통적 자서전과는 조금 변화를 보이기 시작했는데, 그 대표적 예는 자아보다는 주체란 용어를 선호하는 경향이다. 자서전은 그때그때 특정한 상황에 처한 자아가 어떻게 그 상황의 주체가 되어서 변화하고 성장하는가를 보여주는 글이기 때문이다. 이민 간 한국인이 영어로 소통하고 글을 쓴다면, 영어식 서술방법이나 그 감각을 통해서 전통적 한국 사고방식에 젖었던 자의식과 자아의 개념이 변할 수 있다. 그 결과 일관성 있는 '나', 즉 '자아'를 찾기가 어렵다. 이런 것은 이민자들이 흔히 겪게 되는 자아 또는 주체의 변화로 인한 정체성의 혼란이다.

소설 구성의 3요소인 '인물, 사건, 배경'에서 인물은 '성격(character)' 또는 '인격(personality)'이라는 말로 설명되기도 한다. '인격'의 원어 'personality'의 어원은 '페르소나(persona: 가면, 탈, 역할)'에서 나왔다. 페르소나는, 소설이나 희곡에서 각 등장인물이 맡은 역할, 심리학에서 가면을 쓴 인물을 말한다. 심리학적으로 설명하자면, 한 사람이 사회적 삶을 살기 위해서 자기에게 주어진 환경에 적응하면서 지니게 되는 자아의 또 다른 측면이다. 성장에 따른 사회화 과정에서 자연스럽게 맡게 되는 사회적 역할이다. 그러다 보니 페르소나는 '진정한 자아의 모습(정체성)'을 희생하면서 만들어지기도 한다. 페르소나에는 아니마(anima: 남성의 무의식에 있는 여성적 모습)와 아니무스(animus: 여성의 무의식에 있는 남성적 모습)가 있다. 이를 통해 남성과 여성은 각각 반대편 성의 모습을 통합해서 드러내는 성향이 있다는 것이다. 그것이 언제 드러날지는 개인의 상황에 따라 다를 뿐이다.

사람은 사회인으로서 살아가면서 수많은 역할에 따른 다양한 모습을 연출한다. 그러다 보니 부득이 가면을 쓰며 살아간다. 인생의 핵심은 가면이라 해도 과언이 아니다. 가정에서는 주부(또는 가장), 자녀에게는 학부모, 동네에선 입주민, 소비자, 직장에서는 대리급 사원, 동창회에서는 옛 친구, 어느 분의 제자나 스승, 지역사회에선 능력을 갖춘 재원(才媛 또는 재인才人), 교회에선 신자, 역사적 변혁기를 겪어본 한 시민 등등으로 그 역할은 많다. 김광규의 시 「나」를 보면 한 사람의 존재가 지닌 여러 사회적 위치는 복합적이란 것을 말해 준다. 그래서 우리가 어떤 사람을 바라볼 때 한 가지 역할을 지닌 모습, 즉 하나의 가면만 쓴 모습으로 전체를 바라보는 것은 위험한 편견이다. 예를 들어, 대학생이 강단에서 늘 근엄한 태도를 보이는 교수가 당신의 가정에서 아버지로서, 남편으로서 그와 동일하게 행동한다고 여긴다면 정말 착각이다. 이처럼 여러 역할을 하는 자신의 모습에서 정체성을 찾는다는 것은 사람들과 관계를 통해서 정체성을 확립하는 것과도 같다.

사람이 성장하면서 드러나는 진짜 모습은 사회적 역할을 하고 있는 가면, 즉 페르소나 외에 내면, 본능, 무의식 등에도 있다. 혹자는 이 무의식을 참된 자아라고도 한다. 사람 의식을 분해해 보면 신비하면서도 다양하다. 심리학자 융(Carl Gustav Jung)에 의하면 사람에게는 현재 의식 상태(ego)가 있는데 그 의식 상태에는 무의식과 '전(前)의식'이 있다. '전의식'이란 무의식으로 되기 이전의 상태이다. 이 무의식과 '전의식'은, 의식처럼 겉으로 드러나지 않지만, 의식을 이루고 있다. 사람이 도덕적 판단을 할 때는 무의식은 염두에 두지 않고 겉으로 의식된 부분, 말하자면 사회적 합의가 이뤄진 상식에 의거해서 한다. 그렇지만 무의식의 힘은 엄청나다. '무의식' 하면 흔히 콤플렉스나 집단 무의식을 들 수 있다. 무의식은 평소에는 망각되고 잠재되어 있다가 어느 순간 드러난다. 예를 들어 본다. 자수성가한 어느 사장에게는 어릴 적 고생했던 그 무의식이 자리 잡고 있어서 평소에도 늘 알뜰하게 살고 궁핍한 습성을 보일 때가 있다. 눈에 띄도록 의식적으로 지향하는 바와 감추고 있는 무의식은 모두 그 사람 자신의 모습이다. 무의식 영역에선 자신이 미처 의식하지 못했던 자신을 만나게 된다. 사람은 자신이 좋아하거나 싫어하는 사회적 현상이나 사건, 사람 등을 확인하다 보면 자신의 무의식에 감추어진 모습을 읽을 수 있다. 그렇지만 자신을 무의식적으로 지배하는 어떤 힘과 현재 보이는 자신의 모습과는 너무 괴리되지 않도록 조화를 이루며 살아가는 것이 바람직하다.

프로이트(Sigmund Freud, 1856~1939)는 무의식을 통해 자신을 들여다보는 '몸 치료'를 거론했다. 글쓰기는 무의식의 힘으로 쓰기도 한다. 무의식 영역이 바로 기억의 창고이다. 자서전은 페르소나와 무의식이 함께 드러나는 글이다.

3-2. 자아실현 욕구

자서전을 쓰는 이유 중에는 자아실현과 '자신의 발견'이 있다. 자아실현은 앞서 말한 페르소나, 무의식, 의식 등이 서로 화해하면서 자신의 정체성을 확보하려는 움직임이다. 심리학자 융(Carl Gustav Jung, 1875~1961)에 의하면 진정한 자아실현이란 의식과 무의식이 조화를 이루는 상태이다. 진정한 자아실현이며 자기 정체성을 확립하는 길은 무의식에 자리 잡은 자신의 모습을 인정하고 의식화된 자아와 조화를 이루는 것이다. 그럼으로써 자신의 고유성을 확립하면서 살아가는 것이다. 자서전을 쓰면서 자신의 과거를 인정하고 받아들이는 행위도 여기에 해당한다.

일반적인 글쓰기는 바로 자아실현 단계에 해당한다. 글쓰기 자체가 사회 구성원으로서 표현하고 소통하는 행위이며, 사회 공동체에 참여하는 길이 되며, 개인적 욕구가 융합된 행위이기 때문이다. 자서전에다 자신의 이야기를 고백적으로 쓴다는 것 자체도 이미 자아실현이다. 자서전을 쓰면서 자신이 표현하는 즐거움을 누리고, 그 자서전이 남에게 읽혀서 무언가 도움을 준다는 점에서 성취감을 느낀다면 그러하다.

자서전 쓰기가 지닌 '자아실현 욕구'란, 미국의 심리학자 A.매슬로(Maslow's)가 말한 인간 욕구 5단계설(hierarchy of needs)의 최종 단계인 5단계에 나온다. 인간 욕구 5단계설은 심리학, 교육학에서 반드시 나오는 내용이다. '자아실현 욕구'는, 자신의 모든 잠재력과 능력을 인식하고 충족시키는 단계이다. 그만큼 고차원적이며 성인의 경지로 나아가는 것이다. 알고 이해하려는 인지(認知) 욕구나 아름다운 것을 감상하려는 심미(審美) 욕구가 모두 여기에 포함된다. 자아실현 욕구를 통해 인격의 완성과 자아정체성 확립을 위한 움직임을 보인다. 모든 인간은 궁극적으로 자아실현의 기회를 갖고 있다고 매슬로는 주장한다. 그 전 단계인 4단계 '존중 욕구'는 자아를 존중하는 동시에 타인에게서 존중을 받으려는 욕구이다. 그것은 개인이 유능함과 자신감을 얼마나 지니고 있는지에 따라 발생한다. 스스로 자아존중을 하지 못하면 열등감에 빠진다. 자아실현 욕구를 달성하려면 자아존중 욕구를 지니고 있되 그 하위인 생리적 욕구, 안전 보장 욕구, 소속감을 지니려는 욕구에만 집착해서는 안 되며, 사회와 자신이 주는 구속에 너무 얽매이지 말며 무엇보다 본래의 자신을 잘 알아야 한다.

성 아우구스티누스의 『고백록』에서 저자가 자신의 삶을 기술한 것은 자신을 특별한 개인으로 설정하고 타인과의 차이성을 부각시키기 위한 것이 아니었다. 인간은 특별하지 않기에 죄를 짓고 방황하고, 그래도 영원한 구원의 길로 인도된다는 것이 기독교의 관점이다. 저자는 자신의 삶을 통해 구원의 역사가 실현되고 새로운 인간으로 창조되고 있음을 보여주고자 했다. 책에선, 자기 삶의 기록을 통해서 삶을 해석하며 삶에서 실현해야 할 사항을 제시한 것이다. 이것이 성 아우구스티누스의 자아발견, 자아실현이다.

성공한 사람이나 평범하게 살아온 사람, 실패한 사람은 모두 지내온 인생길에서 터득한 지혜와 아쉬움을 정리해서 후손들과 공감하기 위해서 글을 쓰고 책을 낸다. 이런 것이 정신적 욕망의 실현이며, 일종의 자아실현 욕구이다. 자서전 쓰기를 통해 진정한 자아발견, 자아실현, 더 나아가 자기계발을 지향하는 것은 뜻깊은 일이다.

3-3. 교훈성이 있는 주제 발굴

자서전을 쓰고 감상하는 것에는 나름대로 교육적 효과가 있다고 할 때는 흔히 교훈성을 거론한다. 자서전의 교훈성은 내용에서 드러나며 공익성으로 설명할 수 있다. 제니트 바니건(Janet Varner Gunn)의 「Autobiography(1982)」에서는 자서전에서 자신의 이야기를 쓰는 것을 문화적 행위라는 관점에서 자서전의 공익성이라고 규정했다.

자서전에서 나타나는 주인공의 비범함과 성공적 삶은 대부분 구체적 실천을 촉구하는 교훈성으로 이어진다. '교훈성' 하면, 입지전에 흔히 나오는 내용처럼, 역경을 딛고 노력하면 성공한다는 주제를 떠올릴 수 있다. 그 외 '법과 도덕을 지키며 올바로 살아야 한다', '강자는 약자에게 아량과 덕을 베풀어야 자신도 복을 받는다.' 등등 소박한 주제도 교훈적이다. 사필귀정이나 권선징악이란 말대로 순리대로 올바로 살면 하늘이 복을 내리고 악행을 저지르면 벌을 내린다는 주제도 그러하다. 직장에서 비리를 저질렀을 때 재수가 좋으면 그 비리는 그냥 묻혀가겠지만, 실지로 그런 행운은 절대 장담할 수 없다. 뉴스에 가끔 나오듯이, 어떤 의로운 사람에 의해 언젠가는 발각되기 마련이다. 이런 일을 목격했으면 자서전에다 죄짓고는 못 산다는 교훈적 메시지를 전하면서 쓸 수 있다.

현실에서 남에게 피해를 주면 자신도 언젠가는 피해를 입는다는 기막힌 우연적 이야기가 실지로 벌어진다. 남에게 피해를 주면서 자기 배만 채우는 사람이 있었다. 학력이 높고 좋은 직장을 가졌다는 우월감에 젖어서 남의 곤란한 사정은 전혀 개의치 않고 놀부처럼 내 것이 내 것임은 물론이요, 남의 것도 내 것이란 신조로 사는 놀부형이다. 그런 행동으로 피해를 입은 형제들이나 주변 사람들이 제대로 항의하지 않고 방관하고 넘어가는 것도 잘못이다. 그 사람은 나중에 엄청난 금전적 손해를 입었다고 한다. 그럴 땐 주변에선 속된 말로 '그거 쌤통'이란 비아냥거림으로 반응하게 된다. 이런 목격담을 자서전에 쓴다면 그에 따른 교훈적 메시지를 담게 된다.

자신은 '금수저'라고 주변의 '흙수저'에게 상처를 주면서까지 무시하고 오만하게 나온 사람이 말년에 가정이 풍비박산되고 파멸을 겪는 사례가 있다. 반면 흙수저는 그간 금수저에게 무시 받으며 살았던 동안에 가정을 원만하게 꾸리면서 열심히 일해서 부자가 된다. 이런 유형의 이야기는 남의 눈에 피눈물 나게 하면 자신도 피눈물을 흘리게 된다는 교훈을 준다. 사실 학교 폭력도 남달리 어리숙하고 제때 싸울 줄 모르고 자기 권리를 찾을 줄 모르는 마음 약한 친구를 고의적으로 얕보는 것에서 비롯된다. 신앙심이 있는 학생이라면 이런 악질적 태도는 삼갈 것이다. 세상에는 신앙 공동체에서 그렇듯이 자신보다 어리숙한 사람에게 친절하게 충고해 주는 미덕을 발휘하는 사람만 있다면 무엇이 걱정이겠는가?

선행에는 현명한 선행이 있는 반면 어리석은 선행도 있다. 오직 남에게 착한 사람으로 인정받는 것에만 승부를 거는 사람이 있다. 그런 사람은 자기 분수에 맞지 않게 남에게 베푸는 일을 즐긴다. 남에게 명백히 피해를 입었는데도 당당히 싸워서 상대방의 잘못을 깨우쳐주고 자신의 권익을 주장하려는 의지는 통 없고 그저 착한 사람이 되겠다며 오히려 참고 지내며 용서하는 것으로 귀결한다. 그러면 상대방이 저절로 참회하고 빌려 간 돈도 스스로 갚을 것이고, 자신은 복을 받을 것이란 이상한 믿음으로 버틴다. 그런 사람은 행동의 일관성이 없어서 자신의 약자(자녀, 동생들)에게는 지나치게 엄격하게 나온다. 그런 어리석은 선행이 맞이한 결과는 재산을 날리는 처절한 실패이다. 세상 사람 중에는 선행을 선행으로 갚는 사람도 있지만, 선행을 악용하는 사람들도 있기 마련이라는 것을 망각했기 때문이다. 하늘의 복은 악착같이 자기 것을 챙기며 열심히 사는 사람에게나 내린다는 교훈을 읽을 수 있다.

기성세대가 겪었던 시행착오 중에는 믿는 도끼에 발등을 찍히는 사례가 있다. 가부장제가 강했던 옛날에 외아들에게만 무조건 희생하면서 온갖 것을 베풀어주면 그 아들이 부모의 기대만큼 반드시 효도한다는 보장은 없다. 과거에 가정에서 딸들은 아들을 위해서 학업을 포기하고 공장 노동자가 되어 생활비나 등록금을 대주는 일이 있었다. 그런 딸이 그만큼 보상을 받느냐 하면 거의 그렇지 않다. 그 결과 그 여자는 억울한 심정에 훗날 남동생과 오빠와는 의절하고 지낸다. 이런 일 역시 현실에서 일어난다. 자서전에서 이런 사연의 가정사를 쓴다면 올바르고 현명한 자녀교육이란 아들딸을 평등하게 대하고 자립심을 키워주는 것이란 교훈성을 담을 수 있다. 이와는 달리 흐뭇한 사연도 있다. 어느 유명 작가의 사연이다. 그분은 어려운 가정 형편으로 1960년대 말에 고려대 영문과를 중퇴하고 일찍이 신문사 기자로 취업했다. 당시 부모님에게는 자녀 한 명분의 등록금을 대어 줄 형편이었다. 그 작가는 자신은 워낙 유능해서 그 학력으로 얼마든지 성공할 수 있는데, 여자는 대학 졸업장이 있어야 제대로 취직한다며 여동생에게 양보하느라 그리되었다고 한다. 그 작가는 오랫동안 기자로 지내다 2000년 전후부터 여러 문학상을 수상하며 베스트셀러를 많이 낸 국내 굴지의 작가로 우뚝 섰다.

교훈적 메시지는 고전 작품,『사서삼경(四書三經)』, 중국 명나라 학자 범립본(范立本)의『명심보감(1393)』, 중국 명나라 사람 홍자성의 『채근담(17세기 초)』에 많이 나온다. 여기에 나오는 교훈적 메시지 중에는 현대 실정에 맞지 않는 것도 있지만, 현명한 인생살이와 바람직한 처세술, 지혜로운 언행, 욕망의 허무함 등등을 담은 메시지는 시공을 초월해서 사람들에게 와 닿는다. 검소한 생활을 하면 복을 받고, 자신을 낮추는 것에서 덕이 생기며, 욕심이 많으면 근심도 많아지고, 잘난 척하고 남을 무시하면 그것이 자신의 단점이 되며, 아무리 논리 정연한 말이라도 남에겐 듣기에 부담이 될 수 있으니 항상 말을 조심하자 등등 그 내용은 많다. 어쨌든 바람직하고 상식적인 모럴(moral)을 제시하고 있다는 점에서 교훈성이 드러난다.

한비자(韓非子, BC280~233)의 저서『한비자(BC233)』에도 "희로애락을 함부로 드러내지 말자", "자기 자신을 이겨야 강한 사람이다", "덕을 베풀어야 사람을 얻는다", "긴장의 끈은 안정적일 때에도 함부로 놓지 마라", "아무리 가까운 사이에도 잘잘못은 가려라." 등등 많은 교훈적 처세술이 나온다. 그 외 험난한 세상에서 살아갈 때 필요한, 권모술수에 가까운 처세술도 제시하고 있다.

마음 수양을 겸하며 만사를 올바로 바라보는 자세를 보여주는 고전으론 로마제국 16대 황제이자 스토아 철학자인 마르쿠스 아우렐리우스(Marcus Aurelius Antoninus, 121~180)의『명상록』을 들 수 있다. 정확한 저술 연도가 밝혀지지 않았는데, 말년에 저술한 것으로 추측된다. 첫 장부터 할아버지와 아버지로부터 교육받은 순하고 착한 마음씨, 겸손과 남자다운 기백, 검소한 생활 방식, 성격 개선하기, 독서하기, 피상적인 사고에 빠지지 않기, 수다쟁이들에게 함부로 동의하지 않기, 만사는 마음먹기에 달려 있다는 등등으로 자신은 도덕적 삶의 자세를 지니게 되었다고 술회하고 있다. 내용을 보면 처세를 위한 수양록(修養錄) 성격을 지니고 있다. 전체 구성을 보면, 자신의 생활 방식, 정신세계, 사유 세계 등을 일련번호로 매겨 독자들에게 교훈적인 어조로 전달하고 있다. 저술 당시 저자는 파르티안(Parthian) 전쟁과 페스트의 로마 창궐 현상, 아내의 사망, 게르만족 침입으로 인한 전투 등을 겪고 있었다. 그때 전장에서 고독과 유랑의 시간을 보내며 작성한 『명상록』은 죽음을 덤덤하게 바라보는 태도에 대해서도 반복적으로 강조하고 있다.

『명심보감』에는, 오늘 부자라고 해서 내일도 항상 부자로 지낼 것이라고 예측하지 말며, 가난해졌을 때의 상황도 예상하며 늘 준비하며 지내라는 말이 있다. 유비무환(有備無患) 정신이다. 기독교의 복음 성가 중 「내일 일은 난 몰라요(안이숙 작곡)」가 있다. "내일 일은 난 몰라요. 하루하루 살아요. / 불행이나 요행함도 내 뜻대로 못해요."란 구절로 시작한다. 그 누구도 미래를 점칠 수가 없기에 신앙인답게 신 앞에서 인간의 한계를 겸손하게 인정하겠다는 것이다. 또한, 오늘 내가 풍요롭고 만족스러운 삶을 산다고 오만하게 굴지 말라는 교훈도 읽을 수 있다. 내일은 알 수 없기에, 내일에도 내가 만족스러운 삶을 산다는 보장은 없다는 것이다. 오직 하느님만이 아는 일이다. 다르게 해석하자면, 누구나 알 수 없으며 전인미답(前人未踏) 상태인 내일을 희망으로 채워지도록 현재 충실히 살자는 것이다. 오늘의 노력에 따라 내일이 되면 뜻하지 않은 보람을 누릴 수 있듯이, 오늘 했던 고생이 내일에는 결실이 되고, 오늘 했던 실수가 내일에는 독소가 되어 돌아오는 법이다.

자서전에서 알 수 없는 내일이나 미래를 개척하기 위해 생애 어느 한 시기에 어떻게 그날그날 충실히 살았는지를 들려준다면 그것대로 교훈성을 준다. 그렇지만 자서전에서 교과서적 이론처럼 교훈적이고 심오한 내용, 사회 역사적으로 의미심장한 내용을 중심으로 전달한다면 다소 고답적(高踏的) 느낌을 줄 수 있다. 비범한 인생 역정(歷程), 성공담의 과시 등을 통해 너무 교훈적 내용으로 일관하다 보면 딱딱하고 무미건조한 정서를 안겨줄 수 있다.

또한, 자신의 모든 생애가 교훈적 삶으로만 점철되지 않은 사람도 있다는 것을 염두에 둔다면 자서전 내용에서 교훈성이 과연 필수 요건인지는 생각해 볼 문제이다. 자서전의 교훈성 지향은 어쩌면 옵션(option)일 수 있다. 그럼에도 독자들은 취향에 따라 자서전에서 무언가 재미있는 이야기 외에 교훈성, 깨달음을 안겨주는 인생 지혜, 특정한 정보 등을 요구한다. 평범한 사람의 자서전을 돈을 주고 산 이상, 읽어서 보탬이 되는 내용이라도 건질 것을 기대한다. 자서전 저자가 고령자일수록 그 자서전에서는 인생 지침이 되는 교훈성을 자연스럽게 갖출 것이라 여긴다. 노인이 되면 젊은 사람에게 훈계조의 말씀을 많이 하는 습성을 보아도 그렇다. 자서전에서 기왕 교훈성 있는 주제로 몰고 가겠다면, 그러한 사연이 담긴 이야기나 체험담을 각자의 방대한 인생에서 찾아보자.

성공지상주의에 힘입어서 매스컴에 오를 정도의 거창한 성공담은 그 자체만으로 교훈성을 준다. 이런 성공을 경험한 사람이라면 그 이야기를 자서전의 일부 내용으로 쓸 수 있다. 그러기에 앞서 아예 성공 이야기를 책 한 권의 주제로 삼아서 입지전으로 낸다. 오래전 막노동을 하면서 5년 만에 서울대 인문계열에 수석 합격한 사람의 고군분투한 사연이 책으로 나오면서 매스컴에서 선망의 대상이 되었다. 그분의 이야기는 사람의 의지로 초인적 노력을 발휘하면 못 이룰 것이 없다는 교훈을 준다. 불가능한 것을 어떻게 분투·노력해서 가능하게 했는지가 독자들에게 교훈성과 함께 강한 인상을 주게 하는 관건(關鍵)이다.

그렇지만, 그런 사연의 주인공과 같은 초인적 능력이 없는 독자로서 '오르지 못할 나무'라고 인식하며 상대적 열등감을 지닌다면, 단순한 흥밋거리로 받아들일 수밖에 없다. 자기계발서 부류의 책들이 지닌 한계점은, 독자가 읽었을 그 당시에만 와 닿을 뿐 실지로는 오랫동안 인상을 주지 못한다는 점이다. 그것은 막상 실천이 안 되기 때문이다. 어떤 방법으로 자기 계발을 해야 하는지 그에 따른 지식이나 정보만 섭취하는 수준에 그치는 정도이다. 그런 점에서 성공담 자서전이 너무 성공 지상주의라는 모토를 심어준다면, 특출한 성공을 이루지 못할 평범한 독자는 그저 재미있게 읽고 마는 정도에 그칠 수가 있다. 모든 사람이 초인적 능력을 발휘해서 우수한 인재에 성공 인생을 살라는 보장은 없다. 치열한 경쟁 시대에 아무리 노력한다 해도 상대 평가로 승부가 나기 때문에 낙오자는 늘 있게 마련이다.

자서전에서 교훈성을 주고자 한다면 자신이 살아오면서 어느 시기에 자신과의 싸움에서 오직 인내하고 고생하면서 무언가 작은 성취감을 이루었던 소박한 이야기를 찾아서 써도 무방하다. 그처럼 형설지공(螢雪之功) 주제를 담고 있는 사례는 많다. 막노동하면서 방송통신대 공부를 해서 학위를 딴 분의 사연, 생산직을 하면서 대입 공부를 해서 뒤늦게 사범대학에 입학해서 교사가 된 분의 사연, 커리어

우먼이 퇴근하면 집에서 살림하고 애들을 재워놓고 매일 잠을 줄여가면서 공부를 해서 학위를 딴 사연 등등 다양하다. 이런 인간 승리 이야기의 핵심은 시간 관리, 건강관리, 집중력 등이다. 사실 이 정도 수준의 이야기는 매스컴에 잘 소개되지 않으며, 수기 공모전에선 잘되면 가작 당선 수준이다. 수기 공모전에 응모하는 갖가지 사연의 주인공들이 워낙 많기도 하거니와, 불가능한 여건을 가능한 여건으로 바꾼 사연에 비하면 그다지 강한 인상을 주지 않기 때문이다.

문예공모전 심사평에서 흔히 나오는 말 중의 하나가 있다. 글에다 훈계적인 태도로 일부러 지적인 표현을 즐겨 나타내며 자기를 과시하거나 교훈적인 것만 강조하는 경향을 되도록 삼가라는 것이다. 일반적 수필이든 소설이든 내용에서 교훈성을 지닐 수는 있다. 그렇지만 직설적으로 드러내기보다는 독자가 추측해서 알아내도록 유도하는 것이 창작의 능력이다.

자서전에서 교사가 학생을 가르치듯이 보편적 이야기, 교훈성이 깃든 이야기를 전달한다면 독자로서는 수동적으로 내용을 수용하게 된다. 대부분 자서전은 이런 단계에 그치고 있다. 그렇지만 기왕이면 독자의 세계관을 확장하는 일에 이바지하는 방향으로 쓴다면 어떨까 한다. 자서전에서도 '무엇은 무엇이고, 무엇은 어쩌다.'란 공식대로 전달하기보다는 독자가 능동적으로 동참하며 다 함께 생각해 보자는 의도에서 자신의 체험담을 들려주는 것을 말한다. 그런 방향으로 쓴다면 독자로선 그만큼 생각할 거리가 많아질 것이다.

4.
모든 글은 자서전처럼
가치 있는 과거 기억을 거친다

자서전을 쓰면서 진솔한 자기 성찰과 함께 나오는 말은 과거 기억이다. 강(江)은 오직 앞을 향해 흘러가는데, 사람은 때로는 그러지 못해서 살면서 지나온 생을 뒤돌아보며 기억을 한다. 기억은 정신적 과정인 것 같지만, 사실은 몸의 과정이다. 기억의 우물에 다가갈 때 그 기억이 지속되면 회상(回想)이 되고, 그 회상이 지금 여기 자서전을 쓰고자 하는 자신에게 회상에 대한 필연적인 계기나 가치를 안겨준다면 바로 자서전 쓰기로 이어진다. 사람은 기억을 하면서 깨닫고, 기억을 통해 성장한다. 분별력, 판단력을 비롯해서 삶에 대한 반성, 현재의 자각, 미래 계획도 기억에서 시작된다. 물론 이런 단계는 학습을 어느 정도 하고 나이를 먹어야 가능하다. 누구나 각자 확실한 기억을 지니고 있는 한에서, 자신의 삶과 실체를 그만큼 확실하게 성찰하고 말할 수 있다. 과거에 축적해 둔 지식을 현재 살아가는 일에 활용할 때에도 기억의 힘을 실감할 수 있다.

자서전 쓰기의 첫 단계는 자신의 삶을 구체적으로 정리하기 위해서 생애의 모든 체험을 대상으로 한 '기억하기' 또는 '상기(想起)하기'이다. 이것은, 과거 기억을 끌어올리고 돌이켜보는 '회상하기', '회고하기'라는 시간 여행이다. 기억하기와 생각하기는 구분할 필요가 있다. 기억하기는 과거를 잊지 않고 저장, 보존하는 것이고, 생각하기는 기억을 끄집어내서 현재에 적용하는 행위를 말한다. 자서전을 어떤 내용으로 채울 것인지 고민이 된다면 일단 자신에게 여러 가지 질문을 던져보면서 자신의 생애 단계에서 기억을 통해 소재 찾기를 해야 한다. 번거로움과 예기치 않게 고통스러움이 따르더라도 통과의례와 같은 이 작업은 피해갈 수 없다.

자서전을 쓸 때 자신이 과거에 경험 관찰했던 내용에 대해서 '왜?'라는 질문을 스스로 던져보아야 한다. 왜 지금 그 내용을 회상하는지, 그것이 어떤 가치가 있는지 스스로 필연성을 부여해 보는 것이다. 과거에 겪은 사건의 원인 결과를 현재 시점에서 객관적으로 종합해서 제시하는 것이다. 이것은 자서전 내용에서 논리성을 유지하기 위해서도 필요하다.

시, 소설과 같은 문학작품은 상상의 산물이어도 어차피 자신의 체험이 깃든 과거 기억을 되살리는 과정을 거쳐서 창작한다. 그 무언가 현실 체험이 있어야 기억을 하고, 그것을 바탕으로 통찰을 하고 비로소 상상하고 창작력을 발휘하는 것이다. 그런데 이 기억에도 상상력을 발휘할 수 있다. 기억과 기억 사이를 잇는 것은 상상력이라서 기억과 상상력은 전혀 별개로 볼 수 없다. 이에 대해 단테(Dante Alighieri, 1265~1321)의 『신곡(1308~1321)』을 예로 들어 본다. 『신곡』은 지옥, 연옥, 천국을 다녀온 기억을 되살려 창작한 시극(詩劇, 시의 형식을 빌려서 무대 상연을 목적으로 쓰인 희곡. 인물과 대사가 있는 희곡이되, 대사 내용이 시처럼 압축된 형식으로 구성된 희곡.)이다. 주인공은 베아트리체의 부탁을 받은 로마 시인 베르길리우스의 인도를 받으며 지옥, 연옥, 천국을 왔다 갔다 한다. 그 여정에서 그리스 로마 시대까지 걸쳐 있는 온갖 유명한 사람을 기억하는 행위로 내용이 진행된다. 그래서 『신곡』의 주제는 사랑, 구원, 정의 외에 기억이라 할 수 있다. 내용 중에 이런 말이 있다. 지옥의 영혼은 과거는 알지만, 현재는 모른다. 반면, 미래의 영혼은 현재는 모르되, 과거와 미래를 모두 안다. 자서전을 기억의 힘에 의존해서 서술할 때에는 현장감을 위해서 시공간의 설정이 필수이다.

4-1. '나는 과거로소이다.'
―기억을 통해 내가 창조한 과거

글쓰기 과정에서는 '객관성'과 '주관성'이 거론된다. 글이란 '객관성'을 띤 현실 세계가 '주관적'인 저자와 만나면서 쓰인다. 이 공식을 자서전 쓰기에 적용해 본다. 자신에게 이미 일어났으며 변하지 않는 과거는 '객관성'을 띤 현실 세계이다. 그것을 지금 자신만의 정서와 관점으로 바라보며 해석하며 글로 쓰는 것은 '주관성'을 띤 행위이다. 글이란 근본적으로 내용에서 주관성을 띤다. 자서전을 쓸 때는 자신의 주관적 입장에서 쓰되 필요에 따라 올바른 해석·평가가 깃든 객관적 시선을 유지해야 한다. 사실 속에서 진실을 포착하는 안목을 유지하는 것이 중요하기에 내용에선 객관과 주관의 조화가 필요하다. 자신의 이야기를 일인칭 시점에서 자연스러운 정서를 담아 표출하는 자서전에서 내용이 주관성을 띠는 것은 오직 자신만의 관점으로 쓰기 때문에 그렇다. 그렇지만 자서전의 개별적 사연이 공감을 주기 위해선 냉정한 중립 자세에서 객관화하는 자세도 필요하다.

지금까지 객관화하는 자세를 강조했지만, 그 반대 의견도 나올 수 있다. 자서전 쓰기에서 각자 과거 기억에 대한 해석의 자율성을 옹호하거나 인정한다면 과거 기억에 대한 주관성도 인정될 수 있다.

과거 이야기는 현재 삶에서 지침이 된다는 점에서 가치를 지니며, 미래 개척에 참조가 되고 활용할 수 있다. 그러기 위해선 어떻게 기억하느냐가 중요하다. 그런 점에서 기억은 주관적이며, 기억하는 주체의 현재 시점에 따라 재구성될 수 있다. 주체가 변하면 대상인 객체도 다르게 보인다. 과거 그 자체는 객관성을 지닌 세계여도 주체인 자신이 바라보며 해석하는 관점에 따라 주관성을 띠기도 한다. 사람마다 기억의 창고에는 주관성을 띤 참신한 시각으로 재창조되는 추억이 풍성하게 자라고 있을 것이다. 사람은 나이를 먹을수록 추억이 많아진다. 달리 말하면 간직할 추억이 있는 만큼 나이를 먹는다고 할 수 있다.

기억이 곧 그 사람의 삶이란 말이 있다. 소설가 가브리엘 가르시아 마르케스(Gabriel Garcia Marquez, 1927~2014)의 자서전 『이야기하기 위해 살다(조구호 옮김, 민음사, 2007)』에서는, 삶은 한 사람이 살았던 것 그 자체가 아니라 현재 그 사람이 기억하고 있는 것이라고 했다. 기억된 이야기가 그 사람의 현재 삶을 형성한다. 현재 그 사람의 풍부한 기억이 그 사람의 자산(資産)이요 결실이다. 누구나 자신의 지나온 삶을 현재 시점에서 기억하고 자각하고 있는 한에서 삶은 늘 존재하고 현재 삶을 꾸려갈 수 있는 것이다.

자서전 쓰기가 현재와 미래의 삶을 개척하는 가치성을 지니기 위해서는 무언가 되돌아볼 가치가 있는 과거를 찾아보아야 한다. 과거는 방금 전의 순간처럼 항상 스쳐 지나가기에 얼마든지 무시하고 망각할 수 있다. 그래도 기억할 수 있고 기억할 가치가 있는 체험담들은 있게 마련이다. 그 많은 체험담 중에서 취사선택된 체험담들을 어떤 관점과 정서로 어떻게 기억하느냐가 중요하다. 자서전에서는 내용의 참신성을 위해서 자신과 주변 사람들이 겪었던 똑같은 사건이라도 남다른 시각으로 바라보고 해석한 바를 기록하는 것이 좋다. 글쓰기에서도 아무리 구태의연한 소재라도 각도를 달리해서 표현한다면 공감을 줄 수 있으며 의외로 많은 아이디어가 나오는 법이다. 각도를 달리하는 것은 사고를 다양하게 분출하는 확산(擴散) 방법이다.

소설은 상상과 허구의 산물이라서 그림으로 비유한다면 자서전은 눈앞에 놓인 사실을 서술하기에 사진으로 비유할 수 있다. 사진은 촬영 각도와 배경에 따라 피사체가 얼마든지 다른 모습으로 연출된다. 최민식 사진작가의 초라한 민중의 살아가는 모습을 섬세하고 사실적으로 연출해서 보여준 사진 작품들에서 그런 것을 볼 수 있다. 어떤 사진작가는 어떤 동상(銅像)을 새가 나는 맑은 하늘을 배경으로 촬영해서 동상의 이미지를 더욱 긍정적으로 연출한다. 그런가 하면 흐리고 우중충하게 낙엽이 지는 날을 배경으로 촬영하거나, 주변의 지저분한 동네를 위치로 해서 촬영하면 동상의 이미지는 초라하게 연출된다. 이것은 자서전에서 나타나는 과거 삶을 현재에서 어떤 관점으로 표현했느냐에 따라 주제를 재창조할 수 있다는 것을 비유해서 하는 말이다.

기억은 자기반성이나 회한(悔恨) 같은 조용한 행위이면서도 현재 겪는 고통을 이해하기 위해 조각난 과거를 떠올리는 능동적 행위이기도 하다. 기억은 때로는 예고 없이 저절로 생긴다. 그와 동시에 기왕 기억을 캐고자 의지를 다진다면 미처 기억하지 못했던 내용들이 곁들여서 기억될 수 있다. 이는 실지로 자서전을 써 본 사람의 증언에 의한 것이다. 어떤 사람은 자서전을 쓰기 위해 과거를 기억할 때에, 쓸거리에 해당하는 기억거리가 없다고 걱정한다. 그런데 막상 쓰다 보면 신기하게도 기억이 마치 감자를 캘 때 그 뿌리에 작은 감자들이 줄줄이 달려 나오듯이 떠오른다고 한다.

이에 대해 마르셀 프루스트(Marcel Proust, 1871~1922)의 장편소설

『잃어버린 시간을 찾아서(1913~1927)』를 참고할 만하다. 이 책은 저자의 사후에 완간되었다. 이 소설에서는 과거 시간을 다루고 있다. 이 책은 읽기가 좀 어렵다. 그래서인지 영문학도들 사이에서『읽어버린 시간을 찾아서』를 탐독한 사람은 아직 읽지 않은 사람들에게 우월감을 갖는 정도라고 한다. 작가 프루스트는 오로지 기억에 의해서만 글을 쓰고 인생을 공부한다고 했다. 그는 잃어버린 시간을 찾느라고 기억의 다락방에서 소설을 창작했다. 첫 문장은 "오래전부터 침대 공간으로 간다."라고 되어 있다. 저자이자 주인공은 코트를 벗고 침대에 눕고 글을 썼다. 침대에 누운 것을 "한 마리 거미와 같다."라고 했다. 거미는 실을 뽑아낸다. 그것은 실을 뽑아내듯이 문자 언어로 된 문학 작품을 창조해냈다는 뜻이다. 프루스트는 머리에서 기억의 실을 끊임없이 거미처럼 뽑아내서 5,000줄의 작품으로 짜냈다. 이는 기억이라는 육체적 작용의 결과이다. 그가 오래된 침대라는 공간에서 과거의 기억을 침대에 넣어서 현재 시간에다 거미줄로 짠 결과 '다시 찾은 시간'이 되었다. 그 기억은 과거의 단순한 복사는 아니다. 과거의 단순한 복사라면 이미 소설 작품이 아니다. 기억을 통해서 과거의 단순한 복사 단계를 뛰어넘어 시간을 새로 찾는 단계가 있어야 한다.

소설에 나오는 '마들린 과자'는 과거가 현재화된 것이면서 현재의 관심이 과거를 불러일으킨 매체이다. 과거 기억으로 인해 현재가 움직인다는 것을 보여준다. 시간은 점점 흘러가면서 과거는 기억의 바다에 잠시 떠 있기에 '시간 밖(extra temporelle)'의 것으로 남는다. 예술 작품은 과거, 현재를 각각 따로 불러내서 영원한 것으로 만들기에 위대성이 있다. 자서전 쓰기는 이처럼 잃어버린 시간을 찾는 기억의 작업이며, 창작처럼 새로운 길의 발견이 된다. 기억이란 결국 삶의 총체성을 나타내는 것이기도 하다. 지금까지 과거 기억의 가치와 재창조성을 설명했다.

4-2. 삶의 개별적 변화와 기억하기

누구나 과거를 완벽히 기억하지는 못한다. 모든 것을 기억하기란 불가능하다. 또한, 기억은 불완전하기도 하다. 그래서 현재 기억하는 내용 중에서 특별히 자신의 성장에 기여했던 내용을 자서전에 쓰면 된다. 김기택의 시 「어린 시절이 기억나지 않는다(『소』, 문학과 지성사, 2005)」에서 "나를 어른으로 만든 건 시간이 아니라 망각이다."라는 구절이 있다. 기억할 것은 기억하고, 망각할 것은 망각해야 그 망각의 힘으로 성장하고 변화를 이룬다는 것이다.

제롬 데이비드 샐린저의 『호밀밭의 파수꾼』에서, 어떤 대상은 변하지 않는데 그것을 바라보는 사람은 변한다는 말이 나온다. 주인공이 펜시 고교를 떠나서 뉴욕에 있는 본가로 돌아오던 중 잠시 집 근처에서 어린 시절에 구경 갔던 인디언 박물관을 둘러본다. 박물관 유리벽 안에 영원히 똑같은 밀랍인형으로 전시된 인디언들의 생존 모습을 보며 그 인형들은 평생 변하지 않는다고 자기 독백에 빠진다. 전시된 인디언의 과거 모습, 말하자면 과거는 변하지 않는다는 것이다. 그 반면 그것을 구경하는 사람들은 변한다는 것이다. 시간은 그대로 흘러갈 뿐인데 시간을 인식하는 주체가 변한다는 것이다. 바로 시간의 변화에 따른 삶의 변화를 말한다. 삶의 변화란 육체적 변화와 정신적 성숙과 비례한다. 그 변화란 일종의 결실이며 개별적이면서도 표준적 성인의 삶, 표준적 여성(남성)의 삶 등등에 따른 보편적 양상을 띤다. 우리는 아주 오랜만에 지인을 만났을 때에 필수적으로 지금 무엇을 하며 어떻게 지내느냐고 인사말로 물어본다. 시간의 변화에 따라 사는 모습이 변하고, 변화를 이루며 사는 것은 당연함에도 불구하고 개인적 친밀감에 따른 관심으로 인해 궁금해하고 물어보는 것이다.

자서전 쓰기는 시간의 흐름에 따라 변화를 겪어온 자신의 실체를 알고 성찰하는 것에서 시작한다. 비유하자면 발효(醱酵)된 음식처럼 세월 속에서 변화해 온 삶의 모습을 서술하고 있다. 그것은 어디까지나 과거 기억 단계를 거쳐서 서술된다.

어제의 '나'와 오늘의 '나'가 다르다는 것을 '늙었다'는 동사로 설명할 수 있다. '늙다, 늙었다'는 단어는 젊었던 과거를 기준 삼아 현재의 움직임을 말하기에 국어문법에선 동사로 규정한다. 보통 20대, 30대를 가리켜 젊은이라고 지칭하는데, '젊었다', '젊다.'라는 단어는 정적(靜的)인 상태라서 국어문법에선 형용사로 규정한다. 오늘의 '나'는, 어제의 '나'와 내일의 '나'와는 서로 완벽하게 같지도 않고 완벽하게 다르지도 않다. 이 말을 풀이하자면, 세월의 흐름에 따라 약간이라도 변한 모습이 있으면서 동시에 약간이라도 변하지 않은 원래 모습이 남아 있다는 뜻이다. 어제의 '나', 오늘의 '나', 내일의 '나'. 이들은 각각 지금 여기에서 '나'를 성찰하는 '나'라는 자아동일성이란 개념에선 모두 같은 '나'이지만, 현상적으로 보았을 때는 서로 차이가 있다.

대부분 사람들은 시간의 흐름을 통해서 변화하고 발전하는 자아상을 꿈꾼다. 일기문을 쓸 때 내일은 좀 더 잘해야겠다는 다짐으로 마무리하는 것과도 같다. 자서전을 쓰는 과정에서는 회상하는 주체(집필자)와 회상의 객체(집필자의 과거 삶)는 시공간, 사회적 위치, 환경, 체험, 지식의 정도 등에서 이미 차이가 벌어져 있다. 사람은 스스로 이루어놓은 성과에 따라서 그리고 사회의 영향을 받으며 성장하고, 시공간의 이동을 통해 신분, 직업에서 늘 '업그레이드(upgrade)'식의 변화를 이루기 때문이다. 자서전은 이렇게 변화된 모습을 쓰기에 읽는 재미를 안겨 준다.

그렇지만 자서전 쓰기에서 과거와 그 성장 과정을 기억하고 서술하되 오늘에 이르기까지 변하지 않은 원래 일관된 모습도 찾아본다면 자신의 지향점, 즉 자신의 진정한 면모를 들여다보게 된다. 그것은 개별적이며 특수한 양상을 띠되 결국 더 나은 변화상이 담긴 보편성을 지향하는 자신의 모습이다.

4-3. 과거 기억의 현재화

과거의 어느 한때가 흑백영화처럼 기억에 머물러 있는 것을 재생된 상태라고 한다. 자서전을 쓸 때는 그 재생된 기억을 부활시킨다. 기억의 부활은 자기 존재의 확인이며, 자기 구제의 길이기도 하다. 기억의 부활은 감각을 통해서 이루어지기에 기억하는 내용에는 소리, 모습, 맛, 향기, 촉감 등 모든 감각이 함께 묻어나온다. 그러다 보니 흑백영화 장면도 총천연색 영화 장면이 되기도 한다.

과거의 실재했던 수많은 사건은 물리적으로 이미 사라졌어도 추억을 담은 사진이나 증거 문서와 그에 대한 이야기는 머리와 가슴 속에 남는다. 그것을 하나의 장면으로 만들어 보면 그대로 자서전 내용이 된다. 어떤 소재를 정했으면 그 소재에 얽힌 기억을 떠올리고 그에 대한 장면을 떠올리고 효과적으로 표현하면 된다. 이런 과정이 바로 과거 기억을 현재화하는 것이다. 이처럼 무언가 실체가 뚜렷해지면 그간 차마 생각하지 못했던 감추어진 진실까지 밝힐 수 있다. 자서전을 읽는 것은, 우리가 배우의 움직임을 통해 지금 당장 눈앞에 벌어지고 있는 연극을 감상하는 것처럼 모든 과거를 현재화한 상태에서 감상하는 것이다. 현대소설에서도 이런 예를 볼 수 있다.

박완서의 단편 「그 남자네 집(2004)」을 보면, 일인칭 화자가 과거에 사귀던 남자의 부음을 듣고 나서 과거의 세세한 감정과 현재 마음 상태를 정리하는 장면이 나온다. 과거를 현재 시점에서 정리하고 있는 것이다. 화자에게 그가 영원히 아름다운 청년인 것처럼 그에게 자신도 영원히 구슬 같은 처녀로 기억될 것이라고 생각한다. 남자와 사귀었을 당시에는 서로 플라토닉(정신적) 사랑의 맹목적 신도였다고 한다. 그 이유는 임신의 공포에서 비롯된 것이라고 한다. 화자는 '그 남자의 집'에 대한 애착을 통해 그 남자와 플라토닉 사랑을 했었던 추억에서 고유한 비밀을 간직하고 있다. 그 남자와의 추억에 대해 현재를 결정하는 새로운 시간으로 재창조하고 있다. 이어지는 내용에 의하면 화자는 사람보다는 집을 더 중시했다. 그러면서 사람은 살면서 후회도 하면서 많은 굴곡을 거치기에 인생에는 정답이 없다고 했다. 인생에 정답이 없기에 비밀이 존재하고 인생은 살 만하다고 했다. 어느 인문학자도 말하길, 인생에는 원래 정답이 없다고 한다. 다만 정답으로 만들어가는 과정만 있을 뿐이라고 한다. 오늘 선택한 길이 설령 오답(誤答)이 된다 해도 미래에 가서 적어도 후회하지 않도록 모범 답안이 되게 하려면 그 오답을 성공적으로 잘 가꾸라는 것이다. 이것이 바로 인생을 제대로 사는 길이다. 다르게 해석한다면, '절대 선'은 존재하지 않기에 상대적 사고를 지닐 필요가 있다는 것이다. 그러면 자서전에서 과거 장면을 하나의 이야기로 서술하는 예를 들어 본다.

　　중학교 1학년 반은 모두 65명 정원이었다. 반마다 한두 명씩 자퇴생이 생기다 보니 평균 65명 이내로 되었다. 과목은 영어, 국어, 작문, 수학, 지리, 사회, 도덕, 물상, 생물, 가정, 재봉(裁縫), 체육, 무용, 음악, 미술 등이었다. 영어와 수학은 나에겐 난제였다. 교과 편성에서 영어 과목을 A와 B로 나누었다. A는 회화 위주, B는 문법 위주로 서로 교재가 달랐다. 1학년 담임 선생님은 영어B 담당이다. 나는 입학 전에 알파벳을 외우고 'This a pen. That is a book.' 정도의 문장이 한글과는 달리 어떻게 구성되는가를 언니들을 통해 이미 깨우쳤다.

1학년 담임 선생님은 부드러운 면이 있는 반면에 때로는 엄격했다. 나도 그랬지만 급우들 대부분은 담임 선생님을 그다지 좋아하지 않는 눈치였다. 반마다 담임 선생님들은 잔소리가 주 업무여서 그런 것 같았다. 봄 소풍에서 단체 사진 찍느라 모여 있을 때에 일부 아이들이 담임 선생님이 잠시 자리를 비운 틈에 선생님의 잠바를 잘 들고 있지 않고 귀찮다는 듯 팽개친 일이 있었다. 반장, 부반장은 기겁하며 "어유, 야! 너네들! 아무리 미운 선생님이어도 옷을 함부로 놓니?"라며 다그쳤다.

담임 선생님은 학교 앞 아파트에 사셨다. 학교 앞 아파트에 사는 여선생님들이 꽤 있었다. 그래서 일요일에 어떤 급우가 그 동네를 지나치다가 나이 어린 자녀와 손잡고 시장바구니를 들고 가는 선생님을 만났다는 것이 즐겨 화제가 되었다. 훗날 생각해 보면 그 모든 것이 맞벌이 부부의 힘든 일상이었다. 알고 보니 담임 선생님은 무용 선생님과 함께 나의 큰언니와 고교 동창이었다. 담임 선생님은 큰언니와 친하지는 않았지만 큰언니를 알고 있었다고 했다. 나는 큰언니 앨범에서 그것을 확인하고선 주변의 급우들에게 자랑삼아 대단한 이슈인 양 터트렸다. 그 후 내 집에 놀러 오는 급우들에겐 어김없이 담임 선생님과 무용 선생님의 모습이 담긴 큰언니 졸업앨범을 보여주며 같이 재미있어했다. 담임 선생님도 아마 우리들의 이런 모습을 짐작할 것 같았다. 담임 선생님은 가끔 나에게 관심을 갖고 살펴보아 주긴 했다. 큰언니의 중·고교 시절인 1950년대에는 모든 문서나 학교 앨범이 한자 표기였다. 신문도, 영화 제목도, 참고서도 죄다 한자 표기였다.

그 덕에 나는 한자를 쉽게 익혔다. 모르는 글자가 나오면 무조건 옆의 어른에게 물어보거나 스스로 옥편을 찾아보았다. (중략)

용산여중은 공립학교라 여선생님이 많았다. 담임 선생님은 출산하느라 한 달간 임시 교사에게 맡기고 휴가 중이었다. 반장과 부반장이 가끔 담임 선생님 집에 다녀왔다. "여자 선생님은 말이야, 남자랑 대우가 똑같대. 출산을 해도 임시 교사를 두고 휴가를 준대. 그래서 최고 좋대!" 이런 말을 그때부터 들었다. 그렇다면 교사를 빼고는 보통 직장 여성들은 남자랑 차별 대우를 받는다는 것인가? 나는 이 사실을 깨달으며 혼자서 괜스레 울분에 쌓였다. 그 시절에 20대 중반의 여성에게는 시집가라는 잔소리가 다반사였다. 여자로선 자신만의 성취감을 누리는 사회생활을 그만두고 가정주부로 돌아가라는 것인데 대졸 여성으로선 그런 말을 모욕으로 받아들일 것이라고 여겼다. 특히 미국에 간 큰언니라면. (중략)

수업 중에는 떠드는 애들은 늘 있었다. 일부 아이들이 떠들다 보면 교실은 금세 웅성웅성 시장바닥처럼 시끄러워진다. 선생님으로선 그런 상황에서 수업을 진행하기란 짜증스러울 것이다. 떠드는 애들은 그런 사정을 모를 것 같았다. 얌전히 앉아서 수업에 집중하는 아이로서는 선생님의 말소리가 작게 들리기까지 한다. 주변에서 떠드는 급우들을 향해 누군가 조용히 하자고 소리쳐도 소용이 없었다. 그때 떠드는 애들 중 누군가 선생님 눈에 띄면 당장 앞으로 불려 나가서 대표로 혼이 났다. 그러면 애들은 금세 조용해졌다. 걸린 애는 한마디로 재수가 없어서 대표로 걸린 것이다. 수업 중에 떠드는 아이들을 불러다 호통치거나 벌주고 체벌을 가하면서 면학 분위기를 바로잡는 선생님들은 정말 대단해 보였고, 무서웠다. 선생님이 되어서 말을 안 듣고 장난치는 거친 학생들만 만나서 매일 화내고 소리지르다 보면 선생님도 그만 성질이 거칠어진다고 들었다. 특히 남학교의 여선생님들이 심하다고 들었다. (중략)

토요일은 늘 오전 수업만 했다. 그래서 다들 도시락을 싸오지 않았다. 싸온다 한들 먹자마자 하교하기 때문이다. 어느 토요일은 수업 후에 일제 청소를 했다. 다들 반장의 지시대로 유리창과 복도를 닦았다. 그러다 보면 시간은 1시를 훌쩍 넘었다. 청소를 하는 우리는 모두 배에선 꼬르륵 소리가 나고 하니 얼굴에는 짜증과 불만으로 가득 찼다. 청소가 끝나고 종례하면서 "그럼, 다들 시장할 테니 빨리 집에 가서 점심 먹도록 하고."라는 담임 선생님의 마무리 말씀은 우리로선 약 올리는 것처럼 들렸다. 나는 내 주변 급우들에게 앞으로 일제 청소하는 토요일에도 도시락을 싸오자고 했다. 다음번 일제 청소 토요일에 나는 나에게 배당된 청소를 빨리 끝마치고 도시락을 싸온 아이들과 도시락을 먹었다. 일부 아이들은 여전히 왔다 갔다 하면서 청소를 마무리하고 있었다. 청소는 1시가 훨씬 지나서 끝날 텐데도 도시락을 안 가져온 애들이 멍청해 보였다. 반장은 한 손에 자루걸레를 쥔 채, 밥 먹는 나에게 다가와 "야, 밥, 맛있니?"라며 비아냥거렸다. 그 말에 나도 모르게 잘못한 듯 얼굴만 붉혔다. 나는 단지 내 편한 대로 행동한 것뿐인데. 나에게 편한 일이라도 남에게는 불편을 줄 수도 있었던 것이다.

— 졸저, 『여자라서 행복합니다』, 시니어파트너즈, 2015, 63~67쪽

인용은, 자전수필의 한 부분이다. 1969년도 교실 장면을 기억하는 현재 시점에서 감각적 표현으로 형상화해 보았다. "나는 단지 내 편한 대로 행동한 것뿐인데. 나에게 편한 일이라도 남에게는 불편을 줄

수도 있었던 것이다."라는 문장은 어디까지나 자서전을 쓰고 있는 성인인 필자의 관점에서 해석한 표현이다. 중학교 1학년 때는 이 정도의 고차원적인 판단이 담긴 표현을 하지 못했다.

4-4. 과거 기억하기의 명암(明暗)

현재 삶에 대한 반성과 깨달음 그리고 미래의 계획은 과거 기억에서 시작하는데, 과거 기억 행위 자체가 무조건 긍정적 반응을 안겨주는 것은 아니다. 자서전 쓰기에서 과거를 되살리는 과정은 다양한 생각, 정서를 무수히 요구하되 때로는 고통이나 절망을 유발할 수도 있기 때문이다. 기억에 다가서서 즐겁고 흐뭇한 정서에 젖어보면 그리움, 행복, 희망, 용기 등의 긍정적 정서를 불러일으킨다. 그 반면 슬픔, 분노 등의 부정적 정서에 빠지는 경우가 있다.

"옛날에 즐거이 지내던 일 나 언제나 그리워라 / 동산에 올라가 함께 놀던 그 옛날의 친구들 / 먼 산에 진달래 곱게 피고 뻐꾸기 한나절 울어대는 / 그리운 옛날의 그 얘기를 다시 들려주셔요." [박화목 작사, 베일리(Thomas Haynes Bayly) 작곡, 「그 옛날에(원제: Long Long Ago)」 1절] 이 노래는 1960년대 초등학교(당시 명칭 '국민학교') 음악 교과서에 실렸다. 필자도 음악 시간에 불러본 기억이 생생하다. 가사에서 보듯이 자연환경을 배경으로 한 그 옛날은 무척 낭만적이다. 성인의 정서로는 현재의 고통을 잊고자 해서 "옛날에 즐거이 지내던 일"을 찾으려 하고, 어린이의 정서로는 아직 인생의 쓴맛을 모르기에 "옛날에 즐거이 지내던 일"을 찾으려 한다. 어린이들은 동화에서 늘 천사의 이미지, 즐겁고 행복한 의미만 발견하면서 지내왔지만, 실제로 동화에는 반드시 인생의 낭만이나 행복만 담겨 있는 것은 아니다. 요즘 어떤 동화에선 결손 가정의 아이들이 마음의 고통을 이겨내는 몸부림을 주제로 하고 있다.

인생 자체가 고난, 환란의 연속인 한에서 과거 기억 중에는 슬픔, 고통, 후회 등 부정적 내용도 많다. 사람은 살면서 아쉽고 후회스러운 일을 남길수록 과거 회상은 즐거움보다는 후회, 절망을 안겨준다. 이런 정서는 기억에 대해 잘못된 자세로 다가섰기에 유발되기도 한다. 과거지사라고 해서 무조건 미화할 수는 없다. 오래전에 회자(膾炙)되었던 "지나간 것(추억)은 아름답다."란 말은, "고진감래(苦盡甘來)"라는 말처럼 풍요로운 인생을 가꾼 현재에서 고통스러웠던 추억을 긍정적으로 바라볼 때나 나올 수 있다.

현재 60대 이상의 연령이라면 기억하는 옛날 인기 대중가요 중 「과거는 흘러갔다(1968년 발표, 정두수 작사, 전오승 작곡, 여운 노래)」가 있다. "즐거웠던 그날이 올 수 있다면 / 아련히 떠오르는 과거로 돌아가서 / 지금의 내 심정을 전해 보련만 / 아무리 뉘우쳐도 과거는 흘러갔다. (1절)" 첫 소절만 들어 보아도 과거 회상이 주는 아쉬움, 후회가 나타나 있다. 얼마나 과거지사가 후회가 되었기에 다시 과거로 돌아가서 똑바로 행동하고 싶다고 했던가. 후회스러운 과거지사라면 누구든 그런 과거를 없던 일로 여기고 싶을 것이다. 「광야」의 시인 이육사(李陸史, 1904~1944)는 본명이 '이원록(李源綠)'인데, 식민지 치하에 놓인 당시 조국의 역사를 지워버리고 싶을 정도로 부인하고자 하는 마음에서 자신의 호를 '역사를 지운다'는 뜻에서 '육사'라고 지었다. '육(陸)'에는 '지운다'는 뜻도 있다.

미래에 후회를 남기지 않도록 오늘을 잘 살고 매사에 신중을 기해야겠다고 다짐해도 사람은 부족하기에 완벽해지기는 어렵다. 나이가 들어도 여전히 욕망의 노예가 되어 있다면 앞으로도 절망감에 처할 수 있고, 그렇게 되면 과연 잘 살았다고 할 수 있는지 고민해 볼 필요가 있다.

허수경의 시 「왜 지나간 일을 생각하면」(『혼자 가는 먼 집』, 문학과 지성사, 1992)에는 "왜 지나간 일은 지나갈 일을 고행케 하는가", "왜 지나간 일을 생각하면 내 몸이 마음처럼 아픈가"라는 구절이 나온다. 과거를 지나가야 할 일로 치부하는 데에는 고통이 따른다는 것이다. 이 시는 후회와 아쉬움이 자리 잡은 과거 기억이 안겨주는 정서적 고통을 말하고 있다. 그래서 과거를 "현세의 거친 들에선 그리 예쁜 일"로 볼 수는 없다고 한다. 시적 화자는 과거를 자신의 의식에서 몰아내려 해도 그 과거는 현재에 영향을 주기에 "지나간 일은 지나갈 일을 고행케 하는가"라고 절규한다. 맨 끝 행에서 "인왕재색커든 아주 가버려 꿈 같지도 않게 가버릴 수 있을까"라며 여운을 준다. 이 구절은 여러 가지로 해석이 가능하다. '인왕제색도(仁旺霽色圖)'가 맞는 표기이다. 「인왕제색도」는 조선 후기의 화가 겸재 정선(1676~1759)의 작품으로, 비가 온 후 안개 낀 인왕산의 모습이 담겨 있다. '인왕제색도'의 안개처럼 과거는 어렴풋이 존재하지만, 안개가 그치듯 과거는 가버릴 수 있을까?'란 뜻이다.

사람은 과거에서 마냥 자유로울 수는 없다. 우리들이 사별을 겪을 때 쉽게 슬픔에서 헤어나지 못하는 이유는, 죽은 사람은 현재 부재 중이지만, 과거 내 삶에서 이미 존재했었다는 사실이 상실에 따른 고통을 주기 때문이다. 무언가 의미심장했던 과거지사 중에는 희비가 엇갈리는 순간들이 저마다 있다. 연애 시절처럼 유난히 즐거웠던 순간이 있는 반면, 운전을 잘못해서 위험에 처했을 뻔한 전율과 공포의 순간, 예기치 못했던 바를 겪었던 경이(驚異)의 순간, 그 외 견딜 수 없을 만큼 괴로웠던 순간 등등이 무의식에 남아 있다면 그만큼 언행의 신중함을 안겨 주며, 현재를 구속하기도 한다. 과거 체험 중에서 충격이 심하다 못해 평생 잊을 수 없는 기억으로 간직하는 것도 있다. 그런가 하면 과거 기억에 빠지면서 온갖 과거 사실에 가려진 진실을 마주하기도 한다.

현실적으로 사람은 보이지 않은 상처를 지닌 채 살아가며, 그 상처를 연상시키는 체험에 노출되어 있다. 사람들은 살면서 타인으로부터 상처를 겪지만, 거꾸로 자신도 모르는 사이에 타인에게 상처를 주기도 한다. 상처의 종류로는 상실, 후회, 애도, 결핍, 억압, 욕구 불만, 불쾌감 등 다양하다. 종교적으로 말하자면, 신은 인간에게 일부러 상처나 고통을 허락하지는 않는다고 한다. 상처나 고통은 인간을 정화시키고 단련시킨다고 한다. 견디고 극복할 수 있는 한도에서 상처나 고통이 내려진다. 그래서 인간은 그 어떤 상처나 고통에 직면해서 이겨내야 할 사명이 있다. 이럴 때는 "피할 수 없으면 즐겨라."라는 명언대로 내 안에 갇힌 상처는 있는 그대로 직면해서 털어놓아야만 치유가 된다. 미운 사람과 소통하다 보면 어느새 미운 감정이 없어진다는 이치와도 같다. 공포란 그 대상을 마주하기 전에는 공포로만 남아 있지만, 대상을 상세히 확인하고 나면 더 이상 공포가 아닐 때가 있다. 자서전 쓰기를 통해서 현재의 초라함과 트라우마(trauma, 정신적 상처, 충격), PTSD(posttraumatic stress disorder, 외상 후 스트레스 장애) 등을 극복하는 것이 가장 바람직한 과제이다. 살면서 겪게 되는 갈등은 그 종류가 부지기수이다. 자신과 자신과의 갈등부터 시공간을 달리해서 발생하는 자아와 주변 사람과의 갈등, 자아와 세상과의 갈등 등등 다양하다. 갈등은 극복되기도 하지만, 갈등을 관리하는 정도로 그치는 예도 많다. 모든 고통스러운 과거도 관리하는 정도로 그치는 수가 있다.

과거는 진실을 보여주고 결국 절망을 안겨주기에 과거 기억 행위에는 명암이 있다. 사람은 대체로 불쾌하고 슬프고 부정적 장면, 마음의 상처에 대한 기억을 비교적 강하게 간직한다는 심리 연구 결과가 오래전부터 나왔다. 살면서 고통을 겪을 때 그 당시 해결하지 못하고 넘어가는 경우가 많다 보면 그런 것들이 자라면서 무의식 공간에 상처로 자리 잡는다. 일반적으로 사람은 시간의 흐름을 통해서만이 과거의 특정한 경험이 현재에 상처로 남았다는 것을 인식하게 된다. 자서전에다 자신의 행복했던 이야기보다는 불행했던 이야기나 마음의 상처를 털어놓는 경우가 많다. 호기심이 많은 독자들은 그런 이야기에 더 공감을 하고 흥미를 갖는다. 그런데 자신만 힘들고 고통스럽고 비참하게 살았다고 여기면서 자서전에다 그런 과거를 쓰다 보면 결국 정신적으로 힘든 일이 된다. 그래도 사람들은 그런 과거를 자서전에다 쓴다!

상처와 고통스러운 체험에 대한 기억에 유난히 몰입하는 내용의 서정시는 현대에도 늘 있어 왔으며, 요즘도 변함없이 발표된다. 그런가 하면 과거 기억에 대해 부질없음을 보여주는 현대 시가 있다. 최영미의 시 「보낸 편지함(계간 『문학동네』, 2009, 봄호)」을 보면 첫 대목에서 수첩에서 지워진 이름들이나 지워지지 않았던 이름들에 대해 현재는 "어떻게 지내는지 궁금하지 않은 사람들", "살아 있지만 죽은 이들보다 멀어진, / 싸늘해지기 조금 전의 미지근한 애정"이라고 단정해 버린다. 그들과는 "한때 의례적인 인사들", "웃음거리가 되었을 지나친 솔직함."이 오갔다며 술회한다.

디지털 시대에 이메일 공간의 '보낸 편지함' 메뉴는 현대인의 새로운 추억 확인 매체이다. 기업에선 업무 중 오갔던 모든 문서는 일정 기간만 보관하게 되어 있듯이, 보낸 편지함은 나중에 확인해야 할 일에 대비해서 마련된 것 같다. 시인은 어느 날 문득 보낸 편지함을 열어보면서 의례적인 인사말로 오갔던 일, 실수했던 일, 솔직하게 나왔던 일, 항의했던 일 등등이 다반사처럼 지나온 삶의 궤적이 되었음을 확인한다. 어느 한 시점에서 무엇을 계획하며 지냈는지, 누구와 어떤 관계를 맺으며, 무슨 일을 하며, 무엇을 신경 쓰며 살았는지가 훤히 보인다는 것이다. 이를 통해 자신을 둘러쌌던 당시 주변 상황과 대인 관계를 회상하게 된다. 편지에 나타난 잡다한 사연들의 주체는 자신 또는 상대방일 수 있다. 아니 모든 사람이 해당된다. 시인은 시의 끝 행에서 보낸 편지함을 가리켜 "뚜껑이 열리면 걷잡을 수 없어 / 두 번 열고 싶지 않은 판도라의 상자."라고 했다.

제우스는 인간을 위해 불을 훔친 프로메테우스를 미워했다. 제우스는 프로메테우스의 동생 에피메테우스에게 아내로 삼으라며 여인 판도라를 건네주면서, 판도라에게는 상자 하나를 주면서 절대 열어 보지 말라고 했다. 그러나 판도라는 호기심을 못 이겨 열어보았다. 상자에선 '희망'을 빼고는 인간사의 온갖 나쁜 것이 죄 쏟아져 나와서 인간 세상을 떠돌며 인간에게 고통을 주었다. 희망은 인간 세상을 떠돌아다니지 않고 상자 속에 숨어 있기에 인간은 일부러 마음을 먹고 열어 보아야만 희망을 맛본다는 것이다. 판도라의 상자는 차라리 열지 않고 넘어가는 것이었건만, 신화에선 기어코 열어 보았다. 신화, 전설에서 보듯이 누가 누구에게 무엇을 하지 말라고 금기를 설정하면 희한하게도 그 금기는 깨지고 만다. 시인도 판도라 상자와도 같은 보낸 편지함을 열어보고 싶지 않은데 괜히 열어보았다고 한탄을 한다. 열어서 다시 읽어본들 현재 삶에 도움이 안 된다는 것을 확인한다. 과거는 어차피 지나갈 것이고 흐르는 인생사가 되고, 대인관계란 지나고 나면 안부조차 궁금하지 않는 삭막한 관계로 변색된다는 것을 깨닫는다. 사람들은 대인관계로 인한 무모한 집착에 매여 살다 보면 정작 중요한 일은 하지 못하는 수가 있다. 시에서 고백하듯이, 자녀로서 어머니에게 보낸 편지는 없었다고 한다.

금기를 깨는 이야기 유형은 동서고금 신화, 전설에서 흔하다. 구약 성경에서 아담과 하와가 하느님이 내리신 금기를 어기고 선악과를 먹은 것도 그러하다. 하느님께서 금기를 내리신 것은 인간을 존중했기에 인간에게 선택의 자유를 준 것으로 볼 수 있다. 판도라의 상자는 처음부터 열지 말라고 지시를 받아도 열게 되는 상자였다. 그것은, 제우스의 교묘한 의도였다는 설이 있다. 역설적으로, 인간은 금기를 어겼기 때문에 인류사는 변화를 하고 발전을 이루어왔다.

시 「보낸 편지함」은, 살면서 무모한 집착에 시간을 소비하며 지내온 것은 아닌지 반성을 유발한다. 사람은 외로움을 못 이겨 특정한 대상이나 업무에 집착하지만 결국 그 집착은 의외로 무모함, 무익함, 허무함으로 종결되는 일이 많다. 또한, 사람들은 결국 허무함을 느끼게 되는 한이 있어도 과거를 들추려 한다. 과거를 통해서 세상만사의 부질없음을 깨닫는 것도 삶의 과정이며, 이것 역시 판도라 상자 속에서 홀로 남아 펄럭이는 '희망'이 아닐까?

시 「보낸 편지함」에서처럼, 지나온 일에 대해 허무하고 부질없다고 느꼈던 체험이 있었다면 자서전에 써 보자.

노년기에 맞이하는 회상에 따른 절망감과 인생 허무를 보여주는 희곡이 있다. 아일랜드 극작가 '사무엘 베케트(Samuel Beckett, Samuel Barclay Beckett, 1906~1989)'의 일인극(모노드라마) 「마지막 테이프(1958)」에는 작가의 자전적 요소가 있다고 한다. 필자는 1978년에 처음 관람했다. 1970년대는 한마디로 유신정권 하에 정치적으로 암울했던 시절이었다. 그래서인지 필자 기억에 그 시절에는 우울한 분위기의 연극이 많이 공연되었다. 「마지막 테이프」에서, 창고 같은 방으로 된 어두운 무대와 주인공 클라프 노인의 외모가 풍기는 분위기는 어딘지 우울한 편이다. 게다가 건강도 좋아 보이지 않는다. 녹음기가 놓여 있는 책상에는 테이프가 담긴 서랍들이 있다. 이런 무대 설정은 일종의 상징 공간일 수 있다. 노년이 되면 자신의 과거를 간직한 책상 서랍을 어두운 골방에서나 맞이한다는 것인지.

69세 생일을 맞이한 독신의 '클라프' 노인은 생일을 맞이하여 홀로 술을 마시고는 자신의 육성을 녹음한 테이프 내용을 듣는다. 그 행위는 아마 매년 생일마다 있었던 연중행사 같다. 그 테이프는 매년 생일마다 육성으로 녹음한 것이다. 그는 30년 전에 녹음해 둔 테이프부터 서랍에서 꺼내며 바나나를 벗겨 먹는다. 그 행위는 그의 성적(性的) 욕망이라고 해석되었다. 노인은 테이프에서 흘러나온 39세였던 자신의 젊은 시절 육성을 듣더니 이어서 20대 육성이 녹음된 테이프를 들으며 회상한다. 테이프에서 흘러나오는 자신의 육성은 자서전 또는 일기문과 같은 내용이다. 그는 자신의 육성을 들으며 즐거워하다가도 듣기 역겨운 사연이 흘러나오면 갑자기 녹음기를 꺼버리며 절망에 빠진 듯 신음과 탄식을 내뱉으며 괴로워한다. 우습게도 방안을 걷다가 먹고 버린 바나나 껍질 위로 넘어지고는 혼잣말로 푸념을 한다. 테이프 육성을 통해 과부였던 어머니가 일찍 돌아가시고 불우한 가정에서 자라난 것, 청년 시절에 숲속에서 구스베리 열매를 따 먹으며 여자와 즐겁게 지내고 동거하다가 아쉽게 헤어졌다는 내용, 팔리지 않은 책의 출간, 이렇다 할 업적을 내지 못했던 노인의 과거사에 대한 회한을 듣게 된다. 그러는 중 자신의 과거를 자조적 시선으로 바라보면서 현재 마음 상태를 정리하며 또다시 녹음을 한다. 자신은 그 과거로 다시는 돌아가고 싶지 않다고 독백을 한다. "어둠이 산에서 내려오면…"이란 짧은 노래를 흥얼거린 끝에 이렇다 할 극적 전개도 없이 일관된 우울한 분위기로 막을 내린다. 노인에게 과거란 현실감이 없어 보인다. 눈앞에 보이는 것은 초라한 자신뿐이기 때문이다. 이 모습이 바로 늙음에 대한 자의식이다. 노년기에 자서전을 쓰되, 현재가 마냥 초라하기에 절망스러웠던 과거를 극복하지 못한 모습을 보여준다면 '클라프' 노인처럼 슬픈 자화상이 될 것이다. 그렇지만, 노년은 이렇게 회상하는 상태에 머물러 있으며 마냥 슬퍼해야만 하는 것인지, 이에 대해 고민할 필요는 있다.

2000년대 초에 이 연극은 또 공연되었다. 그 연출가는 기존의 연출 방향과는 영 달리 무대를 밝게 꾸미고 여유 있고 풍요롭게 보이는 노인, 한국식으로 말하자면 경로당에서 커피 마시며 한담을 나누는 노인의 이미지로 창조하였다. 배우는 바나나를 먹는 모습을 코믹하게 연기했다. 관객이 그 모습에 웃음을 터트렸기 때문이다. 이런 연출 기법은 시대상의 변화로 사람들의 의식이 변해서 매사를 좋으면 좋은 대로 슬프면 슬픈 대로 인정하는 사회적 분위기의 결과인 것 같다. 과거 회상 행위에 반드시 우울함이 동반될 필요가 없다는 것을 새삼 깨우치게 된다. 회상을 통해 비록 절망감과 인생 허무를 느낀다 해도 받아들이기 나름이 아닌가 한다. 과거는 고통스러웠던 사연이었든, 행복했던 사연이었든 이미 일어난 사실이다. 현재 시점에서 어떻게 해석하느냐는 어디까지나 회상하는 본인의 몫이다. 사람은 과거가 준 결과에 긍정적이든 부정적이든 영향을 받기는 해도 결국 과거를 통해 현재의 문제를 해결하고 새로운 각오를 다진다.

기억하는 행위는 사람이 생존하고 있는 한, 피해갈 수 없다. 과거 회상 자체를 두고 무조건 비난할 수는 없다. 지금, 여기서, 어떤 계기에 의해 무엇을 추구하며 사는 존재인가 하는 실존적 성찰을 한다면 말이다. 실존적 성찰은 책임감과 성실함을 지닌 사람만이 할 수 있다. 그렇다고 현재를 망각한 채, 오직 과거 회상에만 젖어 사는 것 자체는 불행이 된다는 것을 명심해야겠다.

4-5. 과거의 재해석 또는 각색

삶은 대부분 기억에 의해서 형상화된다. 기억은 뇌 속에 있는 해마(海馬)라는 기억 장치에 의해 이루어진다. 우리 뇌는 매일 기억하고 처리하는 엄청난 정보의 양이 있다. 모든 것을 다 기억하기란 어차피 불가능하다 보니 망각이란 작용을 한다. 망각 작용 못지않게 주목할 작용은 기억에 대한 변형이다.

기억에는 사실적 기억과 정서적 기억이 있다. 사실적 기억은 사실에 대한 기억으로, 방금 전에 벌어졌던 사소한 일을 기억하는 '일화적 기억(Episodic memory)'을 포함한다. 정서적 기억은 실제 기억되고 있는 사건과 연관된 강렬한 감정 상태나 관련된 핵심 감정에 대한 기억이다. 기억하는 내용에 따라 사실적 기억이 더 많이 나타나는 것이 있고 정서적 기억이 더 많이 나타나는 것이 있다. 어떤 기억 내용 중에는 사실적 기억만 남는 것이 있고, 정서적 기억만 남는 것도 있다. 사실적 기억이든 정서적 기억이든 그 세부 내용은 대부분 무의식에 묻혀 있다.

사람들에게는 부정적 사실에 대한 기억이 강하게 나타나는 습성이 있는 반면에, '선택적 망각증'이라고 해서 선별해서 기억하는 습성이 있다. 자서전은 대부분 선택적 망각증에 의존해서 쓴다. 한 권의 책에 담을 수 있는 분량에 비해 자신의 모든 경험적 사실은 워낙 방대하기 때문이다. 현재 알고 있는 자신의 과거 모습과 과거를 보여주는 증거물, 일기장을 통해 드러난 과거 모습은 얼마든지 다를 수 있다. 사람들은 대부분 과거를 완벽하게 기억하지 못한 채 현재를 살고 있기 때문이다. 자신의 유리한 점이나 기분 좋은 추억, 자신이 선호하는 사실만 골라서 기억하려는 선택적 망각증이 있기 때문이다. 우리의 생각에는 실제와는 다르게 생각하며 느끼는 착각(錯覺)이 많다. 겉으로 보이는 것과

속에 감추어진 사실을 혼동하기에 착각을 한다. 과거에 대한 기억 행위와 과거 사실 그 자체는 반드시 일치하지 않을 수 있기에 사람들은 종종 착각 행위를 일삼는다. 실지로 보면 사람들은 착각으로 인해서 실수하는 일이 많다. 그럼에도 착각 행위는 삶을 긍정적으로 개척하는 데 힘을 실어주기도 한다. 착각에서 완전히 벗어나기란 거의 불가능하다고 한다. 자서전에 착각했었던 일을 쓰되, 무엇 때문에 착각을 하였으며, 그 착각을 통해 어떤 결과를 가져왔는지를 쓰면 좋을 듯하다.

과거 기억을 새롭게 해석하고 윤색(潤色)하는 행위는 과거 기억이 안겨주는 비참함에서 벗어나려는 몸부림에서 나온다. 이양구의 희곡 「별방(『서울신문』 2008년 신춘문예 당선작)」은 중년의 남자가 별이 보이는 고향 집의 유년 시절 추억이 깃든 연못을 가족과 함께 찾아오는 내용으로 시작된다. 그다음에는 환상적 기법이 연출되었다. 남자는 잠시 타임머신을 타고 강보에 싸인 갓난아이였던 자신을 키우셨던 부모님의 생존 당시 시공간으로 돌아간다. 그 부모님은 회상하는 시점에선 이미 고인이 되었다. 그 시공간에서 남자는 나그네가 되어 그 부모님 집에 들어가서 대화를 나누고 같이 식사를 한다. 이는 주인공의 비현실적인 욕망 그리고 과거 기억의 힘과, 과거를 편집하며 윤색하고자 하는 욕망을 나타낸다. 이처럼 과거를 넘나드는 환상적인 기법은 희곡 장르에 더러 나온다. 밀란 쿤데라의 장편 『정체성(이재룡 옮김, 민음사, 1996)』을 보면 소설 전반부에서 남 주인공 장 마르크가 친구의 죽음을 동거녀 샹탈에게 알려주는 장면이 나온다. 그때 장 마르크는 샹탈에게 과거 기억은 자아 총체성을 확립할 수 있다면서 그 방법으론 화분에 물을 주듯 추억에도 물을 주어야 한다는 말을 한다. 추억에 물을 주면 꽃에 물을 주듯이 추억의 부피를 유지하게 하고 과거의 증거가 된다는 것이다. 그러면서 추억은 때로는 자아를 비추는 거울이 되기도 한다고 말한다. 두 남녀는 모두 평온하지 못한 내면을 지니고 있다. 샹탈은 전직 교사로 광고회사에 다니고 있는데, 전남편과의 사이에서 낳았던 아들이 그만 5세에 죽었다. 장 마르크는 의대를 다니다 중퇴하고 뚜렷한 직업이 없이 샹탈에게 의존하며 살고 있다. 이 소설은 제목 그대로 두 주인공이 서로 시점을 달리하면서 상대방의 모습을 상황에 따라 다르게 인식하는 모습을 주 내용으로 하고 있다. 장 마르크는 샹탈 몰래 다른 남자로 꾸민 채 그녀를 몰래 감시하고 있다는 비밀 편지를 보내지만, 샹탈은 나중에 그 편지가 장 마르크가 보낸 것임을 알아차린다. 샹탈은 전 남편의 시누이가 갑작스레 자신을 방문하자, 이후에 런던으로 떠난다. 장 마르크도 곧 뒤쫓아 간다. 샹탈은 자주 꿈을 꾸면서 자신의 자아상에 대해 혼란에 빠진다. 소설은, 인간의 진실을 탐구한다는 자의식 성향을 주 내용으로 하고 있다.

기억을 변형한다는 것은 '추억에 물을 주듯이' 기억을 업데이트한다는 것이다. 우리 뇌는 지나간 사건을 원형 그대로 기억하는 데 취약한 반면 원하는 대로 해석하는 데 탁월하다는 말이 있다. 지금 이 순간의 체험, 느낌, 생각이 우리의 과거를 계속 편집하고 있으며, 현재의 변화가 클수록 우리의 과거 역시 더 많이 편집되기 마련이다.

이처럼 바꿀 수 없는 과거를 편집, 재해석하는 것과 왜곡(歪曲)하는 것은 다르다. 물론 기억에는 회상하는 시점에 따라 내용이 달라질 수 있다. 흔한 예로, 어른의 시점에서 유년 시절을 바라보고 서술하는 바가 다를 수 있다. 그런데 가끔 기억 서랍 속의 압축된 기억과 무의식의 세부 기억이 잘못 연결되거나 왜곡되기도 한다. 자신의 과거 사실에 대해 현재까지 후회와 반성만 잔뜩 안겨 준다고 여기면 그 과거 사실을 일부 과장해서 들려주는 경우도 그에 해당한다.

자신이 바라던 대로 과거 사실을 각색하는 행위는 헤르만 헤세의 장편 『수레바퀴 밑에서(1906)』에 나온다. 소설의 주인공 한스는 장래를 촉망받는 젊은이로서 주변 사람들의 기대를 한몸에 받으며 신학교에 입학한다. 당시 독일에서 신학교 입학은 상류 계층이 되는 길이었다. 한스의 아버지는 한스의 개성을 살려주기보다는 가문의 명예를 중시했다. 한스는 신학교 생활 중, 엉뚱한 행동을 일삼고 공부에 관심이 없는 하일너라는 엽기적이고 학업에 불성실한 친구를 사귀게 된다. 그로 인해 자꾸 성적이 나빠지고 급기야 신학교 생활에 적응하지 못한다. 한스는 그런 유혹을 냉정하게 뿌리치지 못할 만큼 원래부터 무기력과 우울증이 극심했던 것이다. 급기야 신학교에서 퇴교 처분을 받고 고향으로 온다. 그는 집에서 하는 일 없이 무기력하게 지내던 중 잠시 동네 여자와 사귀기는 하지만 이내 헤어진다. 그는 근처 숲속으로 산책을 하면서도 내내 비관과 우울한 생각에만 젖는다. 그것에서 잠시라도 벗어나기 위해 주변 공장에 취직한다. 공장에서 이미 기술 면에서 선배가 된 고교 동창을 만난다. 한스는 어느 날 퇴근 후에 동료들과 술 마시며 어울린다. 그 자리에서 어떤 선배 동료 직공들이 술을 마시면서 자기 과시욕에 사로잡혀 자신의 과거 체험담을 들려준다. 그런데 그 무용담들은 해마다 내용이 일정하지 않다. 알고 보니 그들은 자신이 원했던 내용으로 과거 체험을 각색한 것이다. 그런 이야기에는 으레 허풍이 따른다고 한다. 대장장이라면 누구나 한 번쯤은 주인의 딸과 사랑에 빠진 적이 있었고, 한 번쯤은 망치를 들고 성질이 고약한 주인에게 덤벼든 적이 있었으며, 또한 한 번쯤은 일곱 명이나 되는 공장 노동자들을 혼쭐나게 두들겨 준 적도 있다고 한다. 그런데 알고 보니, 어느 때에는 그 경험담의 배경이 바뀌는가 하면 주체와 대상이 바뀌기도 한다는 것이다.

이 소설에서 보듯이 사람은 사실을 과장 또는 왜곡하면서까지 이야기를 만들어내는 기술이 무의식중에 있다는 것이다. 우리는 타인의 잣대에 자신을 맡기다 보면 늘 부족한 자신의 모습만 부각된다. 자신의 결핍 상태만 인식하다 보면 그것이 곧 상처가 된다. 그래서 남에게 과장 섞인 이야기를 들려주기까지 해서 인정받기를 즐기려는 것은 아닌가 한다. 소설의 결말에서 한스는 무절제한 음주로 인해 귀가 도중 강물에 빠져 죽는다. 이렇게 사고사를 당한 이유는, 그날의 음주 때문이 아니다. 평소 지녔던 극심한 무기력 탓에 자신을 올바르게 절제하고 성찰하지 못했기 때문이다. 이 소설은 자신감과 자기 절제력이 없는 젊은이에게 닥치는 것은, 마치 교통사고 당하듯 수레바퀴 밑으로 들어가는 무서운 파멸임을 보여준다.

과거를 기억하는 우리 뇌는 하드 디스크처럼 과거에 한 번 기억했던 것을 그대로 정확히 재생해 주지 못하는 수가 있다. 기억하는 사람의 현재 몸과 마음의 상태, 현재 처지, 그간의 경험, 교육이나 지식 수준 등에 따라서 기억은 가변성이 있고 왜곡될 수 있다. 기억에 몰입하면 과거는 영화에서 슬로모션 형태로 보여주듯이 상세하게 기억되기도 하지만, 반면 빠른 화면으로 흘러갈 수 있다. 이처럼 과거 사실의 재편집, 왜곡, 과장이 생기는 이유는, 우리의 과거란 늘 행복하고 아름답지만은 않기 때문이다.

독자는 자서전을 읽으면서 '저자만의 경험적 사실'이란 것을 의식하는데, 그와는 달리 자서전 저자가 내용을 왜곡하며 각색한다면 그것은 바람직하지 않다. 아쉬우면 아쉬운 대로 그대로 쓰고 그에 대한 반성을 담담한 심정으로 털어놓으면 된다.

4-6. 과거 기억이 안겨주는 카이로스 시간

프랑스의 소설가 앙드레 지드(Andre Paul Guillaume Gide, 1869~1951)는 "우리의 피로함은 사람이나 죄악 때문이 아니라, 지난 일을 돌이켜보고 탄식하는 데서 오는 것이다."라고 했다. 너무 많고 세세한 기억에 사로잡힌 나머지 과거에 겪었던 슬펐던 일, 분노와 불쾌감을 떠올리는 것이 화병이나 우울증을 야기하면서 삶의 걸림돌이 되는 경우를 두고 하는 말이다.

이를 극복하기 위해서는 기억으로 인한 스트레스를 삶의 다른 에너지로 승화시키는, 마음 치료 방법이 있다. 고통의 극복을 위해서 고통의 진정한 의미를 깨달아야 마음 치료가 가능하다. 병원에서 의사에게 상처 부위를 정확히 드러내야만 치료가 되듯이, 자서전에서 과거 상처를 과감히 드러내며 스스로 해결을 모색한다면 치유 효과를 본다. 일례로 종교인의 심성으로 이런 말을 일상에서 주고받을 수 있다. '인생의 어느 한 시점에서 가족이든 친구이든 자신을 심하게 괴롭혔던 사람이 있다면 나중에 그런 사람을 위하며 살아갈 수는 없을까?' 자신에게 피해를 준 사람에 대해 우월감을 가져보자는 것이다. 악행을 저질렀던 상대방의 의도, 그 전후 과정을 알고 나면 더 이상 상처받을 일이 없어지는 것이다.

자서전을 쓰면서 고통스러운 기억이 감당이 안 된다면 고통스러웠던 과거를 재창조하는 길을 제시하고자 한다. 이에 대해 크로노스(Cronos, chronos) 시간에 대해 카이로스(Kairos, Caerus) 시간으로 승화하자는 대안이 있다.

시간에는 크로노스 시간과 카이로스 시간이 있으며 우리 삶에도 양자는 공존한다. 크로노스는 신화 속의 인물인데, 제우스의 아버지이다. 카이로스는 제우스의 아들이며, 크로노스의 손자이다. 카이로스는 '새긴다는 뜻에서 파생되었다. 크로노스 시간은 누구에게나 물리적으로 기계적으로 주어지는 연대기적 시간이며 절대적 시간이고, 카이로스 시간은 자신이 독자적으로 가꾸어 나가고 논리적으로 의미를 부여하는 상대적 시간이다. 양자는 불가분의 관계이다. 물리적으로 흘러가는 크로노스 시간 안에서 자신만의 독자적 역사를 창조하려고 할 때에 카이로스 시간을 만들 수 있다. 카이로스 시간으로 승화하는 것은, 누구에게 똑같이 주어진 시간을 달리 쓰면 그 사람을 변화시킨다는 원리를 활용하는 것이다. 이탈리아의 정치철학자 '네그리(Antonio Negri, 1933~)'는 카이로스 시간을 보편적 법칙을 벗어난 변화라서 '시간의 화살'이라고 했다. 과거, 현재, 미래라는 시간의 흐름은 눈에 보이는 물리적 실체는 분명 아니다. 철학적 관점으로 표현하자면, 시간의 흐름은 결국 현재의 마음이나 영혼이 만드는 것이다. 이런 전제에서 카이로스 시간이 나온다.

그래서 카이로스 시간은 물리적으로 규정된 시간 특히 변할 수 없는 과거를 현재 시점에서 창조적으로 지배하는 것을 말한다. 일신우일신(日新又日新) 상태처럼 매시간을 알차게 보내는 것을 말한다. 카이로스 시간은 물리적 시간 흐름에서 벗어난 주관적 인식이 담긴 영원한 시간, 독자적으로 초역사적 깨달음을 갖는 시간, 실존이 얽혀 있는 경험의 시간, 혁명의 시간이다. 기독교에선 '카이사르(Gaius Julius Caesar)의 시간', '왕들의 시간', '신들과 만나는 시간'이라고 한다. 미래를 위한 중요한 결단의 시간이라는 개념으로 확장된다.

사람들은 서로에게 타인으로 존재하기에 저마다 각각 다른 시간을 살고 있다. 그래서 자신에게만 의미가 있으며 특별한 역사가 되는 카이로스 시간을 가꾸어간다. 자서전에서 사건이 일어난 순서대로 배열된 크로노스 시간이 우선 있어야 정신적으로 의미 부여하는 새로운 카이로스 시간으로 창조할 수 있다. 과거 체험을 현재 시점에서 재확인하면서 긍정적으로 창조하면서 서술할 수 있다면 위대한 카이로스 시간으로 연결된다. 우선 인생 예찬과 자기 사랑이 전제되어야 한다. 역사를 진정으로 이해하려면 카이로스 시간처럼 시간을 창조하고 초월하는 탈(脫) 역사적 관점을 가져야 한다는 말이 있다. 탈 역사적 관점은 시대의 변화상에 따라 역사를 다르게 보는 시각이다. 자서전 쓰기에서도 이러한 탈 역사적 관점은 적용될 수 있다.

시간을 지배할 줄 아는 사람이 인생을 지배한다는 말이 있다. 자서전을 쓰는 과정에서 자신이 통솔하고 장악할 대상은 바로 이 카이로스 시간이다. 문학 창작도 자신만의 독자적 시간을 창조하면서 자신만의 시간을 다시 찾는 것이다. 그렇다고 단순한 과거 복사는 아니다. 과거 복사에 그친다면 이미 카이로스 시간의 창조가 아니며, 문학도 아니다. 과거를 거쳐 온 현재의 흐름이 카이로스 시간으로 재탄생하는 예를 소설에서 찾아볼 수 있다.

마르셀 프루스트의 『잃어버린 시간을 찾아서』에서는, 화자가 특정한 감각이 있는 과거를 통해서 현재 존재와 자아를 의식하는 행위를 확인하는 장면이 나온다. 주인공은 어린 시절에 살던 집에서 어머니가 2층으로 올라오려는 기척을 알리는 작은 방울의 짤랑짤랑하는 금속성 소리를 기억하고 있다. 끊임없이 울리는, 요란한, 산뜻한 그 소리를 다시 들었다고 한다. 이것은 과거 시간을 현재 시점에서 방울 소리가 들렸던 '옛날 집'이란 공간으로 바꾸고 있다. 그 방울 소리와 현재의 순간 사이에는, 자신이 짊어지고 다니는 줄도 몰랐던 무한히 펼쳐진 모든 과거가 있었다고 고백한다. 우리 일생의 모든 삶은 공간의 행로를 배경으로 하기에 모든 기억은 그 해당 공간과 함께 이루어지고 그것은 곧 체험이 된다. 인간은 시간적 존재라서 시간의 흐름에 따라 매시간 새로 태어나고 소멸한다. 그래서 시간의 흐름을 곧 그 사람의 삶이자 그 사람 자신이 되는 것이라고 한다. 사람은 시간의 연속성 안에서 발전하고 변화를 이룬다. 그 안에서 무언가 창조하거나 의미 규정하면서 시간을 착실히 보내야 할 것이다. 착실히 산다 해도 내 의지와는 달리 절망, 비극을 맞이할 수 있다. 그렇다 해도 훗날 추억으로 여겨지도록 어려움을 극복하는 자세로 현재를 살아가는 것이 가장 가치 있고 위대한 일이다. 이것이 카이로스 시간을 만들어가는 것에 해당한다.

사람은 현재의 '나'와 '앞으로 되고자 하는 나' 사이에 갈등이 있어도, 유년 시절처럼 늘 꿈을 꾸며 젊음을 지닌 자아 상태를 유지하려고 한다. 이것은 하나의 이상향과도 같은 '또 다른 자아'가 무의식에 자리 잡고 있기에 가능하다. 그래서 시간에 지배당하지 않고 카이로스 시간으로 창조하는 것이다. 카이로스 시간은 현대소설에서도 현재를 정리하기 위한 과거 회상 기법에서 효율적으로 드러난다. 결국, 그 과거는 현재 상태를 말하기 위해 존재한다. 이런 구성은 자서전에서도 활용할 수 있다.

PART 2
자서전, 어떤 내용으로 어떻게 채울까

       지금까지 자서전의 개념을 설명한 후에 자서전을 쓰기 위해 준비할 사항으로 자기 성찰, 자기 정체성 찾기, 과거 기억의 필요성과 그 가치, 장단점, 재창조하는 과거 등에 대해 설명했다. 여기서는 자서전을 본격적으로 쓰기 위해서 어떤 내용을 어떤 방식으로 선택하고 정리할 것인지 그 구체적 실천 방법을 설명하고자 한다.

5.
글을 쓸 자료는
내 삶에서 건져 올려야 한다

모든 글의 자료는 결국 자신의 삶에서 건진다. 그 삶에는 현재 하고 있는 일 외에 축적한 지식이나 향유한 정서, 타인과 나누고자 하는 현재 모습, 현재 원하는 것, 현재 비판하는 대상, 꿈꾸는 세상, 가꾸고자 하는 미래의 자기 모습, 자신의 변하지 않는 본질과 정체성 등처럼 내면세계까지 담고 있다. 자서전도 마찬가지이다. 사람마다 사는 방식과 체험은 제각각이기에 누구에게든 독특한 삶이 있다. 그 독특한 삶에서 글 쓸 자료를 건져 올리는 글이 바로 자서전이다. 자서전에선 글 쓰는 능력보다는 콘텐츠(contents) 정리가 우선이라는 말이 있다. 이 말은, 일차적으로 내용으로 승부를 본다는 뜻이다. 그렇다면 자신의 삶에서 자서전 내용을 이룰 만한 의미심장한 이야기, 사건, 사연, 생각 등을 발굴해야 한다. 이에 대해 자신의 맘속에서 평생 잊지 못한 일이나 상처, 충격적인 목격담이나 사건, 자신만이 간직한 자랑거리 등등이 있다면 그것을 자서전에다 쓸 수 있다.

잡지 『샘터』, 『좋은 생각』, 『작은 책』 등에 실린 글들을 보면 일상에서 보고 들으며 접하는 작은 이야기가 글의 소재가 된다는 것을 알 수 있다. 전기문도 그렇듯이, 대부분 자서전도 일화나 에피소드, 소품(小品) 등을 중심으로 내용을 구성한다. 또한, 일화나 에피소드, 소품, 어느 날의 일기 등등을 모아서 자서전은 완성된다. 자신의 실지 체험을 토대로 창작하는 수필도 그러하다. 소설도 일상의 작은 이야기에서 발상을 얻어서 사건을 만들어가면서 창작을 한다.

자서전 내용을 종합적으로 본다면 자유회상(free recall)이나 기억에 의해 건져낸 파편화되고 개별적(individual)인 이야기를 소재로 구체성을 띤 일상의 나열에 불과하다. 속되게 표현한다면, 개인의 자질구레한 일상 이야기의 나열이기도 하다. 일상이란 철학적으로 풀이하자면 '개인 삶의 실제 진행을 지배하는 시간의 조직과 리듬이며 질서'를 뜻한다. 일상의 이야기에는 최소한 그럴싸한 인과관계가 있어야 독자 뇌리에 각인된다. 남과 수다를 떨거나 어떤 소설, 영화를 감상하고 나서 그 내용이 기억나는 이유는 그 안에 그럴듯한 인과관계가 있기 때문이다. 그런데 일부 TV 연속극 중 너무 비현실적인 내용은 인과성을 지니지 못한다.

자서전에서 일상의 이야기를 들려주되 서사적인 내용을 지닌 사건처럼 인과성을 갖춘다면 독자에게 공감을 준다. 독자가 이렇게 공감을 하다 보면 일체감까지 느낄 수 있는데, 이 현상을 심리학에서는 '이야기 도취(Narrative transport)'라고 한다. 자서전이나 문학작품에서 보여주는 평범한 사람의 일상성은 독자에게 살면서 잊힌 추억과 인생 지혜를 공유하게 해 준다. 그러니 자서전이 품고 있는 일상성을 결코 하찮게 볼 것이 아니다. 『조개 줍는 아이들(1987)』, 『9월』을 쓴 영국의 유명한 여류 작가 로자문드 필처(Rosamunde Pilcher, 1924~2019)는 소설 『9월』에서 "위대한 것은 일상 속에 있다."란 말을 했다.

일화나 에피소드는 풍부한 추억거리에서 나온다. 추억은 삶에서 나온다. 추억하면 재미와 연관 지을 수 있다. 자서전에서 추억을 담을 때는 독자를 내용에 빠져들게 하려고 재미를 억지로 유발하기보다는 있는 그대로를 보여주는 것이 좋다. 그러는 중에 저절로 재미있는 내용으로 수용된다. 자신이 재미있다고 여겨지는 과거 추억 장면 중 독자에게 공감을 가져다준다고 확신이 선다면 과감히 써 보는 것이다. 어느 자서전에선 저자가 초등학교 시절 서울 변두리 집에서 캐러멜 공장을 했던 일을 회상하며 기록했는데, 그 시절에는 다들 어렵게 살았기에 방과 후 집에 오면 부모님 일을 도와드리는 일이 일상화되었다는 사실이 새삼 실감되었다. 농촌에서 자란 분들도 대부분 그러했다고 한다.

군 입대를 위해 집을 나서는 나를 바라보는 아버지의 눈길은 비교적 담담해 하시는 것 같았다. 그러나 어머니의 눈가에는 눈물이 맺힌 것을 보면서 내 눈시울도 붉어지며 눈물이 났다. 나중에 휴가를 나왔을 때 아버지께 직접 들은 이야기이었지만, 내가 군에 입대하기 위해 집을 떠나는 것이 서울에 유학 보낼 때와는 기분이 사뭇 달랐다고 실토하셨다.

아버지께서는 입소 전 논산훈련소에서 훈련을 마친 후에 부대 배치에서 사지에 떨어지게 되면 금전을 써서라도 부대를 옮겨주시겠다고 말씀해 주셨다. 당시는 돈의 위력이 강했으며, 그중에도 군 공무원에게 약발이 제일 빨리 받았었다. 아마도 공무원 중에서 제일 부패한 집단으로 보아도 무방한 시절이었다.

입대하게 되면 배를 곯던 시절인지라, 입소할 때 몰래 돈을 숨겨가는 것이 통례로 되어 있었다. 돈을 숨겨가는 방법으로는 돈을 말고 그 위에 실로 감아 실패로 위장하거나, 담뱃갑 속에 돈을 돌돌 말아 집어놓고 다시 담뱃잎을 끼워 막아서 들고 가는 방법, 아니면 치약 튜브에 지폐를 집어넣고 다시 치약으로 땜빵을 시켜 숨겨가는 방법 등이 유행하고 있었다. 나는 안현필 선생의 『영어 실력 기초』란 책의 두꺼운 겉장을

면도날로 살짝 쪼개서 그 속에 감쪽같이 고액권을 넣어 입소하였다.

천안에서 입영 열차를 탔다. 열차 칸마다 헌병이 지켜 서 있으면서 입소장병들 군기를 잡으려고 얼차려를 시키며 겁을 바짝 주고 있었다. 입영열차는 논산훈련소에 입소하기 전 보충대인 수용연대로 먼저 들어간다. (하략)

- 유재근, 『아내의 손수건』, 산과 들, 2012, 105~106쪽

인용한 글은 자서전이다. 저자는 대학에서 전자공학을 전공하고 오랜 직장 생활을 하면서 명쾌한 표현의 수필을 많이 발표하는 분이다. 인용은, 1970년대 초반에 군 생활을 했던 남자라면 흔히 들려주며 쓸 수 있는 내용이라고 한다. 저자는 군에 와서 사회와는 달리 모든 것을 혼자 해결해야 하느라 서글픔을 느꼈고, 병영 생활 요령을 모르기에 서투른 행동을 해서 기압받았고, 말단 소대 소총수로 배치되었다는 등등 여러 사연을 쭉 들려준다. 당시는 서신 검열이 엄해서 돈으로 부대 배치받는 일은 결국 수포로 돌아갔다고 한다. 『아내의 손수건』은 유년 시절, 학창 시절 이야기를 가정사와 함께 들려주며 은퇴한 이후 생활까지 들려주고 있다. 평범한 저자의 자서전임에도 많이 팔렸다고 한다. 이런 자서전을 읽어보면 그 시절 살아온 모습을 보여주는 작은 이야기들이 일상의 풍경과 어우러져 재미를 주면서 그 나름의 의미를 깨닫게 된다. 자서전에는 무슨 거창한 이야기만 들어가는 것이 아니라 이런 일상의 내용이 들어간다.

자서전은 어차피 일화나 에피소드의 나열이라 해도, 독자에게 너무 무질서하게 나열되었다는 인상을 주어서는 곤란하다. 나열은 하되 전체 내용과 조화를 유지하라는 것이다. 필요에 따라 세부적인 사항까지 밝히면서 표현의 구체성을 살리는 것과, 독자에게 정보 제공과 함

께 이해도를 높인다면 한층 읽는 재미를 안겨 준다. 이런 예는 실용적인 글 외에 문학작품에서도 나타난다. 또한, 첫 문장에서 신문 칼럼이나 논설처럼 독자의 시선을 집중하는 내용으로 시작하고 끝 문장에서는 인상 깊은 내용으로 대미(大尾)를 장식하는 기교도 필요하다.

자서전에서 가장 기본으로 나오는 이야기로는 가정사, 학창 시절, 직장 생활 등이 있다. 이에 대해 막상 쓰고자 하면 기억을 정확히 살릴 수 없는 경우가 있을 것이다. 자신이 어떤 일을 몇 년도에 했는지 일기를 쓰지 않은 이상에는 기억하지 못할 것이다. 그럴 때는 가족 앨범, 개인 사진, 영수증, 가계부, 월급봉투, 입출금 통장, 보관한 편지, 메모, 각종 문서, 증명서, 상장(賞狀), 행사 기념품, 남에게 받은 선물, 집안의 장식품, 살림살이 등등이 기억을 환기시키는 자료가 된다.

기억이란 신기하다. 기억에 빠지다 보면 평소에 나지 않았던 기억이 술술 나오기 마련이다. 그러다 보면 하나의 이야기가 생성되고 곧 적게라도 자서전의 분량을 채운다. 실지로 자서전 쓰기 교실에서 보면 6·25 한국전쟁을 유년 시절에 겪어보신 어르신들이 당시 상황을 상세하게 기억해서 자서전 내용의 일부를 완성하는 일을 보았다. 어느 동네에서 언제 폭탄이 날아 와서 다들 어디로 피난 가고, 어떻게 소문을 듣고서 음식을 구해 와서 먹고 했던 일들을 생생하게 기록하셨다. 아주 오래된 과거지사라서 기억이 나지 않을 것 같은데도 의외로 신기하게도 기억이 생생한 내용이 있다는 것이다. 전쟁처럼 거대한 재난을 다룬 영화에선 사정이 긴박하고 딱한 약자들끼리 서로 도우며 헤쳐 나가는 장면이 공식처럼 잘 나온다. 6·25 한국전쟁 체험을 담은 자서전에서도 그러하다. 어떤 분은 1960년대 당시 물자가 풍부하지 않고 어렵게 살았던 당시에 어떻게 연애를 하고 만나면 무엇을 사 먹고 간신히 결혼자금을 마련했던 이야기를 생생한 기억을 살려 자서전 내용의 일부를 완성했다. 그런 내용을 보면 그 시대의 생활문화와 사람들의 정서를 엿볼 수 있다.

기억은 짧아도 기록은 길다는 말이 있다. 짧은 시간에 벌어진 사건이라 해도 그것에 의미 부여하면서 글로 쓰고자 하면 내용이 길어진다는 뜻이다. 자서전에서 기억을 환기시키는 여러 자료를 통해 내용을 채우다 보면 그에 대한 사진 자료를 넣기도 한다. 자서전을 내용과 관련된 사진이나 일러스트레이션(illustration, 삽화, 도안)을 삽입한 포토에세이처럼 쓸 수 있다. 이는 독자에게 입체적이고 강력한 전달력과 친숙함을 주는 방법이다. 요즘 포토북(photo book)이라고 해서 일부러 이런 편집 방법을 고수하는 책도 있다. 그렇게 하면 독자에게 아무래도 흥미 있게 주의를 환기시키며 그 부분이라도 더 잘 들여다보게 한다. 그렇지만, 문자로 기록된 내용에 비해 사진 자료가 많으면 독자로선 정신이 없고 자칫하면 성의 없는 자서전으로 오인을 받는다. 사진 자료는 적당한 선에서 넣어야 한다.

6.
나를 돌아보기 위해서
인생 주기표를 작성하기

　　　　　　과거 기억 행위라는 통과의례를 거쳤으면 자서전을 쓰기 위한 첫 구상 단계로서 인생 주기표를 작성해 보자. 인생 주기표는 본격적으로 자서전을 집필하기 위해서 내용을 시간 순서대로 또는 주제별로 구상하면서 메모하는 표이다. 인생 주기표 작성은, 자서전 내용을 무엇으로 채울지 고민이 되는 분에게 제일 먼저 권하는 방법이다. 자신의 방대한 삶이 간직하고 있는 여러 사연과 이야기 중에서 어떤 것을 취사선택해서 전체 내용을 어떤 순서로 할 것인지 계획을 세우는 것이다. 자신을 둘러쌌던 가정, 학교 생활, 당시 사회상과 정치적 변화상, 모든 환경과 여건, 대인관계, 나의 생각, 나의 업적 등을 살피며 메모 정리한 후에 쓰기 계획을 세우는 방법이다. 여기서 업적이라고 하면, 무슨 거창한 것을 연상하겠지만, 평범하게 주어진 일을 착실히 해온 것만으로도 업적이 된다. 인생 주기표에다 어떤 내용을 쓸지 간단하게 메모하다 보면 쓰고자 하는 자서전 내용의 밑그림이 저절로 그려질 것이다.

　　다치바나 다카시의 『자기 역사를 쓴다는 것(이언숙 옮김, 바다출판사, 2018)』을 보면 '자기 역사 연표 만들기'라는 장(章)에서 가정, 가족 관계, 학교 생활, 직장 생활 등 여러 기준으로 세세하게 연표를 만들면서 자서전 내용을 구상하도록 권하고 있다. 인생 주기표란 '자기 역사 연표'와 유사한 것이다.

인생 주기표에는 '연대기 구성 인생 주기표'가 있고, 특별한 체험, 사연 등을 중심으로 그에 따른 이야기를 중심으로 하는 '주제별(주제 중심) 구성 인생 주기표', '여러 특별한 경험담을 중심으로 한 구성법'이 있다. '여러 특별한 체험담을 중심으로 한 구성법'은 대체로 주제별 구성에 속한다. '연대기 구성', '주제별 구성' 이 두 가지가 가장 흔하기에 우선 두 가지만 설명한다. '연대기 구성'을 선택할지 '주제별 구성'을 선택할지는 쓰는 분의 자유이다.

'연대기 구성 인생 주기표'는, 무질서하게 흩어진 기억의 파편을 나이별로 성장한 순서대로 쓰는 방법이다. 결말에서 보여줄 수 있는 자신의 현재 모습을 자서전의 첫 장면으로 장식하고 난 후에 순차적인 과거 이야기로 전개하는 방법도 있다. 연대기 구성 인생 주기표를 작성하면 그에 따라 '연대기 구성의 자서전'을 쓰게 된다.

'주제별 구성 인생 주기표'는, 자서전에서 자신의 일생을 모두 담을 수는 없기에 일정한 주제를 중심으로 내용을 엮어보자는 의도에서 나온 방법이다. 여러 가지 주제를 가지고 해당하는 이야기를 일어난 순서대로, 즉 연대별로 쓰는 것이다. 또는 정해진 주제에 따라 자신의 생애에서 일어난 순서대로 해당하는 체험담을 정리하고 작성하는 것이다. 자서전을 쓸 때에 소설적 구성을 지향하느라 독자를 염두에 두는 구성법이다. 역사기록에서 특정한 주제별로 해당하는 사건을 기록하는 기전체(紀傳體)도 주제별 구성의 예이다. 주제별 구성 인생 주기표를 작성하면 그에 따라서 '주제별 구성의 자서전'을 쓰게 된다.

한 권으로 된, 주제별 구성의 자서전에서 주제란 쓰는 사람의 의도에 따라 다양하다. 주제별 구성의 자서전을 쓰고자 할 때 소제목(소재, 주제)으로 삼을 수 있는 것으론, 가족, 친구, 학업, 일, 직업, 결혼생활, 건강, 돈, 재산 등등이 당장 생각이 날 것이다. 이에 대해선 7장과 8장에서 그 항목이 여러 가지 나온다.

어떤 부분에서 가족(가정)을 주제로 쓰겠다면 유년 시절의 가정, 학창시절의 가정, 결혼 후의 가정은 각각 달라진다. 그것을 순서대로 쓰게 된다. '일, 직업'을 주제로 쓸 때에 20대의 '일, 직업'과 30대의 그것이 다르다면 순서대로 써야 한다. 절망, 외로움, 힘듦을 겪었던 일을 주제로 해서 쓰겠다면 쓰는 사람에 따라 20대, 30대, 40대에서 해당하는 이야기를 찾아볼 수 있을 것이다. 어느 주제에선 분량이 유난히 많은 반면, 어느 주제에선 쓸 내용이 적을 수도 있다. 그런가 하면, 살면서 많은 노력 끝에 성취감을 누리거나 무언가 작게라도 성공한 사례를 중심으로 한 장(또는 소제목)을 이루고 그다음에는 실패했던 체험담을 중심으로 다음 장을 구성하면서 자서전을 쓸 수 있다. 행복했던 시절의 이야기를 주제로 한 다음에 고통스럽고 살기 힘들었던 시절의 이야기를 주제로 엮어가기도 한다.

주제별 구성의 자서전에는 주제별로 제목이 나온다. 각 주제에 해당하는 이야기를 일어난 순서대로 쓰다 보면 다른 주제에 대한 이야기와 중복되는 내용이 나올 수 있어서 독자에겐 혼동이 올 수 있다. 그럴 때는 '앞서 ~장에서 잠시 밝혔듯이'라는 구절로 기억을 환기시키면 무리가 없을 것이다.

6-1. 연대기 구성 인생 주기표와 주제별 구성 인생 주기표

'연대기 구성 인생 주기표'와 '주제별 구성 인생 주기표'의 예는 아래에 있다. 상단의 가로줄제목들은 어떤 내용을 어떤 순서대로 작성하든 간에 밝혀야 할 사항이다. 연대기 구성이라면 '~년도, 나이, 개인사, 가정사, 당대 사회상, 나의 생각, 성찰, 특이점 등등'이 있고, 주제별 구성이라면 '나의 경험, 사건, ~년도, 나이, 직업, 신분, 처지, 가정사, 사회상, 나의 생각, 성찰, 특이점' 등등이 있다.

그러면 가로줄이 그어진 대학 노트에 아래와 같이 상단 가로줄에다 '년도, 나이, 가정사. 개인사. 사회상, 나의 생각, 성찰, 특이점' 등을 쓴 다음에 그에 맞추어 세로 선을 그은 다음에 빈칸에 각자 해당하는 내용(어떤 사실, 해당하는 일화, 생각 등등)을 간단하게 자신이 알아볼 수 있도록 메모 형식으로 써 보면, 쓸 내용의 윤곽이 잡힐 것이다.

연대기 구성 인생 주기표 작성의 예

~년도	나이	가정사	개인사	사회상	나의 생각, 성찰, 특이점

주제별 구성 인생 주기표 작성 예

나의 경험, 사건(나에게 일어난 일)	~년도	나이	나의 직업, 신분, 처지	가정사/ 사회적 변화	나의 생각, 성찰, 특이점

상단 가로줄에 있는 사항들은, 기본적으로 밝힐 사항인데 편의상 정한 것이라서 각자 경험에 따라 일부는 생략하거나 수정이 가능하다.

노트에 한 줄씩 되어 있지만, 해당 연도에 쓸 내용이 많으면 아래 칸에 상동(上同)을 뜻하는 '〃'로 표기하고 편하게 자유롭게 기록하면 된다. 단, 앞서 말했듯이 기억이 나는 대로 쓰되, 정말로 쓸 가치가 있다고 여겨지는 내용으로 잘 취사선택하시길 바란다. 인생 주기표에 메모할 때에는 파워포인트에서 문장을 작성하듯이 명사형으로 쓰는 수가 있고, 보통 글쓰기에서처럼 문장 종결식으로 쓰는 수도 있다. 이것은 어디까지나 쓰는 분의 편리함에 따른다.

연대기 구성 인생 주기표에다 메모하는 단계를 지나 직접 쓸 때는 나이의 변화에 따라 또는 달라지는 체험 내용에 따라 각 소제목을 정한다. 연대기로 구성된 자서전의 도입부에선 대부분 유년 시절 이야기부터 서술하고 가족사가 기본으로 나온다. 유년 시절에서는 남에게 들려줄 만한 가치 있는 체험이 빈약한 사람도 있다. 그렇다면 '나의 유년 시절은 어떠했다'는 식으로 설명 위주로 요약하면서 넘어가도 된다. 유년 시절 또는 학창 시절 이야기를 쓰고자 할 때는 그 안에서 어느 한 주제(예를 들어 '친구 관계', '재미있는 놀이' '학교 공부' 등등)를 잡아서 소제목으로 삼아서 내용을 서술하고 다음 단계 이야기로 넘어간다. 이런 식으로 주제를 명확히 하면 내용의 흐름이 보이게 된다.

이렇게 유년 시절부터 기억나는 대로 해당 연도마다 있었던 일과 함께 현재 시점까지 썼다면 어느새 노트 한 권이 채워질 것이다. 50세가 되어서 자서전을 쓴다면, 연대기 구성 인생 주기표에서 맨 좌측 '~년도'는 무조건 50개가 된다는 보장은 없다. 그것은 불가능하다. 모든 해마다 어떤 특이한 일이 나에게 일어났는지 일일이 기억조차 나지 않는 수가 많기 때문이다.

자서전을 연대기 구성으로 쓰든, 주제별로 쓰든, 쓰다 보면 이야기는 한없이 다양해질 수 있다. 그렇다고 어느 한 시기의 이야기에만 너무 많은 비중을 두는 것도 모양새가 그다지 좋지 않다. 유년 시절 이야기에만 비중을 많이 배당하면 곤란하다. 자서전은 어디까지나 성인을 향한 성장 이야기가 주가 되기 때문이다.

연대기 구성 자서전이라 해도, 효과적인 내용 전개를 위해선 성장한 순서대로 과거 이야기를 엮어가는 중에 잠시 자서전을 쓰고 있는 현재 이야기가 나오고, 또다시 하다 말았던 과거로 돌아가서 서술하는 구성을 취할 수 있다. 첫 부분을 강한 인상이나 영향(impact)을 주는 극적인 장면부터 설정하거나, '지금의 나는 이런 사람입니다.'라며 자서전을 쓰고 있는 자신의 현재 모습부터 설정한 후에 유년 시절 이야기부터 순차적으로 펼쳐나가는 방법도 있다.

앞서 제시한 주제별 구성 인생 주기표를 보자. 맨 좌측 '나의 경험, 사건(나에게 일어난 일)'을 쓰기 위해선 상단 가로줄 중간에 나온 '나의 직업, 신분, 처지' 등도 같이 밝히면서 쓰는 것이 좋다. 예를 들어 '개인 학습'에 대한 나의 경험이나 사건을 밝힐 때는 시기를 달리해서 초등학교 시절, 중등학교 시절, 대학 시절, 구직 시절까지 순차적으로 털어놓을 수 있다.

맨 우측 '나의 성찰'에서는 맨 좌측에 있는 '나의 경험, 사건(나에게 일어난 일)'에 대해 나름 깨달은 바를 쓰면 된다. 맨 좌측에 있는 '나의 경험, 사건'에 해당하는 세부적인 여러 이야기는 연도를 달리해서 여러 가지가 나올 수 있다. 연대기 구성 인생 주기표에서도 그렇지만, 기억나는 대로 빈칸을 채우다 보면 더 많은 주제가 술술 기억이 나게 마련이다. 그럴 때는 수많은 기억 중에서 어떤 것을 선별해서 자서전에 넣을지 결정하면 된다.

연대기 구성이든, 주제별 구성이든 인생 주기표에다 해당 내용을 채우다 보면 일단 밑그림이 그려진 것이나 다름없다. 그런 다음 인생 주기표에 채워진 내용을 들여다보면서 그 세세한 사연을 하나의 장면이 담긴 문장들로 만들어서 자서전을 쓰면 된다. 글쓰기 단계에서 전체 내용의 줄거리나 요점을 쓰는 개요(概要) 작성 단계가 있다. 개요 작성을 하고 나면 비로소 초고를 쓸 수 있다. 실지로 자서전 쓰기에서 개요 작성 단계를 거쳐서 쓰는 분도 있고 그 단계를 생략하고 아예 본격적으로 쓰는 분도 있다. 개요 작성을 했어도 초고를 쓸 때는 작성했던 개요에서 나오지 않았던 내용이 갑자기 생각나서 새로운 내용을 채우는 일도 많기 때문이다.

연대기 구성 자서전이든, 주제별 구성 자서전이든 내용을 완성할 때에는 앞 내용과의 인과관계를 잘 살피면서 서술해야 한다. 이 과정에서는 조급해하지 말고 계속 내용을 고치거나 가감(加減) 첨삭(添削)하면서 내용을 완성할 수 있다고 마음 편히 여기며 쓰시길 바란다. 그 내용이 얼마나 가치가 있을지 앞뒤 논리가 맞는지 문장이 어법에 맞는지는 나중에 살펴보기로 하고, 노트에다 위에 제시한 인생 주기표 양식을 만들어서 자유롭게 써보는 시도부터 하자.

연대기 구성 자서전이든, 주제별 구성 자서전이든 현장성을 드러내기 위해선 시간적 배경과 공간적 배경은 밝혀야 한다. 언제, 어디에서 나에게 무슨 일이 일어났는지를 쓸 때에 그러하다. 그 외 기본적 사항은 밝힐 필요가 있다. 어떤 유명한 예술인의 자서전에서 본 내용이다. 저자는 가난하게 살던 40대 중반에, 사이가 좋은 남동생이 자녀를 넷이나 남기고 병으로 죽었다. 저자에게도 남편이 없고 자녀가 한 명 있었다. 저자는 중·고생 조카 넷을 모두 데려와서 친정어머니와 함께 이것저것 막일을 하면서 힘들게 키웠다는 이야기를 썼다. 그런데 남동생의 부인(조카들의 친모)은 어디에 있는지 저자의 아들과 데리고 온 조카들과는 사이가 좋았는지 그에 대한 이야기는 그 자서전 내용에 없다. 나이 어린 인물들에게 가장 민감하고 중요한 사항은 학비를 대주며 돌보아주는 가족이다. 독자를 배려한다면 독자가 기본적으로 궁금해 할 것은 밝혀야 하지 않을까 한다.

연대기 구성 인생 주기표를 보고서 연대기 구성 자서전을 쓸 때나, 주제별 구성 인생 주기표를 보고서 주제별 구성 자서전을 쓸 때는 자신도 모르게 자신의 변화상을 알게 된다. 자신의 출생 이후 성장기 별로 가족사를 쓰든 학교 졸업, 취업, 결혼 등과 같은 개인적인 사건, 주변의 세세한 사회적 변화상, 당시에 화제가 되었던 인상적인 뉴스 등을 쓰든 간에 무어라도 내용을 채워나가다 보면 세월의 흐름에 따른 자신의 변화상, 성장 과정을 대충이라도 정리할 수 있다. 그러면서 '나의 진정한 모습은 어떠했는지', '나는 내 주변 환경과 그 시대의 사회적 추세에 대해 어떤 생각과 자세로 살았는지' 생각해 볼 수 있을 것이다.

자서전에서 개인의 성장 이야기를 펼치는 데에는 주변과의 관계, 주변에서 영향을 받은 내용은 결코 무시할 수 없다. 자신이 목격한 남의 인생을 들려주되, 남의 인생을 통해서 자신은 무엇을 배웠는지 그로 인해 내 삶에 어떤 변화가 왔는지 드러내는 것이 좋다. 자서전은 결국 '나'를 돌아보며, '나'를 위한 것이고, '나'에 의해서 쓰는 글이다. 개인사에는 수평적으로나 수직적으로 개인을 둘러싼 가정, 사회, 모든 상황, 여건 등이 늘 놓여 있다. 개인은 그 시대에 통용된 사회 풍조, 분위기, 이데올로기 등에 의해 가치관, 생각, 처세술 등이 영향을 받는다. 이것을 사회학적으로 표현한다면 개인의 삶이란 결국 사회 구조적 조건과 관련이 있으며, 일상적 개인 문제란 결국 사회 구조적 변동과 연관되어 있다고 한다.

자서전이란 근본적으로 자신의 삶을 소재로 하되, 필요에 따라 역사 기술에서나 볼 수 있는 증언의 성격을 지닐 수 있다. 그래서 자서전을 읽는 독자로선 여러 굴곡진 역사적 변혁 사건을 알게 된다. 근대사를 크게 보면 일제 강점기, 해방, 한국전쟁, 분단, 4·19, 5·16,

반공이 국시가 되었던 군사정권 시절, 문민정권 시절 등등 오늘에 이르기까지 많은 굴곡이 있었다. 자서전에서 나타낼 수 있는 사회적·정치적·역사적 변혁은 쓰는 사람의 연령에 따라 다르다. 일제 강점기에 성장기를 보낸 어르신들이 겪은 사회적 정치적 역사적 변혁은 1940~1960년대에 출생한 기성세대들이 겪은 그것과는 차이가 있다. 이 기성세대들은 1980~2000년대에 출생한 세대들이 겪은 그것과도 차이가 있다. 현재 90대 연령의 어르신은 일제 강점기에 일본어 표현 감각으로 생활했던 문화에 이어 해방 이후에는 여순반란사건, 제주 4·3사건을 목격했고, 미군정 혼란기로 인해 서투른 영어를 익혔던 세대이다. 이후 6·25 동란에 이어 4·19의거와 5·16혁명을 겪었다. 해방 이후부터 1950년대에 출생한 세대들은 아날로그 시대에 살면서 박정희 정권 시절의 독재정치 하에서 제대로 된 표현의 자유를 누리지 못했고, 개발도상국 국가답게 경제개발과 도시산업화 성장에 따른 인간 소외 현상을 겪으며 살아왔다. 민중문학이 태동했던 시절이었다. 정부 비판적 내용이 들어간 공연이나 출판물에 대해선 가차 없이 압수, 시행 금지가 떨어졌던 시절이었다. 동시에 지식층의 이민이 유행하였던 시절이었다. 그러던 중 광주민중항쟁, 1987년의 6월 항쟁을 겪었다. 이 두 항쟁은 우리 역사에서 민중들이 제 목소리를 냈던 획기적인 사건이었다.

이에 대해 어느 분의 자전소설에서 본 내용을 소개한다. 1980년대 초, 당시 대학생이라면 겪었던 사회적 변혁으로는 신군부인 전두환 정권이 들어설 무렵 일시적으로 대학교의 학생회 부활과 집회 시위의 허용을 들 수 있다. 그때, 학생들의 감정을 건드려서 과격한 집회 시위로 유도해서 그것을 빌미로 결국 대학생들에게 압제(壓制)를 가하고 휴교령을 내렸다. 그 모든 것은 정치적 작전이었다는 것을 생생한 집회시위 현장에 얽힌 주변 이야기와 함께 들려주었다. 요즘에 이런 과거 사회적 변화상을 자서전에서 들려줄 때는 당시의 그런 주제를 담았던 개봉 영화 『화려한 휴가(2007)』, 『남영동 1985(2012)』, 『1987년(2017)』, 『택시 운전사(2017)』 등등을 소개하는 것도 효과적인 방법이다.

이후 사회·정치적 변화상을 열거하자면, 1988년의 서울 올림픽 개최라는 국위 선양 사건에 이어 각종 민주화운동을 통해서 비로소 탄생한 군부 독재 정권 타도 현장, 김영삼 정권의 문민정부, 두 전직 대통령의 구속 사건, 성수교 침몰과 삼풍백화점 붕괴처럼 엄청난 국가적 재난 사건, 집회시위의 신고제, 여러 노사분규, 김대중 정권의 남북평화회담, 디지털과 IT산업의 발달, 국내 외교 문제, IMF에 이어진 경제난, 중등학교의 두발 자율화와 체벌 금지 규정, 전교조의 합법화, 여성부의 설립, 호주제 폐지, 2014년 세월호 국가적 재난 사건, 이후 박근혜 정권 당시의 촛불 시위 등등이 있다. 이런 여러 사회 정치적 변화 중에서 유독 자신에게 가장 관심사였던 것을 중심으로 자서전에 담을 수 있다. 여성이라면 2005년도에 있었던 호주제 폐지나 2010년도에 '여성부(2001년도 창설)'가 '여성가족부'로 명칭이 바뀐 사건에 주목하며, 그로 인한 양성평등의 사회적 실현 정도, 자신의 생각과 삶이 어떤 변화를 일으켰는지를 떠올려볼 수 있을 것이다. 그외 사회상으로는 현재까지 국내외적으로 큰 이슈가 되었던 많은 사건이 있다. 뉴스에서 새로운 사건이야 수시로 나온다. 2019년 겨울부터 시작해서 최근에 팬더믹(pandemic, 전염병의 세계적 창궐) 현상으로 번진 코로나 사태가 있다. 그 사건에 대한 정부의 대응 태도, 그로 인한 국민들의 반응과 여론, 거리의 우울한 풍경, 매스컴의 보도 방향, 그로 인한 자신의 사생활 변화 등등을 쓸 수 있다.

7.
인생 주기표 작성을 위해
중요한 이슈들을 찾기

인생 주기표를 작성하기 위해서 중요한 이슈(issue, 문제점, 논점)들을 찾는 것은 인생 주기표에 들어갈 내용으로 무엇이 있는지 살펴보는 것이다. 한마디로 쓸거리와 글감을 찾아보며 기억을 환기하는 작업이다.

자서전에다 쓸거리가 문득 떠오른다면 '연대기 구성 인생 주기표' 또는 '주제별 구성 인생 주기표'에서 어디쯤에 첨가할지 생각해 보자. 그렇지만 쓸거리가 떠오르지 않고 어떤 시절의 이야기부터, 무엇에 대한 이야기부터, 어떤 주제나 소재를 중심으로 써야 할지 금세 감이 떠오르지 않은 경우도 있을 것이다. 시중에 나온 자서전 쓰기 지침서에서는 자신에게 나이별로 무슨 일이 있었는지를 스스로 묻도록 유도하며 이런저런 주제나 소재를 제시하고 있다.

다음은 연대기 구성 자서전에 쓸 수 있는 내용인데, 일부 항목은 주제별 구성 자서전에 넣을 수 있는 것도 있다. 자신 있게 채워나갈 수 있는 내용이 있으면 동그라미 표시를 해보자.

1. 유년 시절(1세~7세): 태어나고 자란 곳, 친구들과 놀던 곳, 접했던 풍경, 친구, 보살펴 주신 부모님이나 조부모님, 부모·형제와의 관계, 이사, 가정 형편, 건강 상태, 정서 상태

2. 학창 시절(초·중·고 시절): 학교 생활, 학업, 잘 어울렸던 친구, 소풍, 인상적인 선생님, 가정 형편, 보살펴 주신 부모님이나 조부모님, 학교 밖의 경험(사교육, 종교 생활, 봉사 활동 등등), 정서 상태, 보거나 들었던 충격적인 사건

3. 직장 생활: 취업 준비, 직장 적응, 상사 또는 동료와의 관계, 자기 성취, 출장, 개인 사업자라면 실패 또는 성공담

4. 청춘사업 자유연애 또는 맞선, 사랑과 증오

5. 결혼과 가정생활: 신혼 시절의 어려움, 출산 당시 상황, 육아에 따른 즐거움과 애로, 부부 관계, 자녀 교육, 살림. 집 장만, 저축, 이사

6. 살면서 지속적으로 유지했던 나만의 취미나 특기 활동

7. 나의 인생관, 가치관, 철학, 처세관, 사고방식

8. 대인관계: 인상적인 친구, 좋은 친구, 나를 용서해 준 사람, 내가 용서하지 못할 사람, 내가 고마워하는 사람

9. 살면서 기억에 남는 에피소드, 가장 힘들었던 일, 가장 행복했던 시절

10. 자녀에게 하고 싶은 말: 부탁하는 말, 유언, 나의 묘비명

위 여러 항목 외에도 자신이 별도로 생각해 본 주제가 생길 수도 있다. 그러면 동그라미를 친 항목을 연대기 구성 인생 주기표에 넣든지, 주제별 구성 인생 주기표에 넣든지 결정하고는 그에 대한 이야기를 기억해서 그 내용을 간단히 메모하고는 어떻게 상세하게 쓸지 생각해 보자. 소제목은 나중에 생각해도 늦지 않는다.

다음 항목은 주제별 구성 인생 주기표 작성에서 참조할 수 있는 항목들이다.

- 나의 가정과 가족사
- 내가 받은 학교교육
- 내가 처한 사회와 시대 모습, 역사적 변혁, 당대 사회운동의 모습
- 내 인생의 전환점
- 개인적인 특수 경험담(군대, 직장, 직무, 여행, 특별 학습, 봉사 활동, 신앙생활)
- 평생 헌신했던 일이나 직업
- 내가 겪은 직장에서의 특이한 경험이나 사연
- 살면서 겪었던 고난과 역경, 그것을 극복한 사연
- 내가 겪은 마음의 상처, 자기반성
- 내가 겪은 인간관계의 다양한 모습과 변화, 인간 심리
- 나에게 일어난 가치관과 정서적 태도

이 11개 항목을 보면, 외부적으로 일어난 사건이 있고, 자신의 생각을 나타내는 것도 있다. 이에 대해 쓸거리가 있고 그 기억이 생생해서 지금 당장 이야기로 꾸밀 수 있다면 해당 항목에 표시하고 주제별 구성 인생 주기표에 메모, 정리를 해보자.

다음 세부 항목들은 연대기 구성 자서전을 쓸 때에 각 연령대에 따른 내용으로, 좀 더 상세하고 구체적이다. 이 중에서 자신이 정말 가치 있는 이야기로 만들 수 있으며, 자신 있게 쓸 수 있는 내용이 있다면 동그라미 표시를 해 두고 연대기 구성 인생 주기표에다 그 내용을 정리 메모해 보자. 그리고 나서 그 해당 내용에 대해 과거 기억을 살려서 연습장에 초고 삼아 써 보자. 그 과정에서 생각나는 주요 에피소드를 각자 편하게 작성해 보면 그 안에서 또 다른 내용이나 주제를 발견하기도 할 것이다. 그 주제를 직설적으로 들려주든 암시하든 쓰는 분의 자유이다.

1. 출생과 유년의 기억:

내 모습, 외모, 건강, 살던 집, 동네 모습, 가족의 모습, 부모님이 하셨던 일, 가정환경, 유치원 시절, 나의 즐거움, 내가 싫어했던 것, 두려웠던 일, 성장통을 느낀 신체 부위, 좋아했던 음식, 기억에 남는 놀이나 즐겨 부른 노래, 재미있게 들었던 동화나 옛이야기, 자주 놀러 갔던 장소나 유원지, 친구와 놀았던 일, 즐겨 보았던 어린이 TV프로, 한글 익히기, 애완동물, 어른에게 혼이 났던 일, 몸이 아팠던 일, 조부모님이 돌보아주셨던 일, 나를 가장 많이 돌보아주신 분 등등

2. 초등학교 시절:

내 모습, 살던 집, 가정환경, 가족의 모습, 부모님이 하셨던 일, 즐겨 찾던 장소, 애완동물, 인상적인 친구들과 선생님, 학교 공부, 소풍, 현장학습, 부모님과의 여행, 학원 수강, 과외 교습, 종교 생활, 인상적으로 읽은 동화, 일기 쓰기, 초등생만이 누렸던 추억의 문화생활, 최초로 거짓말했던 일, 최초로 부러워했던 일, 내가 좋아했던 일과 싫어했던 일, 슬프고 억울하거나 화가 났던 일, 두려웠던 일, 충격받은 일, 어른이나 선생님에게 혼이 났던 일, 실망스러웠던 어른들 세계, 이해할 수 없었던 어른들의 세계, 당시 매스컴에서 접했던 인상적인 기사, 호기심을 품었던 대상, 좋아했던 음식, 몸이 아팠던 일, 늘 구상했었던 미래의 내 모습, 잊지 못할 체험이나 목격한 풍경 등등

3. 중·고 시절:

내 모습, 살던 집, 가정환경, 가족의 모습, 부모님이 하셨던 일, 형제자매와의 관계, 인상적인 친구들과 선생님, 친구들과의 추억이나 갈등, 학교 공부, 학교 성적, 고치지 못했던 나의 습관, 수상 실적, 재미있거

나 지루했던 학교 행사, 방과 후 수업, 취미 활동, 현장학습, 가족 여행, 수학여행, 학원 수강, 과외 교습, 종교 생활, 독서 체험, 일기 쓰기, 청소년만이 누렸던 추억의 문화생활, 당시 들었던 국내 경제 정치 상황, 내가 좋아했던 일과 싫어했던 일, 슬프고 억울하거나 화가 났던 일, 두려웠던 일, 충격받은 일, 선생님이나 어른에게 혼이 났던 일, 몸이 아팠던 일, 늘 구상했었던 미래의 내 모습, 닮고 싶었던 인물, 진로에 대한 여러 가지 고민, 사춘기의 비밀스러운 추억, 호기심을 품었던 대상, 나쁜 호기심(19금 행동)에 대한 반응, 잊지 못할 체험이나 풍경 등등

4. 20대:

내 모습, 살던 집, 가정환경, 가족의 모습, 부모님이 하셨던 일, 대학 생활에서 만난 인상적인 친구들과 선후배, 멘토(Mentor, 현명하고 신뢰할 수 있는 상대, 지도자, 스승), 학업, 교내 수련회, 해외 어학연수, 취득한 면허나 자격증, 쌓은 스펙(specification), 아르바이트, 외모 치장, 취직 준비와 첫 직장 생활, 특별한 영향을 준 직장 동료, 직장 노동조합 활동, 당시 국내 경제·정치 상황, 고치지 못했던 나의 습관, 여행, 독서 체험, 종교 생활, 군 생활, 첫사랑, 이성 교제, 신혼 시절, 자녀 출산, 내가 겪은 보람과 좌절, 내가 겪은 사람들과의 갈등과 대처, 미래에 대한 고민과 꿈, 가장 견디기 힘들었던 일, 가장 좋아했던 일과 싫어했던 일, 슬프고 억울하거나 화가 났던 일, 외로움을 겪었던 일, 두려웠던 일, 후회스러운 일, 입원 수술 경험, 사회운동이나 사회봉사, 집회시위 경험, 기타 이력서나 자기소개서에 쓸 만한 이야기 등등

5. 30~50대:

내 모습, 연로하신 부모님 모습, 결혼생활, 자녀 키우기, 배우자와의 관계, 시댁(처가)과의 관계, 살림과 저축, 재산 축적, 내 집 장만, 건강관리, 입원 수술 경험, 개인 학습, 좋아했던 공부나 하고 싶었던 공부, 독서 체험, 취득한 면허나 자격증, 쌓은 스펙(specification), 퇴근 후 취미 생활, 열정적으로 했던 일이나 공부, 독서, 여행, 종교 생활, 직장 생활, 출장, 직장 노동조합 활동, 대인관계, 동창회, 기억에 남는 모임, 내가 겪은 보람과 좌절, 가장 견디기 힘들었던 때, 이루지 못했던 일, 후회스러운 일, 고치지 못했던 나의 습관, 가장 좋아했던 일과 싫어했던 일, 슬프고 억울하거나 화가 났던 일, 외로움을 겪었던 일, 두려웠던 일, 당시 국내 경제 정치 상황, 집회 시위 경험, 주된 관심사나 고민, 은퇴 준비 등등

6. 노년기:

정년퇴임, 연금 생활, 건강관리, 입원 수술 경험, 손자 돌보아주기, 자식은 떠나고 부부끼리 오붓하게 지내는 일, 나이가 들어서 좋은 점과 불편한 점, 당시 국내 경제 정치 상황, 국가에서 주는 노인 혜택(지하철 무임승차, 기차 할인, 무료 건강검진, 고궁 입장료 무료, 영화관 할인 등등)을 누리기, 평생 학습, 독서 체험, 부부 여행, 취미 생활, 종교 생활, 가족 간의 친밀도, 대인관계, 동창회, 용서나 화해를 하고 싶었으나 하지 못했던 사람, 이루지 못한 일, 외로움을 겪었던 일, 살면서 가장 후회되는 일, 가장 자랑스러웠던 일, 애착이 가는 특정한 장소, 여가 생활, 재능 기부, 생전에 꼭 하고 싶은 일, 자녀들과 나누고 싶은 말, 배우자와의 사별, 인생 정리, 재산 정리, 유언장 작성 등등

위에 제시한 각 6개 항목에 들어 있는 세부 항목들은 소주제 또는 소제목이 될 수 있는데, 그 세부 항목들이 많다는 것에 놀라울 것이다. 인생살이 자체가 무한정하고 광범위하고 다양한 빛깔의 이야기와 체험담을 담고 있기에 그러하다. 인생의 성장기를 뜻하는 6개 항목마다 살펴본다면 가정사, 대인관계, 건강, 당시 국내 경제 정치 상황 등처럼 중복되는 주제들도 있다. 나이를 먹어도 가정사, 거주지, 대인관계, 학력, 직업, 주변 상황 등등은 기본적 생존 조건이 되기 때문이다.

위에 제시한 세부 항목 중에는 나이를 먹어도 해당하는 사건이 상세하게 기억나는 것이 있는가 하면, 기억조차 나지 않아서 쓸거리가 도저히 나오지 않는 것도 있을 것이다. 그런 세부 항목은 과감히 넘어가고 자신이 정말로 기억이 잘 나고 가장 자신 있게 성실하게 써내려갈 수 있는 세부 항목을 골라서 자서전의 어느 부분에 넣어야 할지 구상하고 난 후, 표현력을 갖추어서 쓰다 보면 한 편의 자서전으로 완성될 것이다.

인생의 어느 한 시점에선 유달리 이야기가 많은 때가 있을 것이다. 여기에는 유의할 점이 있다. 예를 들어, 어느 시기에서는 화려했던 직장 생활 이야기에 대해서 들려줄 이야기가 많다며 그 이야기만 집중해서 들려준다면 독자로선 지루해할 수 있고, 다른 면모 예를 들어 주인공은 그 당시 한 집안의 가장으로서, 또는 남편(아내)으로서 어떻게 지냈는지 가정은 어떠했는지 궁금해 할 수 있다. 이에 대해 간단하게라도 들려준다면 좋겠다.

다른 이야기로 넘어갈 때는 이미 했던 이야기에 대해 인과관계를 잘 살피며 넘어가야 독자로선 전후 관계를 파악하게 된다. 인과성이 없으면 없는 대로 '중학교를 이렇게 마치고 곧 고등학생이 되었다', '그 친구와는 그 일로 인해 더 이상 연락을 하지 않았다', '나는 나대로 취업이 급해서 바쁘게 지냈다', '이제 그 시절의 이야기는 그만 접겠다.'라는 식으로 자연스럽게 다음 이야기를 펼치면 된다.

자서전의 전체 내용을 구상한 후 가장 큰 범위의 이야기는 장(章)으로 하고 그에 딸린 작은 이야기가 있으면 소제목을 정한다. 내용에 따라서 쓰는 분의 취향에 따라서 장이 없이 소제목만으로 일련번호를 정해서 전체 내용을 구성할 수 있다.

7-1. 책 한 권에 담긴 외길 인생, 주제 중심의 자서전

특정 주제를 전체 내용으로 삼아서 그에 대한 사연을 성장 이야기와 함께 쓴 자서전이 있다. 주로 저자의 현재 직업에 얽힌 여러 사연과 그 자리에 오르기까지의 성장 이야기가 주된 내용이다. 이것을 '주제 중심의 자서전'이라고 편의상 규정해 본다. 자서전 한 권 내용이 아예 하나의 주제에 맞추어 쓰였기 때문이다. 연예인으로 살아온 사람이 그 자리에 오르기까지의 성장 이야기와 그에 얽힌 여러 사연을 담은 자서전, 특이한 직업을 가진 사람이 그렇게 되기까지의 성장 이야기를 담은 자서전, 정치인이 되기까지 걸어온 인생길을 주제 삼아서 들려주는 자서전 등등처럼 책 한 권의 주제는 쓰는 사람에 따라 다양하게 나온다. 성공한 사연을 중심으로 쓴 입지전도 바로 여기에 해당한다. 서양 문학사에서는 유명 문호가 그 길에 오르기까지 문학적 성장 이야기를 담은 자서전이 있다. 유명 정치인, 과학자, 예술인들이 그 길을 위해 달려온 성장 이야기에 초점을 두며 서술한 자서전이 있다. 『벤자민 프랭클린 자서전(1791)』, 간디의 『간디 자서전(1927~1929)』, 니코스 카잔차키스의 『영혼의 자서전(1956)』, 파블로 네루다의 『사랑하고 노래하고 투쟁하다(1972)』, 보리스 파스테르나크의『어느 시인의 죽음(1977)』, 전(前) 미국 대통령 오바마의『내 아버지로부터의 꿈(2007)』, 찰리 채플린의『나의 자서전(1964, 국내에선 2007년 류현 옮김, 김영사에서 출간)』, 구로사와 아키라의『자서전 비슷한 것(김경남 옮김, 모비딕, 2014)』등등이 있다. 저자의 사회적 위치와 제목을 보아도 외길 인생담 자서전임을 어렵지 않게 파악할 수 있다. 세계적인 희극배우 찰리채플린(1899~1977)의『나의 자서전』을 보면, 비교적 방대한 내용에 파란만장한 인생사가 흥미진진하게 펼쳐진다. 그의 성장 과정은 가난과 고독에 시달렸으며, 유독 불우했다. 희극배우로 활동하던 당시 전쟁이 있었던 시절이라 모국인 영국에서 미국으로 망명하는 일도 겪었다. "절망과 근심으로 가득 찬 세상에서 절망에 빠지지 않기 위해 선택할 수 있는 탈출구는 철학이나 유머에 의지하는 것이다."라는 말을 남겼다.『자서전 비슷한 것』의 저자는 일본의 유명 영화감독인데, 그 길을 가게 된 계기에 초점을 두며 성장기를 서술했으며, 영화작품에 대한 일화들을 회고록처럼 들려주고 있다. 국내에서도 이런 유형의 자서전은 늘 발표되었다. 한하운 시인의『고고한 생명—나의 슬픈 반생기(1955)』, 김금화의『비단꽃 넘세(생각의 나무, 2007)』, 역사학자 강만길의『역사가의 시간(2010)』, 역사학자 장을병의『옹이 많은 나무(나무와 숲, 2010)』, 김대중 대통령의『김대중 자서전(2010)』, 판소리꾼이며 영화배우이자 전(前) 문화관광부 장관 김명곤의『꿈꾸는 광대(유리창, 2012)』, 홍성제의『이등병에서 장군으로(솔과학, 2014)』, 김금화의『만신 김금화(궁리, 2014)』등등 많이 있다.

제목만 보아도 알 수 있듯이, 이런 부류의 자서전에서는 주로 평생 직업을 통해 성취감을 달성한 이야기를 담고 있으며, 외길 인생에 대한 집념의 위대함과 자부심이 느껴진다. 유년 시절을 비롯한 성장기 이야기에서도 평생 직업을 선택하게 된 필연적 계기가 될 만한 사연이나 삶의 전환점, 여러 애환, 시련을 극복한 사연 등을 주로 들려준다. 결말은 대부분 '나는 지금도 이렇게 살아간다.'라는 식으로 현재진행형이다. 주제 중심의 자서전은 특정 직업인이 들려주는 인생 체험담이라서 사진 설명이 많다. 독자에게 다양한 정보와 견해를 제공한다는 점에서 나름의 가치가 있다.

이 중에서, 김금화(1931~2019)의 『만신 김금화』를 살펴본다. 필자는 영화 『만신(2014, 박찬경 감독)』을 매우 인상적으로 보았기에 자서전을 읽어 보았다. 우리는 근대 이후 만신(무당의 높임말)의 굿을 미신으로 치부했지만, 이 자서전을 본다면 신명 나는 굿이 지닌 문화 예술 작품으로서의 가치를 인식하게 된다. 저자는 유복하지 못한 집안에서 고생하며 자랐다. 1950년대부터 미신 타파 운동의 여파로 온갖 사회적 시련을 겪으면서 만인의 영혼을 치유해 주는 만신이 되고자 노력했던 성장 이야기를 주로 전해 준다. 성장 과정에서는 만신이 되는 과정과는 무관한 사연들도 있었을 것인데, 그런 내용은 다 생략했다. 어떻게 무당 수업을 받았으며, 세상을 이롭게 하겠다는 투철한 직업관(?)으로 살아왔는지 그에 얽힌 여러 일화와 에피소드를 들려준다. 만신은 뭇 사람들이 참지 못하는 고통을 숱하게 참아내는 것이라고 했다. 큰 무당이 되려면 자신을 버려야 하며, 다른 이의 고통을 살피고 위로하는 데 더 많은 정성을 쏟아야 하며, 신의 뜻에 무조건 복종하고 따르며, 신을 빙자하여 마음을 속여서는 안 된다는 신조로 일생을 보냈다고 한다. 사실 이 정도 내용은 보통의 종교인이나 성직자도 할 수 있는 윤리적 가르침이라 생각한다. 저자는 황석영 작가와 도올 김용옥 선생님과도 친분을 갖고, 말년에 국가에서 전통 굿을 보유한 인간문화재로 지정받았고, 1980년부터 국내외에서 굿 공연을 많이 했다. 세월호 침몰 사고 때에 저자가 했었던 진혼굿을 인터넷에서 볼 수 있다. 우리 삶과 직업이 다양하면 이에 따른 '주제 중심의 자서전'은 얼마든지 나올 수 있다. 각자 다양한 삶을 하나의 콘셉트(concept)로 잡아서 평생 몸담았던 직업에 따른 에피소드나 애환, 특별한 정보, 그 외 들려주고자 하는 내용이 있으면 잘 정리해서 자서전으로 완성할 만하다. 시골에서 태어나 자라면서 평생 자연인으로 살아온 체험을 중심으로 엮은 자서전, 자신의 특이한 가정사를 중심으로 엮은 자서전, 한국에서 여성(남성)으로 태어나 자라면서 겪었던 여러 애환을 주제로 묶은 자서전, 그 외 자신의 특이한 삶과 그에 따른 철학적 사유를 중심으로 전체 내용을 엮은 자서전이 있다. 이지선의 『지선아 사랑해(문학동네, 2010)』처럼 특이하거나 남달리 고통스러운 삶을 살게 된 과정과 그것을 어떻게 극복했는지 그 활동상을 담은 책도 있다. 이런 책 역시 부분적으론 자서전다운 점이 있다. 주로 '저자 000의 이야기'라는 표제로 되어 있다. 이런 부류의 자서전은 현재에도 나오고 있으며, 그중 고난을 극복한 내용이 단연 인기를 끈다.

지금도 그렇지만 1990년대 무렵부터 '나는~~한다', '나는 ~~이다', '나는 ~~하고 싶다'는 식의 제목을 가진 책들이 많이 나오기 시작했다. 일일이 열거할 수는 없지만, 여전히 기억에 생생한 제목 유형이다. 이런 제목의 책들은, 저자 자신인 '나'만의 특별한 경험담, 성공담, 주장, 의견 등을 주 내용으로 하고 있다. 이런 제목에서 평범한 저자만의 작고 독특한 이야기를 전하고자 하는 주제 의식을 읽을 수 있다. 이런 종류의 책들 역시 부분적으로나마 자서전다운 점이 있으며, '주제 중심의 자서전' 쓰기에 대해 물꼬를 텄다고 할 수 있다. 이런 부류의 자서전을 쓰고자 한다면, 사적 이야기를 들려주면서 자기 계발을 위한 이야기로 내용을 구성한다면 공적 가치를 지닌 내용이 될 것이다.

'주제 중심의 자서전'에서는 오직 자신의 일생을 관통한 내용에 대해서만 쓰다 보면 정확한 연대나 나이를 밝히지 않고 그저 생각나는 대로 에피소드를 연대순으로 나열하면서 쓴 것들도 있다. 일생에서 겪었던 모든 일 중에서 자신이 쓰고 싶은 내용을 주로 쓰다 보면 연대기 구성 자서전을 쓰고자 할 때 일반적으로 들 수 있는 모든 소재 거리(가정사, 교우 관계, 건강, 취미, 학업 등등)에 맞추어서 쓰지는 못한다. 유달리 어느 특정 시절에만 비중을 두어서 그 시절에 품었던 온갖 체험담과 생각을 전달하기에 그러하다.

'주제 중심의 자서전'을 읽다 보면 표지에는 분명 '자서전(또는 '자전', '자서록')'이라고 명시했지만, 주인공이 자신의 일생 중에서 쓰고 싶은 것만 집중적으로 썼다는 느낌이 드는 것도 있다. 물론 이런 내용으로 엮었어도 독자로서는 그 주인공의 고난과 성공, 희비가 엇갈린 일대기를 대충이라도 정리할 수 있다. 유명 인사들이 쓴 '주제 중심의 자서전' 중에는, 성장 시기마다 있었던 저자 자신의 체험담, 사상, 정서 등을 하나의 이야기로 만들어서 엮은 수필집과도 같은 느낌을 주는 것도 있다. 그렇지만 수필집이라고 쉽게 규정할 수 없는 것은, 그런 자서전은 분명 유년 시절부터 시작하는 성장 이야기를 들려주면서 자서전 뼈대를 갖추고 있어서 처음부터 순서대로 읽어야 전체 내용의 흐름을 파악할 수 있기에 그러하다.

8.
인생의 명암으로
인생 주기표를 작성하기

　　　　　　　자서전의 독자들은 무언가 쇼킹하고 재미있고 감동적인 이야기를 좋아하는 경향이 있다. 이런 주제로 쓰겠다면 다음처럼 인생의 희로애락에 관한 질문을 통해서 내용을 구성할 수 있다. 인생의 희로애락 질문을 구체적으로 분류하면 인생의 명암(明暗)에 따라 자서전의 주제를 잡는 것이 된다. 바로 다음과 같은 항목이다.

– 후회스럽고 가슴 아픈 일

– 슬픈 일 또는 분노했던 일

– 남에게 밝히고 싶지 않은 부끄러운 일

– 물질적으로 빈곤했으나 정신적으로 풍요로웠던 시절

– 물질적으로 풍요로웠으나 정신적으로 빈곤했던 시절

– 내가 좋아했던 사람과 싫어했던 사람

– 나를 행복하게 해 주었던 사람과 나를 힘들게 했던 사람

– 내 삶에서 견디기 힘들었던 역경과 시련

– 내 삶에서 가장 자랑스럽고 행복했던 순간

– 앞으로 후회 없이 살아가고픈 내 모습

이 10개 항목 역시 주제별 구성 인생 주기표에 들어갈 내용이며, 누구나 일생에서 겪을 수 있는 것들이다. 이에 해당하는 일이 일어났던 연도는 각각 다를 것이다. '내 삶에서 가장 자랑스럽고 행복했던 순간'이 있었던 연도가 5개나 된다면 그중 가장 먼저 일어났던 연도부터 순차적으로 쓴다. 연도에 따라 그 내용이 달라질 수 있을 것이다. 위의 10개 중 어느 항목에선 쓰고자 하는 내용이 유달리 많을 수 있고, 어느 항목에선 쓸 내용이 별로 없을 수 있다. 대부분 자서전이 그렇듯 한 권의 책에 모든 희로애락을 담을 수는 없기에 지면상 생략하는 내용도 있다. 위의 10개 항목에 대해 각각 답을 써보면 자서전 내용이 구상될 것이다. 자신이 살아온 기억을 되살리면서 내가 접했던 사실을 쓸 것인지, 나에게 벌어졌던 특정한 사건을 중심으로 쓸 것인지 구상하면 된다. 그것을 연대기 구성 인생 주기표나 주제별 구성 인생 주기표에다 일단 메모 정리해 보자.

인생의 명암을 편의상 '성공한 인생, 실패한 인생, 행복한 인생, 고통스럽고 불행한 인생' 등 네 가지 유형으로 잡아볼 수 있다. 물론 이것은 어디까지나 흑백 구분이다. 성공, 실패, 행복, 고통 등이 한 사람 일생에서 각각 뚜렷하게 나오기도 하겠지만, 그렇지 않을 수도 있다. 성공한 인생대로 살다가 실패를 겪는 수도 있겠고 그 반대로 가는 경우도 있을 수 있다. 사람에 따라 자신의 힘으로 감당할 수 없는 고통과 불행을 숙명적으로 안고 살았다 해도 어느 순간에서 극복하는 예는 얼마든지 있다. 불행한 인생으로 사는 중에도 행복을 느끼는 순간이 있을 것이고, 행복한 인생으로 사는 중에도 잠시라도 불행을 겪기도 한다. 실패 인생으로 가난하게 살지만, 늘 가족 간의 화목이 있고 가족들이 모두 좋은 곳에 취업해서 가난 탈피의 가능성이 보여 외식을 할 여유가 생기면 순간이나마 행복을 느끼는 것이다. 유복해서 행복을 누리는 인생이어도 참척(慘慽)의 고통을 겪거나 가족 간의 극심한 불화로 가족 해체를 겪으면 불행을 느끼는 것이다. 인생의 주기는 늘 가변성이 있고, 불행과 행복이 파도를 타며 순환한다. 그래서 자서전에다 쓸 수 있는 성공 이야기, 실패 이야기, 행복한 이야기, 고통스럽고 불행한 이야기, 평범한 이야기는 쓰는 사람의 가치 기준에 따라 그 유형은 상대적이다.

8-1. 성공 이야기

자서전은 누구나 쓸 수 있는 글이라 해도, 독자들은 무언가 비범하고 특별한 사람의 특별한 사연, 그중 성공 이야기를 담은 자서전에 더 눈길이 가기 마련이다. 자신의 결격 사항과 불우한 처지를 극복해서 크게 성공을 거둔 인물이 자서전으로 남긴 사례가 있다 보니, 그러한 자서전이 독자들에게 더욱 감동을 주기 마련이다. 성공을 이루기 위해 거쳐 갔던 고난과 역경에 대한 이야기는 대부분 해피엔딩 구성으로 세상살이의 지혜와 교훈성을 준다. 성공 인물들은 매스컴의 영향으로 인기를 얻고 그런 그들의 자서전은 인기를 얻으며 출판되고 또다시 성공을 거둔다. 오토다케 히로타다의 『오체불만족(2001)』, 닉 부이치치의 『닉 부이치치의 허그(2010)』처럼 장애 극복담을 담은 자서전은 단연 인기를 끈다. 두 책의 주인공은 두 팔과 두 다리가 없는 장애인이다. 주인공들은 그런 자신을 늘 사랑하고 장애를 정상인처럼 당당하게 보통의 사회인으로 살아간다. 『오체불만족』에서는 장애인이라서 힘들었다는 세부적 사연은 거의 찾아볼 수가 없다. 밝고 긍정적 분위기로 전체 내용을 일관하고 있다. 주인공은 학창 시절에 각종 운동(sport)을 하고, 어느 날 여학생의 연애편지까지 받아 본다. 책에서 그는 장애인도 늘 외모를 잘 가꾸며 지내야 한다고 주장한다. 책에는 도쿄 대학을 졸업한 후, 장애인을 위한 사회적 운동을 성사시키는 내용까지 나온다. 책 출간 후 저자는 결혼하여 두 자녀를 두었고, 초등학교 교사를 하다 도쿄 교육위원까지 지냈다고 한다. 그런데 안타깝게도 부적절한 여자관계로 매우 불미스런 일을 저질렀다는 보도가 이후에 나왔다. 그렇지만 여기선 장애 극복의 훌륭함을 부각하기 위해서 소개하는 바이다. 필자 개인 생각이지만, 아무리 사적인 과오가 있었다 해도 생애의 한때 훌륭함은 알려질 수는 있다.

고난을 극복해서 성공을 거둔 사람의 성공 이야기를 자서전으로 쓰고자 한다면 고난과 역경의 원인, 극복하는 데 도움이 되었던 여건들, 극복했던 방법들, 도움을 주었던 사람, 극복의 결과까지 정리하는 것이 필수이다. 불우한 환경에 처해서 그것을 딛고 성공한 사연을 담은 자서전(또는 논픽션, 수기)이나 입지전을 보면, 그들이 앞으로 전진하는 데에는 항상 걸림돌과 디딤돌이 동시에 주어진다는 것을 알 수 있다. 뜻하지 않게 걸림돌에 처하면 어떻게 해든 이겨내고, 자신의 노력으로 디딤돌(후원자)을 만나면 좋은 기회로 여기고 노력을 한다. 고생했던 청소년기 이야기를 담은 자서전을 보면 폭력은 학교에서만 있는 것이 아니라 근로 청소년들 세계에서도 폭력이 있었다는 것을 알게 된다. 열심히 살아보려는 순진한 근로 청소년에게 폭력을 가하는 또래들은 학교 교실에 앉아 교칙의 통제를 받으며 수업을 받는 청소년들과는 분위기가 사뭇 다르기 때문에 그럴 것이다. 물론 저마다 각자 가정교육 정도와 개인 심성에 따라 다르겠지만, 그들은 자존감이 부족하고 자격지심이 있어서인지 걸핏하면 거친 언행으로 소통한다. 상대를 배려하는 예의가 없으며, 침착한 판단력으로 움직이기보다는 폭력을 통해 자신들의 이익을 꾀하려 한다. 모든 근로 청소년이 그렇지는 않을 것이다. 독자들은 오해하지 않기를 바란다. 요즘 중학교는 의무교육이라서 생존 현장에서 고생하는 청소년은 없을 것이다.

성공한 사연을 담은 자서전의 주인공들은 열악한 환경에서 자신들의 정체성을 눈물겹게 깨닫고는 뒤늦게 검정고시 공부를 하면서 최하위 신분에서 벗어나려고 노력한다. 이것이 인생의 전환점을 이룬다. 그들이 주는 교훈은 바로 '오늘이 아무리 힘들어도 오로지 내일을 바라보며 참고, 견디자'는 정신이다.

성공담 중에는, 고생을 거쳐서 이루어 낸 그 성공이 평생의 행복을 보장하는 길이라는 것이 명약관화(明若觀火)하게 드러나기에 굳이 이후의 일이 궁금하지 않은 것이 있다. 반면, 그 성공이 일시에 그친 것인지가 불분명해서 후일담이 궁금해지는 것도 있다. 이런 한계점은 일생에서 성공했던 어느 한 시기의 사연만 담은 자서전에서 나타난다. 자서전을 쓸 수 있는 연령에는 제한이 없다 보니, 그래서 일생의 어느 한 시점까지만 기록하다 보면 이런 한계점은 불가피하다.

성공한 사람에게는 유혹이나 슬럼프에 빠져 즉시 헤어 나오느라 고생했던 일이 있을 수 있다. 어떤 조리사의 자서전에서는, 고교 시절에 유달리 공부가 영 하기 싫었다는 사연이 나온다. 그분은 2학년을 자퇴하고 평소 흥미가 있었던 일식 조리사가 되려고 식당에 취직했다. 초밥 만들기에 열정을 기울였지만, 고객을 상대하고 요리법을 익히느라고 요리 이론부터 해서 일본어 공부를 해야 했다. 싫었던 공부를 그대로 하게 되었다. 그 나이에 사회인이 되고 보니 교복 입고 학교 가는 또래 친구들이 왠지 부러워졌다고 한다. 그보다 손님들로부터 부모님은 무엇을 하시길래 이 나이에 생활 전선에 나서느냐는 질문에 난감했다고 한다. 1년을 버티지 못하고 결국 다니던 고교에 재입학했다. 고교 졸업 후에 일식 요리사가 되기로 결심했다. 어린 나이에 자기 절제심이 부족하다 보면 이런 정도의 방황은 할 수 있다. 어떤 자서전에서는 직장에서 어느 시기에 어떤 업무를 우수하게 성공적으로 실행했던 이야기를 들려주는데, 그렇게 되기까지 적잖은 시행착오나 실패담이 있었다는 것까지 들려준다. 어떤 자서전에선 그런 숨겨진 이야기를 제한된 지면으로 인해 상세히 들려주지 못하는 수도 있다.

불가능한 여건을 가능으로 바꾼 성공 사례가 있다. 1980년대 미국 유학이 한참 붐을 이루었을 때 부유하지 못한 가정 형편에 식구들을 모두 데리고 유학 생활했던 사연이다. 그런 분들은 서투른 영어 실력으로 소통하며 온갖 육체노동 아르바이트를 하면서 생활비와 학비를 대며 공부를 했다. 예나 지금이나 미국은 일부 품목에 한하지만 물가가 높고, 한국인보다 덩치가 큰 현지인의 기준대로 움직이다 보니 노동의 강도가 세다. 가난한 유학생은 막노동을 하며 학위 공부하는 처지라서 부인도 식당에서 밤늦게 일을 하고 교대로 어린 자녀들을 돌볼 수밖에 없었다. 그 책에서 저자가 말하길, 자신은 최하위 생활을 하려고 이민 온 것인지, 유학 온 것인지 구분이 되지 않을 정도였다고 한다. 부부간에 너무 고생이 심하다 보니 생각지 못한 불화도 생기기 마련이다. 그런 분들은 그 와중에 참고 열심히 일해서 간신히 가계(家計)를 유지하고, 잠을 줄이며 공부해서 학점을 얻고 박사 논문을 완성했다. 이후 한국에 와서 교수로 임용되었다. 이런 부류의 성공담에서는 오직 인내심만이 성공의 필수조건임을 들려준다.

8-2. 실패 이야기와 불행한 이야기

　자서전이 늘 순탄대로만 걸어왔던 성공 인물의 교훈 이야기만 쓰라는 법은 없다. 자서전에선 실패했던 이야기나 방황했던 이야기는 얼마든지 쓸 수 있다. 그에 대한 잘잘못, 그 원인과 결과를 분명히 가려가면서 객관적으로 쓰는 것이 진실성과 공감을 준다. "반면교사(反面教師)", "타산지석(他山之石)"이란 말처럼 실패담도 독자에게 교훈을 줄 수 있다.

　누구든 성장기에 처하면 생에 대한 올바르고 바람직한 처세술, 행동 지침을 전수받지 못하면 방황하거나 실수하기 마련이고, 심하면 실패를 한다. 괴테(Johann Wolfgang von Goethe, 1749~1832)의 희곡 『파우스트』(1773~1831) 중 「천상의 서곡」 편에서는 '인간은 노력하는 한 방황하는 법'이라는 유명한 말이 나온다. 인간에게는 자유를 누릴 수 있는 반면, 이상과 현실의 괴리로 인해 혼동이나 절망에 빠질 수 있다는 것이다.

　사람은 누구나 잘못을 할 수 있다. 순간적인 판단 착오에 빠지고, 순간적인 감정에 휘둘리고, 한 치 앞을 내다보지 못하고 무가치한 대상에나 집착을 하다 보니 잘못을 하고 실수를 한다. 그저 남의 말만 듣고 성급한 심정에서 성급하게 판단을 내리고, 함부로 착각을 하다 보니 잘못을 저지르고 더 나아가 돌이킬 수 없는 실패를 한다. 실지로 보면, 신중한 판단 없이 자기 절제심이 없이 저지른 사소한 행동이나 말 한마디 때문에 엄청난 화근을 일으키는 일이 현실에서 비일비재하다. 이처럼 사람들 사이의 불화란 정작 사소한 언행에서 비롯된다.

　다양하고 방대하게 놓인 삶에서 사람은 어느 한 시기에는 자랑하고플 정도로 대단한 성취를 이루어내기도 했고, 반면 처절한 실패와 방황으로 마음의 고통을 안고 살기도 한다. 실패, 절망, 방황, 이 또한 거역할 수 없는 인생의 모습이다. 자신을 성찰해 보면 실망의 감정만 갖게 될 때가 있다. 그런 자신을 이겨내며 자기 계발을 하는 일이 일생의 과제이다. 이런 일은 자서전 쓰기로 이뤄낼 수 있다.

성공하기란 오랜 시일과 노력이 소요되지만, 그 성공이 무너지기란 한순간이다. 듣기엔 무시무시한 말이지만, 현실을 그대로 보여주는 말이다. 성공에 도달한 만큼 능력이 출중하다면 현명한 판단력과 자기 절제력이 강할 것인데, 의외로 그렇지 못한 사람도 있기 때문에 이런 말이 나온 것 같다. 그렇지만 무너지기 전에, 악마의 유혹에 휘둘려 감당할 수 없는 단계에 가기 전에 빨리 각성하고 제자리로 돌아선다면 정말 다행이다. 지식을 많이 갖추었거나 많이 갖추지 못한 것을 떠나서, 근본적으로 자신을 강하게 가꾸지 못했기에 언제 어디에서든 달콤한 유혹에 쉽게 넘어가고 속된 말로 멀쩡한 사람이 쉽게 망가지는 법이다. 우리가 살면서 가장 경계해야 할 것은 나태함, 열등감, 그리고 외로움이다. 나태함이 왜 나쁜지 설명할 필요가 없다. 쓸데없는 열등감에 사로잡히면 자신감이 없어지고 어떤 일도 만족스럽게 할 수가 없으며, 항의해야 할 때에 항의하지 못하고 넘어가서 늘 손해를 보기 일쑤다. 사람은 외로울 때 가장 실수를 많이 한다. 외롭기 때문에 그저 주변 사람들로부터 싸구려 인정이나 받길 즐기고 무절제하게 정(情)을 나누길 즐기며 시간 소모나 하게 되고, 남에게 쉽게 휘둘리다 보니 정작 중요한 순간에 냉정하고 현명한 판단을 하지 못해서 그러하다. 어쨌든 사람은 언제 어디서나 늘 깨어 있어야 한다!

사람들은 어떤 이유에서든 살면서 실패를 겪기 마련이다. 여기서 실패의 원인을 파악하는 것이 중요하다. 실패의 유형은 다양하다. 흔한 것으론 사업의 실패, 결혼 실패 이야기가 있다. 사업 실패와 결혼 실패는 개인적인 일이라서 그 당사자만이 감당할 몫이다.

경제난 시대에 순진한 사람을 실패에 직면하게 하는 일이 있다. 특히 조기 퇴직한 사람, 고용 단절된 사람, 취업이 제때 되지 않는 사람에게 개인 사업을 권하는 일이다. 그것은 하나의 대안이 되겠지만 실지로는 현실성이 없는 꿀 발림이 되는 수가 있다. 돈벌이에 목마른 사람들이 보통 사람 이상의 열정을 기울이면 크게 성공한다는 신화가 언제부터인지 오갔다. 요즘도 광고에서 수시로 나오는 달콤한 유혹이다. 남다른 고생과 열정을 발휘해서 영업사원을 하거나 식당 창업을 하면 엄청나게 성공한다는 미끼를 던져주며 무모한 열정을 부추기는 풍조였다. 밤낮없이 뛰는 열정만 발휘한다고 해서 누구나 성공한다면 정말 문제가 없을 것이다. 실지로 보면, 월급 생활자 이상으로 전일제 노동에 투자하는 그 열정만큼 성공한다는 보장은 미지수이다. 현상 유지나 하면 다행이다. 어느 인문학자는, 10명이 창업하면 반 이상이 망하게 되어 있다는 것이 우리 사회의 구조라는 끔찍한 발언을 했다. 이런 현상에 대해, 우리 사회는 무능한 사람들을 옥죄이며 그들의 열정을 착취한다는 비판이 담긴 책이 나오기까지 했다. 실패하지 않으려면 현명하고 냉정한 판단력을 지녀야 할 것이다.

실패 유형 중에는 학업 실패담이 있다. 중·고생은 유달리 예민하기에 가정불화를 못 이겨 가출해서 결국 제적을 당하는 일이 있다. 가출하면 더 무서운 사회악이 기다리고 있다는 것 그리고 학생이 공부를 안 한다면 그 결과를 책임질 사람은 오직 학생 당사자란 것을 망각한 탓이다. 최악의 가정사가 주는 충격으로 인해 학업에 집중이 안 되고 학사경고를 받아서 졸업을 제때 못하는 대학생도 있었다. 이렇게 된 것에는 개인의 나약한 정신력과 의지력 부족으로도 볼 수 있다. '참아야 할 때는 참자'라는 정신을 실천하지 못한 탓이다. 그런데 이런 사람들도 나중에 처절한 노력으로 원상 복구해서 사회적으로 성공하기도 한다. 어떤 종류의 실패이든 사람의 능력과 노력에 따라 극복할 수 있다.

현실을 보면 우리 사회는 여전히 결과에 치중하는 추세이다. 불합격자가 몇 년간 열심히 수험 준비를 했던 과정을 아무리 내세운들 사회적으로 인정을 받지 못한다. 이러한 세상의 냉정함을 통해서 실패로 이어지는 길은 진작 피하며 무모하고 현명하지 못한 인내심은 과감히 버려야 할 것을 깨우칠 수 있다. '현명하게 포기하는 것'에도 배울 점은 있다.

현명하지 못한 인내심은 곧 무모한 인내심이 되며 실패로 이어진다. 참고 견디는 것이 좋은 결과를 주는 경우도 물론 있겠지만, 현명한 대책이 없이 무작정 인내심으로 밀고 나간다고 해서 좋은 결과를 맞이한다는 보장은 없다. 자신의 능력을 점검하지 않은 채 천문학적 수치로 높은 경쟁률이 있는 지위에 오르려고 평생 도전하는 사람이 그러한 예이다. 길지 않은 기간에 자신의 책임감(남자라면 생계 책임)을 다하면서 졸업장, 학위, 자격증을 따기 위해 고생하는 정도야 현명한 인내심이라 하겠지만, 너무 오랜 기간 동안 아무 일도 하지 않고 경쟁률이 높은 수험 생활에 매달리는 것은 그다지 현명하지 못한 인내심으로 보인다. 설령 중년에 합격한다 한들 그 자체로는 성공으로 보이겠지만 한편으론 잃은 것이 많기 때문이다. 그래서 중년에 고시에 합격한 사연을 자서전이나 수기로 남길 때는 공과(功過)를 정직하게 밝히는 것이 좋다. 무모한 인내심 사례 중, 부와 명예가 따르는 유명 연예인이 되기 위해 오랜 세월 동안 금전적, 정신적으로 낭비하는 젊은 층이 적지 않다는 사례가 있다고 한다. 갑질하는 강자 앞에서 약자가 부당한 모욕을 당했음에도 무조건 참고 순종하는 것도 정말 어리석고 부질없는 일이다. 대한민국 사회는 부조리한 현실에 맞서 싸우는 일이 없으면 개선되지 않는다. 이처럼 세상에는 현명한 인내심으로 성공하는 사람들이 있고, 무모한 인내심으로 실패하는 사람들이 있다.

실패도 산전수전 체험이라서 자서전에 쓸 수 있다. 실패가 주는 교훈도 있다. 실패는 자신을 올바로 이해하고 인간적 완성도를 그만큼 높이는 길이 될 수 있다. 실패담에는 그 나름의 개인 경험의 절실함과 상세함이 잘 나타나 있다. 실패를 겪은 사람은 마음을 정리하며 어떻게든 살아남아야 한다는 생존 의지로 재기하려 한다. 이럴 때 그날그날 버티며 살아가다 보면 시간의 흐름 그 자체가 무조건 현실 해결을 가져다주는 것으로 보이는데, 실상 그렇지 않다. 시간의 흐름이 무조건 해결해 주는 것은 아니다. 실천성이 있는 개인의 노력과 극복 의지가 필요하다.

파산으로 극심한 경제난에 빠지고 그로 인해 마음고생을 하다 보면 본의 아니게 비참해질 때가 있다. 이런 체험을 담은 논픽션이나 수기에서는, 국가에서 주는 고용보험금이라도 타면서 차근차근 다시 시작하는 모습으로 마무리한다. 어려운 현실, 고난, 갈등 등을 내용으로 한 자서전, 논픽션, 수기에서 독자들은 흔히 해피엔딩처럼 확실한 결론을 기대한다. 그러나 해피엔딩을 향하는 첫 단계로서 현실해결을 향하는 몸부림으로 끝나기도 한다. 어쨌든 자신의 실패담을 자서전에다 용기 있게 공개하는 것에서 알게 모르게 해결책이 나올 수 있다.

실패담을 쓸 때는 글을 쓰고 있는 자신의 현재를 인정해야 한다. 이런 말은 자기 계발서나 처세술 서적에서도 많이 나오는 내용이다. 예를 들어, '나는 지금 가난해서 파출부를 하지만, 이래 봬도 나는 과거에 파출부를 두며 잘 살았었다.'라며 자서전에다 자기 과시하느라 화려했던 과거만 나열한다. 아무리 그런들 현재는 파출부인데. 초라한 현재와는 상반된 화려한 과거를 돌이키면 현재의 초라함이 더욱 가중된다. 셰익스피어는 "과거를 자랑하지 마라. 옛날이야기밖에 가진 것이 없을 때 당신은 처량해진다."라고 했다. 자서전에서 결국 남는 것은 과거를 거쳐 온 현재 모습이다. 자서전에서 실패담을 들려주되 정말 권장하고 싶지 않은 내용은, 자신의 힘든 내막만 들려줄 뿐 지금 현재 와신상담(臥薪嘗膽)의 정신으로 역경을 극복하는 자세가 통 보이지 않는 내용이다. 그렇지만 최악의 극단적 실패라서 역경 극복조차 힘든 경우도 있을 것이다. 그런 사연을 쓴다면 쓴 사람으로선 무조건 속이 시원할 것이고, 독자에겐 일단 동정심, 공감을 불러일으킨다. 한편으론 역경을 딛고 일어서려는 노력이 보이지 않기에 독자로선 들어주기에 피곤하다. 차라리 '저를 도와주세요.'라는 목적으로 쓴다면(계좌번호까지 밝히면서) 독자로선 부담이 없을 것이다.

사람들은 자서전에서 자신의 실패담을 공개하는 일에는 꺼리고 남의 자서전에 나타난 실패담을 흥미 있게 보면서 반면교사로 삼는 일이 없지 않아 있다. 비약하자면 우리가 TV 앞에서 지구상 먼 나라에 벌어지는 끔찍한 전쟁 장면과 고통스러운 난민의 모습을 마치 자신과는 상관없는 일로 여기며 그저 흥미 위주의 가십(gossip)으로 여기며 지켜보는 습성과도 같다.

한순간의 실수가 일생을 좌우하는 불행으로 이어진 삶을 그대로 쓴 자서전도 있다. 그러한 삶의 구체적 예를 들자면 자신의 잘못으로 인한 것도 있지만, 거역할 수 없는 운명이나 어른들의 잘못으로 인한 것도 많다. 극복하지 못한 장애를 지니며 평생 살아온 것, 장기간 신병(身病)을 앓아서 아무 일도 못 하며 살아온 것, 극심하게 가난한 가정에서 성장한 것, 혼외 자녀로 가정에서 평생토록 제대로 사랑을 받지 못하며 성장한 것, 사고무친(四顧無親) 고아로 성장한 것, 부모의 이혼으로 일찍부터 가족 해체를 겪은 것, 자라면서 가정 폭력이나 학대에 시달린 것 등등이 있다. 약자를 괴롭히는 풍조는 과거 우리나라가 인권의식이 없었고 시민의식이 성숙하지 않았던 시절에 흔했다. 고통스럽고 불행한 인생이라 해도 일생을 지배하는 것이 있고, 반대로 일생의 한 때에 그치고 마는 것도 있다. 자신이 세상에서 행복을 누리지 못했다고 비관에만 빠지면 진정한 행복은 멀리 가버릴 것이다. 만약 자서전에서 불행만 겪으며 살아왔다면 그래서 오직 슬프고 괴롭고 우울했던 일로만 자서전 내용을 채우겠다면 자신의 인생에서 행복했던 일은 과연 하나도 없었는지 우선 자신에게 물어보는 것이 상책이다. 그러면 자신에게 닥쳤던 불행을 어떻게 극복하려는지 성찰해 볼 수 있을 것이다.

8-3. 평범한 이야기

자서전의 독자들은 무언가 역동적(dynamic)인 이야기를 기대하기에 평범한 이야기라고 하면 혹시 식상해할지 모르겠다. 평범함이란 말 자체는 특출하게 우월한 것과는 거리가 있는 것으로 인식된다. 우리는 매스컴에 잘 알려지고 보통 이상의 능력을 소유해서 엄청난 스펙을 지닌 사람만 존경의 눈길로 눈여겨보다 보니 평범한 사람의 이야기는 곧잘 무시된다. 평범한 이야기의 기준은 상대적이며 평범한 이야기에서 나름 재미와 교훈을 얻을 수 있다.

성공도 실패도 아닌 평범함을 담은 자서전은 어떠한가? 평범함에서 시작해서 평범함으로 끝나는 이야기이다. 앞서 말한 연대기 구성 자서전처럼 자신의 생애를 일반적인 주제에 따라 내용을 서술한 것이다. 일생에서 크게 성공한 일이나 크게 실패한 일, 불행한 일이 거의 없었던 사람이라면 평범한 이야기의 자서전을 남길 수 있다.

그런가 하면 뚜렷이 변화된 결말이 없이 현재의 미완성 상태가 현재 진행형 상태로 끝나는 내용의 자서전이 있다. 이런 이야기를 담은 자서전은 무언가 재미있는 이야기를 기대하는 독자에게는 소설다운 기승전결 구성이 없기에 재미없는 자서전이 될 수 있다. 평범하게 살아온 미완성 인생담이지만 흥미와 감동을 주는 책으로는, 유시민, 고재종 시인 외 다수가 쓴 『아픔을 먹고 자라는 나무(푸른나무, 1988)』가 대표적 예이다. 오래전 많이 읽힌 것으로 기억된다. 일종의 수기 또는 논픽션 모음집인데, 성장 과정에서 남달리 어려움과 상처를 안고 살아왔다가 열심히 극복한 모습을 고백한 내용이다. 자서전에서도 얼마든지 기록할 수 있는 내용이다. 성장 과정에서 남달리 어려움이나 방황에 처할수록 자신을 더 잘 발견하기 마련이다. 이 책에선 이런 주인공들을 '젊은 활동가'라고 표현했다. 이 책으로 인해 발표 당시에 평범한 사람들의 위대성이 각인되었다. 이들의 미완성 삶은 어차피 완성을 지향하기에 흥미와 감동을 준다.

임영조의 시 「自敍傳(시집 『갈대는 배후가 없다』, 세계사, 1992)」은 9행으로 된 짧은 시인데, 미완성 삶이 뜻하는 평범한 인생이란 어떤 것인지 보여준다. 자신의 인생은 "하나의 물음표(?)로 시작된" 것이라 하면서 "몇 개의 느낌표(!)와 / 몇 개의 말줄임표(…)와 / 찍을까 말까 망설이다 그만둔 / 몇 개의 쉼표(,)와 / 아직도 제자리를 못 찾아 보류된 / 하나의 종지부(.)로 요약된다."라고 했다. 시인이 말하는 자서전이란, 자서전이라는 글 자체이기도 하고 자서전 내용을 그대로 담고 있는 자신의 인생 자체이기도 하다. 평범한 사람들의 자서전에 느낌표, 말줄임표, 쉼표, 종지부가 있다는 구절은 인생에는 희비에 따른 변화가 있다는 것을 암시한다. 노년이 되어서 과거를 되돌아보면 느낌표처럼 대단한 깨달음에 따른 발전과 그에 따른 벅찬 감동이 있는 반면에 아쉬운 점도 있었다는 것을 말해 준다.

평범한 사람의 기준은, 무난하게 열심히 살아오고 무사히 정년퇴임해서 가정과 사회에서 안정된 생활을 유지하는 사람이다. '열심히 살았다'는 기준은 다양하고 상대적이다. 비록 성공 인생으로 살아오지는 못했어도 부족하면 부족한 대로 자기 소신대로 상식적 판단 기준하에 올바로 살아왔는가를 확인하는 것에서 시작한다. 평범한 사람의 유형은 다양하다. 한때 고생했지만 극복한 경험을 지닌 사람, 실수를 하더라도 늘 반성하며 노력 발전을 꾀하는 사람, 주어진 환경에서 그때마다 성취감을 누리며 최선을 다한 사람 등등이 있다.

평범함에서 인생 지혜를 읽을 수 있다면 그것대로 흥미와 감동을 얻는다. 자서전에서 진솔한 반성과 함께 성공과 실패, 잘한 일과 실수한 일, 후회스러운 일, 사람과의 애증(愛憎) 관계 등을 드러내는 것이 곧 평범한 사연을 담은 자서전이 된다. 그 안에서도 독자는 주로 인생 교훈, 자아 탐색, 당시 자신을 둘러싼 사회적 역사적 현실 등과 같은 주제를 각자 찾을 수 있다.

9.
내 삶에 대한 성찰은
내 삶에서 있었던 일들과
생각을 통해서 나온다

삶에는 일[事] 또는 사건들이 있으면 그에 따른 생각이 있다. 누구든 매 순간 생각 없는 삶을 살지는 않을 것이다. 내 삶에서 있었던 일들과 그때마다 품었던 생각들을 잘 살펴보면 종합적으로 자기 역사를 정리하게 되고, 자신의 삶을 성찰하게 된다. 그것을 그대로 쓰면 이야기를 갖춘 글이 되고, 그 글이 모이면 자서전이 된다.

자서전 내용에는 사실이나 의견에 해당하는 것이 있고, 육하원칙을 갖춘 사건에 해당하는 것이 있다. 사실과 사건에 대해선 이 글 「2. 자서전(自敍傳, Autobiography)은 어떤 글인가」에 나오는 '1) 자서전의 어원과 개념'에서 잠시 설명했다. 자서전에서 제시된 사실에 해당하는 내용으로는 자신에게 이미 일어났던 실제 현상이나 사건을 줄거리 중심으로 서술한 것에서 찾아볼 수 있다. 사실은, 당대 역사적 사실부터 사회적 현상, 사람들의 일반적인 심리, 당대의 문화 현상과 그 변화상, 그 외 특정한 정보까지 해서 그 내용은 다양하다. 독자들에게 읽는 재미를 주고자 한다면 사실, 사건, 의견 등을 적절히 배분해

가면서 내용을 구성해야 한다. 시종일관 사실만 나열하면 내용이 관념적이고 추상적으로 흐를 우려가 있으니 사실과 관련된 구체적이고 생생한 사건을 중간에 적절히 넣는 것이 좋다.

어떤 여성은 20대였던 1980년대 초에, 미국에 이민 가는 것을 동경했었다고 한다. 성장 과정에서 이처럼 자신이 몸담은 현실을 벗어난 삶에 대한 환상을 품을 수 있다. 자서전에 이런 내용을 쓰되, 그 당시 무엇 때문에 이민 가는 것을 꿈꾸었는지 그 이유를 밝히는 것이 좋다. 원인을 밝히지 않고 무턱대고 이민 가는 것을 꿈꾸었다고만 서술하다 보면 독자로선 의미 없는 하소연으로 받아들일 수 있다. 국내의 비민주적인 정치 상황이 혐오스러웠고, 국민들의 미성숙한 의식으로 복지 혜택은커녕 사회 곳곳에 차별이 많고, 특히 여성이라서 취업이 되지 않는다는 등 그 이유를 쓴다면 그 내용이 곧 당대 사회 현실을 담은 사실이 된다. 이민 가는 것을 꿈꾸어서 주변 사람들을 통해 이것저것 실상을 알아보고 현지 영어 공부를 하고 추진해 보는 것은 사건이다. 더 확실한 사건은, 실지로 이민 가서 그 고생스러운 생활상을 겪어 보든지, 기대와는 달리 실망했던 체험이다. 이런 내용은 수기로도 쓸 수 있으며, 자서전 내용에 포함한다면 한결 풍부한 내용을 이룰 것이다.

살다 보면 KBS 프로의 『세상에 이런 일이』에 나올 법한 엽기적인 사건을 접하기도 할 것이다. 이런 것도 자서전에 간간이 들려준다면 좋을 것이다. 자신이 보고 들었던 사실을 쓰다 보면 무척 재미있는 일이나 웃음을 유발했던 일도 새삼 기억날 것이다. 지금의 관점으로 과거 삶의 문화가 촌스럽게만 보일 때는 재미있고 웃음을 불러일으키는 사건이 기억날 것이다.

앞서 연대기 구성 인생 주기표나 주제별 구성 인생 주기표에서 보앗듯이, 자신의 성장을 이루게 한 사회 현상이나 문화 현상, 매스컴에 자주 나왔던 사건·사고 등을 열거하며 자신이 어떻게 영향을 받았는지 털어놓다 보면 자신의 변화상을 쓰는 것에 참조가 된다. 이중에서 문화에 대해 설명한다. 문화는 자연 상태에서 벗어나 일정한 목적 또는 이상적 생활을 실현하고자 사회 구성원에 의하여 습득, 공유, 전달되는 행동 양식이나 생활양식을 말한다. 동시에 이 과정에서 이룩해 낸 물질적·정신적 소득을 통틀어 일컫는다.

과거 문화생활의 단면과 그 변화상을 보여주는 예는 많다. 지금처럼 PC 보급에 사무자동화가 되지 않았던 아날로그 시절에 작가들은 원고지에다 육필로 작품을 쓰고 인쇄소를 거쳐서 발표가 되었다. 핸드폰이 없어서 불편했던 시절, 마이카 시대가 오기 전에 운전면허증을 딴 것이 성인 신고식을 치른 것처럼 또래에게 큰 자랑거리가 되었던 시절이 있었다. 1970년대까지만 해도 대학생은 선택받은 계층이었고, 미국 이민과 유학이 서서히 대중화를 이루던 시절이었다. 오직 반공이 국시였던 1960년대부터 정치적 억압이 심했던 유신정권 시절에는 지식인들 사이에서 몰래 읽혔던 당대 금서가 있었다. 1980년대 초반까지 금지곡들이 있었다. 이런 것도 하나의 문화생활이었다. 그 시대를 살아온 분이라면 그런 시대 분위기에서 어떻게 가치관이나 정치적 견해를 정립하며 살아왔는지 자서전을 통해 회고하며 들려줄 수 있다.

복고적 시대 풍조는 얼마 전 인기를 끌었던 『응답하라 1988년』이란 TV 드라마에서도 볼 수 있다. 1990년대로 넘어오면서, 페미니즘이나 포스트모더니즘처럼 당대부터 서서히 유행하기 시작했던 풍조와 사상이 있었다. 당시 베스트셀러, 유행했던 영화나 인기 드라마, 사람들 간의 특유한 행동 방식(예를 들어 친구를 만나면 몸으로 접촉하며 반가움을 표시하는 습성, 자연스럽게 자기 소개하는 모습, 여성들의 발언권 등등), 유행했던 신조어나 유머, 상품화가 된 경조사 관습, 예전과 달라진 남녀 교제 모습, 남자들의 입영 풍경, 개선된 교육서비스와 의료서비스, 소비자 권리를 내는 움직임, 시민들의 정치 참여, 달라진 교실 풍경 등등을 들 수 있다. 이런 문화현상은 사람들에게 정신적으로 영양을 주었다. 사회 문제를 보여주는 왕따, 마마보이, 엄친아, 캥거루 부모, 헬리콥터 맘 등등의 신조어도 그러하다. PC로 창출된 영상문화, 이 메일과 문자 메시지로 소통하는 풍조, 영상으로 진행하는 강의, 세계적으로 번진 환경문제, 시민운동단체(NGO)의 설립 등등 여러 가지가 있다. 월드컵 축구로 인해 나온 '한류 문화', 디지털카메라의 등장, 스마트폰의 카메라 기능, 목욕탕 대신에 생긴 찜질방의 휴식 문화, 다방 간판 대신에 스타벅스 카페가 있는 거리, 먹을거리가 넘쳐나는 세상이라서 발생한 다이어트 풍조, 해외여행의 대중화, 주부들을 위한 평생교육원의 활성화 등등 많다. 그래도 시대마다 사업체의 노사갈등, 교육 문제, 환경문제, 공해 문제, 노인 문제, 현대인의 질병 문제, 청소년 문제, 여성 문제, 다문화 가정의 한국 생활 적응 문제, 사회적 소수자 문제, 가정불화 문제 등등 각종 사회문제는 있어 왔다. 경제난 시대가 심해져서 늦어진 결혼 연령 문제와 함께, 사업 실패로 인해 이혼당하고 노모 집으로 들어가서 노모가 차려주는 밥상을 받고 사는 중년들도 나왔다. 천명관의 소설 『고령화 가족 (문학동네, 2010)』이 바로 그 심각한 사회현상을 보여주고 있다. 자서전에서는 이런 사항들을 필요에 따라 시대적 배경으로 간단히 열거하되, 그런 사회문제, 문화 풍조와 자신과는 어떤 관계에 있었는지 어떻게 영향받으면서 성장했는지를 써 보자.

이처럼 자서전에선 시대 상황에 따른 문화현상과 그에 지배를 받아서 살아온 바를 사실과 사건에 의거해서 자기 생각과 함께 이야기로 나타낼 수 있다. 자서전에서는 저자가 겪은 외적인 사실적 경험 세계나 사건을 들려주는 내용이 있는 동시에 저자의 내면적 생각을 담은 내용도 있다. 자서전에서 정신사의 궤적(軌跡)을 중심으로 쓴다면 자신이 지향하는 바와 함께 사상, 생각, 가치관을 담은 내용이 된다. 구체적으로는 철학적, 명상적 내용으로서 곧 삶에 대한 성찰이 되며 소설로 친다면 작중 인물이 지니는 자의식 경향을 말한다. 자의식 경향이란 자신의 행동, 마음에 대한 모든 의식을 말한다.

아우구스티누스의 『고백록』은 자기 내면의 발달을 기록한 자서전이다. 저자는 나이를 먹는 것은 곧 죽음을 향하는 것으로 보았다. 형이상학보다는 철학적 유물론에 집중하며 만물은 불변한다는 사상을 지니고 있다. 자서전에서도 이러한 여러 정신사의 궤적(軌跡)을 쓸 수 있다. 이 책은 전반적으로 '진리란 무엇인가?'에 대한 탐구로 이어지고 그 모든 것을 종교적 심성으로 주님에게 고백하고 있다.

헨리 데이비드 소로((Henry David Thoreau, 1817~1862)의 『월든(1854)』에는, 저자가 1845년부터 2년간 월든이란 호숫가에서 지내면서 그에 따른 사색을 서술한 내용으로 되어 있다. 당시 시대적 배경으론 노예제 반대 운동과 멕시코 전쟁이 있었다. 책에선 숲속 생활과 그에 따른 문명 비판과 통찰을 담고 있다. 자서전에서도 이런 사색을 내용으로 삼을 수 있다.

자서전에서 보여주는 사실, 사건, 사고, 생각 등은 어디까지나 저자 자신이 중심이 된다. 그렇지만 필요에 따라 주변 사람들 얘기도 들어갈 수 있다. 예를 들어 자신의 또래들은 그 당시 어떤 일에 종사하고 어떤 방식으로 살아가고 있었는데, 자신은 그러지 못했다는 것을 밝힐 때 그러하다. 주변 사람이나 타인의 삶도 넓게 보면 내 삶에서 있었던 일에 속한다.

자서전에서 저자 자신이 직접 체험한 사건을 들려줄 때는 당연히 직접 체험한 당사자답게 저자 자신의 모습이 나타나며, 독자 또한 그러한 독자의 모습을 그려볼 수 있다. 그렇지만 저자 자신이 보고 들은 사건이나 사실을 기사문처럼 방관자 입장에서 자신의 정서, 생각과 함께 들려줄 때가 있다. 그렇다 해도 독자는 저자가 목격한 사건이나 사실을 자신의 것으로 수용한다. 이에 대해 각도를 달리해서 설명해 본다. 집회 시위 현장에서는 주장을 앞에 나서서 직접 외치며 주도하는 선동자, 참석하며 격렬한 몸짓으로 선동자를 따르는 사람들이 있다. 반면, 그럴 용기가 없어서 침울한 표정으로 그 현장을 지켜보며 방관하는 사람들이 있다. 그들은 비록 방관하고 있어도 공분(公憤)의 심정을 지닌다. 집회 시위 현장에 직접 참석했다는 것과 그렇지 않았다는 것의 차이가 있을 뿐이다. 행동성이 결여된 채 마음으로만 비판하는 것이다. 이런 공분의 마음조차 지니지 않은 침묵은 불의를 외면한 것이다. 정당한 공분을 품는다면 언제 어디에서든 공익을 위해서 발언을 할 것이다. 자서전에서는 방관자 입장에서 자신이 겪거나 목격한 사건을 기록했다 해도 그 자체만으로 현실참여이며 현실과의 소통이다.

PART 3
자서전 내용의 여러 갈래

　　　　　지금까지 자서전을 쓰기 위해 기억과 물음을 통해 여러 글감을 자신의 인생 체험 중에서 찾아보는 작업을 했다. 자서전 내용을 채우기 위해서 어떤 내용을 어떻게 찾아보고, 이야기로 만들고, 문장으로 작성할 것인지 그 실천을 요구하며 설명했다. 여기서는, 앞서 연대기 구성 인생 주기표나 주제별 구성 인생 주기표에 나오는 소재거리 중 특별히 부수적 설명이 필요한 13개 항목에 대해 일부는 예를 들면서 살펴보기로 한다.

10.
나와 인연을 맺었던 사람들을
중심으로 나를 돌아보자

『논어』 1편 「학이(學而)」의 첫 문장은 "벗이 먼 곳에서 찾아오면 또한 즐겁지 아니한가? (有朋自遠方來, 不亦樂乎?)"이다. 요즘 식으로 말하자면 동창회에 참석하기 위해 지방에서 올라오고 해외에서도 온다는 것이다. 우리 고시조에도 반가운 벗이 내 집으로 찾아오거나 내가 친구 집으로 찾아가서 대작(對酌)한다는 내용이 많이 나온다. 이것은, 모두 인류 역사상 오래전부터 대인관계의 네트워크가 형성되었다는 것을 보여준다.

자서전에서 자신의 얘기를 쓰다 보면 자신과 인연을 맺었던 사람들과의 관계는 무시할 수 없다는 것을 확인하게 된다. 자서전을 쓸 때에 그 내용 중 하나로 나와 인연을 맺었던 사람을 중심으로 나를 돌아본다는 것은 나의 대인관계 양상을 살피는 것에서 시작한다.

나와 인연을 맺었던 사람들로는 성장 단계에서 부모·형제를 우선 들 수 있다. 그다음으로는 친척들, 이웃 사람, 동네 친구, 학교 선후배나 동창들, 학교 선생님, 단체(종교 단체, 취미 모임, 사설 학원, 평생 교육원, 문화센터 등등)에서 알게 된 친구나 선생님, 직장 동료, 직장 상사, 연인, 배우자, 자녀들, 시댁 어른(처가 식구들) 등등이다. 사람들은 이처럼 많은 사람과의 관계를 통해서 친밀성을 유지하며 삶의 낙을 누린다. 또한, 자신의 장단점, 처지, 무한한 가능성, 대인관계 유지법, 처세술 등을 알게 된다. 더 나아가 생각, 판단력을 기르며 성장한다. 이러한 대인관계에 대한 이야기를 자서전에 담으면 내용이 풍부해진다. 누구든 '학창 시절'을 떠올리면 친구 관계는 필수적으로 들려주는 메뉴가 된다. 학교에서 지식을 전수받는 것 못지않게 중요한 것은 학교 친구와의 관계이다. 친구에게 속아 본 추억이나 친구를 속여 본 추억, 친구에게서 받은 호의나 선물, 친구에게서 받았던 뜻깊은 도움, 친구와 갈등을 겪었던 일, 친구 사이에서 지금은 용서할 수 있는 일, 지금도 용서할 수 없는 일, 친구 사이에서 난처했던 일, 친구랑 모여서 가장 많이 했던 대화나 행위, 연락이 닿지 않지만 가장 보고 싶은 친구 등등을 자서전에 써 보자. 이처럼 자서전에는 자신의 주변에 있었던 여러 부류의 사람들에게서 자신은 어떻게 영향을 받으며 성장했는가를 남길 수 있다.

사람의 행복은 90%가 대인관계에서 비롯된다는 말이 있다. 오죽하면 사람들은 살면서 가장 후회되는 일 중에서 타인과의 관계에서 오는 것이 많다고 하겠는가. 사람들에게는 저마다 자신이 아끼고 사랑하고 존경하는 사람이 있는 반면에 용서해야 할 사람도 있기 마련이다. 학창 시절도 물론이려니와 사회생활에서는 수많은 사람을 접하게 되는데, 그들 중에는 자신의 관점에서 판단되는 선인이 있고 악인도 있다. 어떤 사람과 서로 업무를 협조해 주는 직장 동료로 만났든, 모임에서 알게 되었든 한 번 인연을 맺으면 언젠가 서로 시공간의 이동으로 인해 연락이 두절되기도 한다. 앞서 최영미의 시 「보낸 편지함」에서도 살펴보았듯이, 살면서 어느 한 시기에 친구처럼 잘 알고 지냈다가도 인사 없이 헤어지는 일도 적지 않다. 이처럼 인간관계란 순간에 그치는 수도 많다.

우리는 '아는 사람'과 '친구'는 구분해야 한다. 특히 경조사에 사람을 초대할 때에 그렇다. 친구는, 오랫동안 또는 한때라도 희로애락을 같이 하며 서로 물질적, 정신적 도움을 주거니 받거니 하거나 교감(交感)을 나눈 사이를 지칭한다. 아무리 친구라 해도 세세한 의리와 정에 못 이겨 무조건 비위 맞추며 동조해 주는 것은 정말 현명하지 못하다. 친구 사이에서도 시비 판정을 해야 할 때는 냉정히 해야 한다. 아무리 절친해도 바른 충고를 해야 할 때는 해야 하는 것이다.

사람은 대인관계를 통해 여러 정신적 변화를 겪는다. 대인관계를 통해 즐거운 추억을 만드는 반면 본의 아니게 상처를 받기도 한다. 사람 사이에 심각한 갈등이 있었을 때 통상적으로 세월의 흐름을 편의상 해결로 여기지만, 실지로 보면 세월의 흐름이 무조건 해결책은 아니다. 세월의 흐름은 미해결 문제를 보류할 뿐, 반드시 해결로 이어지라는 법은 없다. 오래 살다 보면 가까운 사람이 오히려 배신한다는 것을 실감하기도 한다. 이처럼 대인관계에선 예기치 못한 희비가 엇갈리는 수가 있다. 이런 체험을 주제별 구성 인생 주기표에 메모한 다음에 자서전에 쓴다면 더없이 풍성한 내용이 될 것이다.

사람은 자신에게 긍정적 작용을 하는 사람과 관계를 맺으려 하기에, 서로 마음이 맞는 사람들과 친밀감을 유지하려 하고 부정적 정서를 유발하는 대인관계는 일부러 맺으려 하지 않는다. 그렇지만 자신과 취향이 맞지 않는 사람들을 통해서도 배우는 점은 있다. 하다못해 상식적인 사람과 비상식적인 사람의 차이라도 알게 되고 그만큼 생각의 지평이 넓어진다.

자신의 개성이 만인에게 호감을 줄 수는 없다. 나 자신에 대한 호불호는 사람마다 다를 수 있다는 것을 염두에 두고 대인관계를 유지해야 한다. 주변의 모든 사람이 좋아하는 사람이라고 해서 그 사람이 반드시 좋은 사람이라고 확신할 수는 없다. 마찬가지로 주변의 일부 사람이 미워한다고 해서 그 사람이 반드시 나쁜 사람이라고 확신할 수는 없다. 대인관계에서 이런 점을 각오하지 않으면 상처를 받을 수 있다. 『논어』에 나오는 말인데, 어떤 사람이 모든 사람에게서 만장일치로 호의를 얻는 것이나 모든 사람에게서 만장일치로 반감을 얻는 것은 모두 문제가 있다. 어느 집단에서든 자신을 좋아하는 사람과 그렇지 않은 사람의 비율은 어느 정도 있기 마련이다. 선거에서도 만장일치로 당선되는 경우도 물론 어쩌다가 있긴 하지만.

자신을 잘 알고 나면 자신의 모습에 긍지심을 지니게 될 것이고 자기 인생을 가꾸면서 진정한 자존감을 확보할 수 있다. 그래서 공연히 남과 비교하지 말고, 남의 기준에 맞추지 말고 자신만의 당당함을 내세우며 자신을 사랑하는 의식을 지녀야 한다. 자신에 대해 확고한 긍지심이 없으면 예기치 않는 타인의 공격에 대해 쉽게 상처받고 쉽게 절망에 빠지는 등 마음고생을 겪게 된다. 마음이 약하고, 어떤 공격에도 자신을 방어할 수 있는 자신감이 없기 때문에 괜한 상처를 받는 것이다. 이런 체험담을 자서전에다 쓴다면 독자에게 건네줄 수 있는 삶의 지혜가 될 수 있다.

주제 중심 자서전에선 평생 겪었던 대인관계를 주제를 정한 것도 있다. 그것만으로도 한 편의 성장 드라마가 펼쳐질 것이다. 사건 속에는 대인관계가 항상 있으며, 대인관계가 그 사건에 영향을 주기도 한다. 우선 주제를 다음과 같이 정해 보면서 자서전에다 쓰면 좋을 것이다.

– 내 주변의 사람에게 일어났던 일로서 내가 직접 목격하거나 들은 일
– 그 일과 나와의 관련성 또는 내가 그 사람에게 해 주었던 일
– 내가 주변 사람과 관계를 유지하면서 행했던 일(대화, 식사, 여행 등 함께했던 일)
– 주변 사람이 나에게 했던 일과 그로 인한 나의 반응

11.
나와 사랑을 했던 사람들과의
에피소드를 중심으로 나를 돌아보자

자서전에서 연애 이야기 역시 흥미 있는 소재이다. 연애는 두 사람 사이에서만 벌어지는 일이다. 그러면서 자신과 인연을 맺었던 사람과의 관계를 담은 이야기에 속한다. 사랑하다 헤어진 사연부터 현재의 배우자를 만나서 사랑하게 된 사연도 모두 이에 속한다. 사랑의 완성, 사랑의 성공은 결혼이다. 결혼 후의 모습은 연애 시절의 모습과는 얼마든지 다를 수 있다.

오래전부터 성인의 남녀교제를 '청춘사업'으로 표현했다. 사랑의 감정을 가질 때는 상대방을 그만큼 아름답게 보고 상대방을 배려하게 된다. 서로 사랑하는 행위를 통해서 사랑하는 사람이나 사랑받는 상대방이 비로소 아름답게 보인다. 인간이 연애를 할 수 있는 것은, 서로 끊임없이 매력을 발견하기 때문이다.

사랑에 빠지게 된 근본적인 이유는 고독과 외로움 때문이다. 연애에도 희로애락이 존재한다. 연애를 할 때는 겉보기엔 좋은 시절로만 보인다. 사랑에 빠지면 늘 만날 때마다 맛있는 음식을 사 먹고 좋은 감정으로 듣기 좋은 얘기만 서로 주고받지만, 어느 날 상대방에 대해 환멸에 빠지면 사랑은 끝이 난다. 기대가 큰 만큼 실망도 크기 때문이다.

연애에 집착이 따르다 보면 상대방이 변심했을 때에 상처를 입는다. 사랑은 정서가 개입된 행위인데, 거기에 개인 욕망이 투사하다 보면 갈등을 겪게 된다. 그래서 자칫 앞뒤를 돌보지 않은 집착이 되고, 뜻대로 되지 않으면 엄청난 상처를 받기도 한다. 지금 당장 만사가 형통한다고 안심할 것이 아니라 뜻하지 않은 최악의 상황에 대비해서 한편으론 각오하며 살아야 한다는 삶의 지혜를 망각한 탓이다.

연애를 보면 상대를 위한 것 같지만, 그 안에는 결국 자신을 위한 행위가 된다는 이치가 교묘히 숨겨져 있다. 연애 시절에는 묘한 갈등도 많은 법이다. 서로를 알 수 없기에 사소한 언행에 신경을 쓰고 심하면 오해를 한다. 자연히 뒷말도 많아진다. 서로 실망해서 헤어진 사연이 있는 반면에, 헤어졌다가 마음이 변해 다시 만나서 사랑을 이어가는 사람도 있다. 사랑에 대한 이야기를 펼친다면 사랑에 성공해서 결혼에 이른 사연이 있는 반면, 환멸과 상처만 안게 된 실패담도 있다. 자서전에선 사랑의 성공담과 실패담을 모두 쓸 수 있다.

연애의 실패담을 객관적으로 살펴보면 각자의 입장과 견해가 다르다는 것을 알 수 있다. 실패담을 쓰다 보면 본인과 상대방의 프라이버시(privacy)로 인해 차마 밝히지 못하는 사연도 있을 수 있다. 실지로 자서전 내용 중에, 지나놓고 보니 헤어진 것이 후회가 되며 그 여자(남자)와의 일은 생각하기엔 마음이 아파서 더 이상 들려줄 수 없다는 식으로 마무리하는 것이 그런 예에 속한다. 상대에게 괜한 환상을 품은 나머지 실망을 해서 거절했거나 사소한 실수 하나 때문에 거절당했다는 사연부터 해서, 떠올리기에도 부끄러울 만큼 온갖 자질구레한 추억이 있었기 때문이다. 남녀관계를 올바로 유지하는 것에도 사소한 예절을 지키며 신중함을 지녀야 할 것이다.

스탕달의 『연애론』에는 연애의 7단계가 나온다. 정리하자면 처음에는 상대의 모든 것에 대해 감탄하고 접근하고자 하는 충동을 가지고 가슴 설레는 희망을 품고 본격적으로 사랑을 했다가 의혹, 질투, 갈등, 오해의 과정을 통해 다시 사랑을 확인하게 된다고 한다. 사랑하는 사이는 연인뿐이 아니라 친구나 가족 사이에도 있다. 자서전에선 '사랑했었지만, 헤어졌던 일' 외에도 현재 배우자와의 관계처럼 현재진행형 사랑 이야기도 얼마든지 쓸 수 있다. 그렇지만 결혼 후에는 사랑보다는 '정(情)'으로 금슬을 유지하게 된다.

12.
내 고향에 대한 추억을 중심으로
나를 돌아보자

　　　　　　　자서전을 연대기 구성으로 써내려 갈 때는 유년 시절과 고향 이야기는 으레 맨 처음에 나온다. 유년 시절을 시공간과 함께 소개하다 보면 고향의 모습을 우선 떠올린다. 고향은 과거라는 시간성과 함께 현장성을 준다. 고향에 대한 추억담은 신변잡기 수필에서 흔한 내용이다. 고향을 추억하는 일은 누구를 막론하고 포근한 감성을 안겨준다. 대체로 보면, 농어촌 시골에서 자란 사람들은 비교적 글의 소재거리가 풍부한 편이다. 자서전에서 우리가 잊고 있는 옛 추억의 장면을 되살리고자 한다면 고향에서 있었던 추억이 어린 행위를 떠올릴 수 있다.

　'고향'하면 흔히 유년 시절을 보낸 시골을 연상하게 되는데, 모든 사람이 시골을 고향으로 간직하고 있지는 않다. 자신이 태어나고 성장한 도회지를 고향으로 여기는 경우도 허다하다. 한곳에서 태어나고 자란 사람들은 고향이 없다. 그렇지만 대부분 살면서 이사는 한두 번 이상 해 보았을 것이다. 고향이 있다는 것은, 고향을 떠난 이후 현재까지 시공간의 변화를 거쳤다는 것을 뜻한다. 유년 시절에 처한 시공간과 성인의 그것은 얼마든지 달라질 수 있다. 본적과 현주소가 다르듯이, 시골 고향은 마음에 두고 현재 생활은 도회지에서 하고 있는 경우이다. 이런 개인적 변화는 명절이 되면 교통체증을 이루도록 도회지를 빠져나갔다가 다시 돌아오는, 유목민과도 같은 사회적 대이동 현상을 이룬다.

유진오(1906~1987)의 단편소설 「창랑정기(滄浪亭記)(1938)」의 도입부에, 사람은 살면서 절망에 처하면 유년 시절을 보냈던 소나무가 우거진 동산인 고향에 찾아가 보는 습성이 있다는 내용이 나온다. 미지의 세상에 대한 호기심으로 미래지향의식을 지니며 살았던 그 순수했던 유년 시절의 고향에서 잠시나마 위안을 얻고자 하는 심리이다. 어찌 보면 부질없는 과거지향 행동으로 보일 수 있지만, 고향과 유년의 정서를 떠올리면 현재 모습을 다르게 보며 새로운 용기를 얻을 수 있다.

고향이 시골이든 도회지이든, 그 공간은 아무리 일정 기간에 머물렀다 해도 추억이 담겨 있다. 그곳에 대해선 무언가를 환기시키는 중심 기억을 가지고 있기 마련이다. 자서전에서 소개하는 고향과 같은 특정한 공간은, 그 자체로 존재했던 있는 그대로의 물리적 공간이면서도 자서전을 쓰는 사람의 현재 시점에서는 무언가 색다른 해석과 새로운 의미를 가져다주는 공간이다. 이른바 장소에 대한 애착이다. 자신이 성장했던 동네의 모습이 변했다 해도 우연히 그곳을 지나치면 어김없이 순례해 보고 싶은 욕구가 있을 것이다. 유년 시절에 자주 놀았던 골목길, 등하굣길, 자주 놀러 갔던 동네 야산이나 언덕길이 기억에 생생하다면 더욱 그럴 것이다. 길은 이동성을 뜻한다. 그 길에선 무조건 앞으로 나아가자는 자세로 걸어 다녔고, 친구들과 즐겁게 왁자지껄 떠들며 귀가했고, 늦은 시간에는 초저녁의 쓸쓸함을 느껴 보았을 것이다. 어떤 여성은 도회지 고향을 떠올리면서, 밤에 귀가하는 좁은 골목길에서 습관적으로 공포심을 느껴보았다는 경험을 쓰기도 한다. 당시 치안이 제대로 안 되었다는 실정을 들려주는 것이다.

고향을 간직한 사람은 자서전에다 자신의 성장지 고향에 대한 특별한 풍광, 정서를 밝히면서 독자에게 공감을 줄 수 있다. 읽는 재미를 안겨 주기 위해서는 되도록 향토색, 지방색을 밝히며 구체적으로 쓰는 것이 좋다. 고향이 도회지라 해도 동네 풍경이 주는 그 나름의 감각이 있다. 어떤 사람에게 도회지 고향이 시끄럽고 지저분한 공단처럼 늘 울적하고 옹색한 이미지가 살아 있다면 그것대로 간직하게 되는 정서를 자서전에다 쓸 수 있다.

고향에 대한 추억담을 쓸 때는 어디까지나 자서전을 쓰고 있는 성인의 관점에서 고향의 모습을 떠올리면서 쓰게 된다. 고향을 회상하는 그 시점은 어디까지나 성인의 시점이다 보니 회상하는 주체가 변하듯이 고향의 모습도 변하기 마련이다.

이어령의 수필 「우물 속 같은 내면 공간(『나를 찾는 술래잡기』, 문학사상사, 1994)」에서는 '고향은 말하는 것이 아니다'를 부제로 하고 있다. 고향을 기억하는 자신이 변하듯 고향도 물리적으로 변한다고 했다. 그래서 고향이 옛 모습을 그대로 간직하고 있다면 오히려 당황함과 실망을 느낀다고 했다. 고향의 옛날 진짜 모습은 회상하는 주체의 과거 시간 안에서만 존재하기 때문이다. 자서전에서 고향에 대한 추억을 들려준다면 들려주는 자신의 현재 모습도 돌아보면서 들려주어야 한다.

13.
유년 시절, 학창 시절의 에피소드를 중심으로 나를 돌아보자

자서전을 쓰기 위해 연대기 구성 인생 주기표를 작성했다면, 과거 기억은 유년 시절부터 시작한다. 유년 시절은 초등학교 저학년까지를 가리킨다. 학창 시절은 초등학교 고학년이 된 후부터 중·고 시절까지 가리킨다. 이를 통틀어 유소년기라고 지칭한다. 대학 시절은 성인기에 속한다. 최초로 사회생활을 겪게 해준 유년 시절과 학창 시절 이야기를 자서전에 담기 위해 기억을 살리는 가장 쉬운 방법으로는, 앨범을 보거나 동창들을 만나면서 그 시절 얘기를 나누어보는 것이 있다. 자신은 기억하지 못한 일화나 희비(喜悲) 사건을 다른 동창은 기억하는 수가 있다. 그런 것들을 가지고 성인의 관점에서 색다르게 해석해서 자서전 내용을 채워갈 수 있다.

유년 시절과 학창 시절의 이야기에는 당연히 부모와 형제자매와의 관계가 나온다. 그 시절에는 가정의 보살핌으로 성장하였기 때문이다. 자신의 과거를 들여다볼 때 유년 시절의 아련하고 포근한 기억은 그리움으로 다가온다. 유년시절에 대한 그리움은 사람마다 엇비슷하다. 대부분 재미있는 추억으로만 바라보기 때문이다.

이미륵(1899~1950)의 『압록강은 흐른다(1946, 1959년 전혜린의 번역으로 국내 발간)』는 자전적 성격의 수필이다. 1910년대에 주인공이 농촌에서 보냈던 풍요로웠던 유년 시절 중 행복했던 추억을 썼는데, 여기에 등장하는 사람은 부모님과 사촌들이다. 유복한 가정의 자녀답게 그리고 현실의 어려움을 모르는 나이라서 그런지 무엇이든 낙관적으로 바라보며 주변 사람들과 좋은 추억을 나눈 내용을 중심으로 썼다. 당시 시골에선 겨울이 되면 얼어붙은 강에서 팽이를 치며 놀았기에 가을과 겨울을 좋아했다고 한다. 명절날에는 사촌들이 모여서 그저 좋은 감정으로 즐겁게 놀고 여기저기 친척집을 다니며 세배를 드리며 좋은 음식을 대접받고 덕담만 들으며 지냈다는 추억담을 들려준다. 이 책의 저자 이미륵 박사는 항일운동을 하던 중 일제의 탄압을 피해 독일로 망명해서 그곳에서 동물학 박사학위를 받고 생을 마쳤다. 이 책은 독일에서 독일어로 발표되었다는 이유로 한국문학계에선 이주(移駐)문학(Diaspora Literature)으로 규정하며 한국문학작품으로 인정해 주지 않았다. 국내에선 번역본에 의지해서 읽고 해석할 수밖에 없기 때문이다. 그런데 그 책의 내용과 그에 따른 정서는 매우 한국적이며, 내용 일부가 독일 교과서에 실리면서 독일에 한국을 소개하는 데 큰 역할을 하였다.

유년 시절은 동서고금을 막론하고 문학작품에서 흔한 소재였다. 유년의 눈으로 바라보는 세상은 모두 아름답고 순수하고 환상적으로만 보였고, 그만큼 독특하고 낯선 상황이었다. 노자(老子, BC579?~BC499)의 『도덕경(B.C 206~A.D 220)』 15장에서는 동심을 "다듬지 않은 통나무[樸박]"로 표현했다. 사회 규범을 모르고 흑백논리의 이분법도 미처 깨닫지 못한 순수 원시적 동심이라서 다듬지 않은 상태라는 것이다. 유년 시절과 성인 시절의 차이점은 생각의 규모에서 나온다. 유년 시절이 인생의 황금기로 보이는 것은 그 시절에는 무언가 갈증, 결핍, 욕구 불만에 처했던 부정적 기억을 쉽게 망각하기 때문이다.

성장소설로 분류되는 오정희의 단편 「중국인 거리(1979)」의 첫 부분을 보면 특이한 환경에서 겪게 되었던 특이한 체험담, 즉 다음과 같은 유년의 부끄러웠던 자화상이 나온다.

"선창의 간이음식점 문을 밀고 들어가 구석 자리의 테이블을 와글와글 점거하고 앉으면 그날의 노획량에 따라 가락국수, 만두, 찐빵 등이 날라져 왔다. 석탄은 때로 군고구마, 딱지, 사탕 따위가 되기도 했다. 어쨌든 석탄이 선창 주변에서는 무엇과도 바꿀 수 있는 현금과 마찬가지라는 것을 우리는 알고 있었고, 때문에 우리 동네 아이들은 사철 검정 강아지였다." 소설의 시대적 배경은 1950년대 말엽이다. 소설에서 당시 인천의 자유공원 근방과 북성동(지금의 '차이나타운')에 사는 동네 아이들은 맞벌이 부모 때문에 방과 후에 식구가 없는 집에서 시간 보내기를 싫어한다. 그 무료함을 못 이겨 떼를 지어서 기차에 산더미로 실려 온 석탄을 훔치는 것을 즐긴다. 훔친 석탄을 받은 분식집 어른도 어린이들의 절도 행위를 방임한다. 방임하는 것은 자유롭게 하는 것과는 완전 다르다. 석탄 훔친 애들은 그것이 불법인 줄 판단을 못 하니 죄의식마저 못 느낀다. 소설에서 주인공 소녀는 성장하면서 할머니의 죽음을 겪으며 세상의 불행과 슬픔을 알게 된다.

소설에서는 허구성이 있기에 가상 인물의 시점을 빌어서 부끄러웠던 자화상을 들려줄 수 있지만, 자서전에서는 실지로 그러지 못하다. 앞서 「7. 인생 주기표를 작성하기 위해서 중요한 이슈들을 중심으로 나를 돌아보자」에서 연대기 구성 인생 주기표에 넣을 만한 여러 세부 항목 중 '어른이나 선생님에게 혼이 났던 일'이 있다. 이에 대해선 누가 보아도 부담 없이 들어줄 수 있는 내용으로 자서전을 채우려 한다. 물론 잘못도 잘못 나름이고, 어느 정도까지 부담 없이 들어주느냐는 상대적이고 유동성이 있다. 예를 들자면, 비행을 저질러서 소년원에 갔었다는 일이나 학교에서 정학 받은 일까지는 듣기 부담스러워서 아마 털어놓지 못하는 것 같다.

유년 시절과 학창 시절은 성장 단계라서 사람에 따라 사리 분별력과 자기 절제심이 부족하다 보니 잘못을 저지를 수 있다. 교칙에 어긋난 행동(시험 부정행위, 수업 빼먹기, 수업 중 장난, 학교 폭력이나 집단 괴롭힘에 가담, 기물 파괴, 교내 흡연 등등)을 해서 혼이 났던 일이 대표적 예이다. 시골에서 자란 사람은 과일 서리를 하다 혼이 났던 일이 많았다고 한다. 그 시절의 일탈 행동은, 군중심리에 못 이겨 그저 또래 집단에서 인정을 받고 싶고 친구들과 보다 잘 어울리고 싶은 심리에서 비롯된 것으로 보인다. 헤르만 헤세의 『데미안』에 보면 주인공 싱클레어가 어린 시절에, 동네 친구들의 비위를 맞추며 쇼킹한 경험담을 들려주면서 그들과 어울리고 싶어서 동네 과수원에서 과일을 훔쳐 보았다는 거짓말을 하고 만다. 그 말을 들은 어떤 질 나쁜 친구는 싱클레어에게 그 사실을 과수원 주인에게 폭로하겠다며 협박을 하고 몇 차례 돈을 뜯어간다. 운 좋게 친구 데미안의 중재로 그런 곤혹은 오래가지 않게 된다. 싱클레어의 말실수는 어린 나이라서 판단력과 결단력의 부족 탓이다. 수필과 자서전에서 더러 보았던 내용인데, 어떤 사람은 시장에서 매일 추레한 옷차림으로 장사하시는 부모님이 부끄럽게만 느껴져, 친구들에게 부모님의 학력과 직업을 속이는 일도 있었다고 한다. 그 나이에는 자신의 처지에 대해 확고한 긍지심을 갖지 못하다 보니 쉽게 열등감에 빠진 탓이다.

학생에 대한 인권 존중이란 개념이 아예 없었고, 특히 학교와 가정에서 체벌이 관례화되었던 시절을 보낸 분들은 학교와 가정에서 사고를 쳤다 하면 야단을 맞고 엄한 벌을 받으며 성장기를 보냈다 해도 과언이 아니다. 필자가 본 바에 의하면, 대학교수, 고위 공직자, 의사, 목사님처럼 최고위층 어른들에 한해서 학생의 잘못에 대해 인격을 존중해 주며 좋은 말로 꾸짖으며, 반성하도록 했었다. 여하튼 학교 선생님이나 부모에게 혼이 났던 경험은 성인이 되어서도 부끄럽고 상처 어린 추억으로 기억되고, 때로는 재수가 없어서 억울하게 겪었던 일로 치부되면 그런 사연을 자서전에 쓴다는 것 자체가 괴로운 일이라서 아예 피해 가는 일이 다반사였다.

그렇지만, 상처 어린 부끄러운 자화상을 괴롭더라도 자서전에다 담담하게 술회(述懷)한다면 자녀 교육에서 경각심을 주는 지침으로 삼을 수 있다. 학생 독자라면 어른들의 그런 추억담을 읽고 난 후 어떤 경우에 자칫하면 실수를 하는지 파악하게 되고 언행을 그만큼 조심하게 된다. 남에게 피해를 입힌 악행은 철없는 학창 시절에 저지를 수 있지만, 성인이 되어서도 저지를 수 있다. 그런 사연을 들려줄 때, 객관적으로 그 원인을 당당하게 밝히며 유혹에 넘어가며 살아왔던 삶을 참회하고 반성하는 자세로 쓴다면 문제가 되지 않는다.

학창 시절 이야기를 쓴다면 우선 교우 관계를 비롯해서 시험 성적(成績)으로 인한 희비(喜悲), 즐거운 수업 장면, 입시 위주 학업 스트레스, 사교육에 시달리는 생활 등이 주 내용을 이룬다. 1980년대 전두환 정권 시절에는 재학생의 과외 교습과 학원 수강 금지령이 있었기에 사교육 스트레스는 없었을 것이다. 학교 수업 시간에는 선생님과 학생 사이에서 재미있고 인상적인 사건도 많이 겪는다. 학생은 학교생활을 통해서 친구들과 어울리고 여러 희비를 겪으면서 판단력을 익히며 성장한다.

조정래의 장편 『풀꽃도 꽃이다(해냄, 2016)』를 보면, 학교 내에서 건강하지 않고 명랑하지 않은 학생들 이야기들이 에피소드처럼 많이 나온다. 주인공 강교민 교사는 늘 학생의 인권을 존중하는 의로운 분이다. 학생들의 곤란한 문제를 자신의 문제인 양 적극적으로 해결해 준다. 학교생활에는 반드시 선(善)하고 아름답고 행복하고 낭만적 추억만 있는 것이 아니다. 사실 학교에서는 수많은 사건, 사고가 일어난다. 뉴스에 흔히 나오는 왕따, 폭력, 성범죄, 기타 불법 행위를 보아도 그렇다. 왕따라는 말은 1990년대에 매스컴에 등장하면서 생겨났지만, 왕따 현상은 오래전부터 직장이든 단체이든 사람들이 모인 곳이라면 으레 있었다. 학교는 성인 세계의 축소판이고, 강자와 약자가 있는 세상이다. 학교생활도 일종의 사회화(socialization) 과정을 겪는 단계이다. 그러다 보니 학창 시절에는 즐거운 추억 외에도 갈등, 아픔, 반성, 안타까움 등을 안겨준 어두운 사건도 겪기 마련이다. 자서전에서는 유년 시절, 학창 시절의 명암이 깃든 이런저런 추억담을 쓰면서 자신을 새삼 돌이켜 볼 수 있다.

14.
내 삶에 큰 영향을 미친 선생님을
중심으로 생각해 보자

누구에게나 학창 시절은 성장에 큰 영향을 끼친다. 선생님과의 관계는 성장 과정에서 중요하다. 어린 나이에는 판단력, 자기 소신, 신념 등이 확고하게 갖추어지지 않다 보니 부모와 선생님의 일방적인 훈계와 가르침으로 성장을 하고 가치관이 형성되기 때문이다. 학교에선 자신에게 나쁜 선생님을 만날 수 있고, 반면 좋은 선생님을 만날 수 있다. 그런 이야기를 자서전에 어떻게 담아 볼 수 있는지 살펴본다.

앞서 말한 대로 나는 초등학교 선생님들이 모두 싫었다. 선생님을 편하게 할 정도로 말 잘 듣고 공부 잘하거나 촌지를 바치는 부잣집 애들이나 좋아하고, 사랑이 없이 군대식으로 아이들을 다뤘기 때문이었다. 이런 생각은 5학년 때까지 이어졌다.

똥바가지 선생님. 5학년 담임선생님을 우리들은 늘 이렇게 표현했다. '똥바가지'는 그 선생님이 아이들을 야단칠 때 쓰는 트레이드마크였다. "야잇! 이 똥바가지들 같으니라고! 이것도 몰라!"란 폭언을 즐겼던 공포와 증오의 선생님. 똥바가지란 재래식 화장실의 분뇨통을 가리키는 말이었다. 내 기억에도 그 '똥바가지'란 말을 내뱉지 않은 날이 거의 없었다. 그 선생님은 검은 피부에 늘 험악한 표정이었다. 신주머니를 준비 안 했다고 신발들을 창밖으로 휙 내던졌다. 쪽지 시험 성적이 나쁜 애에겐 점심시간에 도시락을 먹지 못하게 했다. 벌이라고 하기엔 잔인했다. 나도 그 선생님이 무섭고 정말 싫었다. 다른 애들도 마찬가지였다. (중략)

"야아, 우리 선생님, 되게 무섭게 생겼다. 근데, 가분수다. 키는 작은데 허리가 뚱뚱하고…." 운동장에서 단상의 교장 선생님께서 각반 담임 선생님 발표를 하자 6학년 반 담임으로 지목된 선생님을 보자 나와 주변의 애들은 킥킥 웃으며 이렇게 소곤거렸다. 예전에 복도에서 가끔 마주쳤던 그 가분수 선생님은 약간 두툼한 입술에 얼굴은 찐빵처럼 둥글고 눈썹이 매우 짙었다. 인상이 날카롭고 어딘지 매서워 보였다. 40대 중반으로 보였다. 5학년 때의 똥바가지 선생님은 바로 옆 반 담임이 되었다. 5학년 반 아이들이 그대로 6학년 반이 되었다. 나와 모든 급우는 6학년 가분수 선생님은 똥바가지 선생님처럼 분명 호랑이 선생님이리라 여기며 잔뜩 움츠린 채 교실로 들어갔다. 자리에 앉자마자 6학년 선생님은 칠판에 '박OO'이라고 이름을 쓰고는 몇 마디 간단하게 인사말을 했다. 이제 6학년이 되었으니 중학교 입시에 대비해서 열심히 공부하고 학교에선 후배들을 생각해서 모든 행동에서 모범이 되어야 한다고 말했다. 다시 운동장으로 나가서 1학년들을 환영해 주자고 날카로운 인상과는 영 달리 매우 부드럽고 차분한 어조로 말했다. 1학년에서 5학년 때까지 만난 선생님들은 죄다 교탁에다 무작정 몽둥이로 내리치며 공포 분위기를 만들곤 했으나 박 선생님은 체벌에 앞서 차분한 말투로 알아듣기 쉽게 지시를 하고 주의를 주었다. 모든 지시 사항을 급우들이 실수하지 않도록 미리 차분하게 말했다.

박 선생님은 무서운 인상과는 달리 매우 자상한 분이었다. 그러다 보니 나는 매사에 의욕이 생겼다. 수업 중에 박 선생님은 어렵고 복잡한 내용이라면 우리들 눈높이에 맞추어 실물을 보여주면서 설명을 해주었다. 박 선생님은 머리에 쏙쏙 들어오도록 알기 쉽게 가르쳐 주었다. 복잡한 그림에 복잡한 설명문이 들어간 자연 시간에 "자, 다들 그림을 차근차근 보며 무엇이 있는지 밑에서부터 살펴보자!" 하며 운을 뗐다. 그 와중에 재미있고 웃기는 이야기도 자주 들려주었다. 초등학교 6년 중 나에게 그때처럼 학교 공부와 학교생활이 재미있었던 때가 없었다. 40분 수업은 지루한 줄을 몰랐다. 박 선생님으로 인해 나는 스스로 공부에 재미를 붙이게 되었다. 5학년 때 몰랐으면 6학년이 되어서 얼마든지 다시 배워서 알면 되는 것이 아닌가? 수업 종이 울려서 책과 공책을 펼치는 것부터 숙제 검사를 받는 것, 쉬는 시간에 옆자리 친구와 잡담하며 노는 것 등 모두가 재미있었다. 식구들도 나의 변화를 기특하게 여겼다. 그 모든 것이 박 선생님 덕분이었다. 나는 예전처럼 낮 시간에 엄마가 집에 없다고 불만을 터트리지 않았다.

　　　　　　　　　　　　　－ 졸저, 『여자라서 행복합니다』, 시니어파트너즈, 2015, 34~36쪽

이 내용은 1968년도 학교 이야기이다. 그때까지는 중학교 입시제도가 있었다가 곧 무시험제도로 바뀌었다. 그 시절의 학교 이야기는 지금과는 격세지감이 있다. 학교 선생님이 위대하게 보이는 것은, 자신이 길러낸 제자들은 자신보다 사회적으로 몇 배 높은 지위에 놓였다 해도 늘 그 자리에 묵묵히 머물러 있기 때문이다. 특히 평생 초등

학교 교사를 하신 분에게서 그런 느낌을 갖게 된다.

자서전에서 자신의 삶에 큰 영향을 미친 선생님에 대해 쓰겠다면, 이런 유형이 흔하다. 자신이 평생 전문가의 길을 가게 된 계기를 밝히면서, 자신의 특기를 진작 알고 존중해 주며 격려해 준 어느 선생님을 우연히 만났기에 가능했다고 고백하는 장면이다. 이처럼 학창 시절에 정말 자신에게 큰 영향을 주었던 선생님을 운 좋게 만나는 일도 있지만, 그렇지 못할 수도 있다. 그런 스승을 학교에서 만나지 못했다면 다른 곳에서도 만날 수 있었기에 전문가의 길을 가도록 학습을 하게 된 것이다. 그 기억을 살려서 자서전에 쓰면 된다. 연대기 구성 인생 주기표에 넣을 수 있고 '인상 깊은 선생님'으로 주제를 정하고 주제별 구성 인생 주기표에 일단 메모를 한 후 그 기억을 살려서 이야기를 만들어서 써 보자.

15.
내게 사랑을 준 가족들을
중심으로 생각해 보자

자서전에서 부모님과 가정에 대한 이야기는 대부분 필수로 들어간다. 특히 유년 시절의 이야기에서는 필수로 나온다. 사람은 가정에서 가족의 힘으로 사랑을 받으며 생존하고 성장한다. 성장해서 유명 인사가 되었든, 평범한 갑부가 되었든, 가족이라는 울타리는 자신의 생존과 성장에 결정적 역할을 하였기 때문이다. 가정이란 공동체는 태어나서 접하는 최초의 사회 집단이다. 부모, 형제 외에 친지들도 이차적인 가족이다. 자신에게 매일 밥상을 차려주는 부모님과 식탁에서 같이 밥을 먹는 식구가 있는 것만으로 가족 간의 사랑을 느낀다.

가족 이야기에는 부모님과의 이야기, 형제자매와의 이야기, 결혼 후 배우자와 자녀와의 이야기가 해당한다. 살면서 가장 영향을 많이 받았던 직계 가족과 공유했던 체험이나 갈등 양상을 살피면 자서전 내용을 풍부하게 할 수 있다. 가족사를 다룬 자서전이나 소설을 보면 가족이야말로 사회구조와 개인이 만나는 매개체임을 보여준다. 개인은 결국 사회 구성원이기 때문이다. 자서전에서 가족사를 쓰겠다면 자신이 건전하고 건실한 사회인으로 성장하도록 부모님께서 사랑으로 보살펴 주신 일부터 해서 형제자매 사이에서 일어났던 일들, 결혼해서 자녀를 키운 일들까지 해서 그 내용은 많다. 부모님과의 일은 주로 부모님이 자신에게 기대했던 것, 자신이 부모님에게서 배웠던 점, 부모님 관계에서 특별히 어려웠던 점 등등을 들 수 있다. 부모님, 조부모님과의 추억보다 유달리 형제자매와의 추억담이 많다면 형제자매와의 추억담을 자서전에 쓰면 된다. 형제자매와 재미있게 놀았던 일부터 해서 작당해서 부모님을 속였던 스릴 있던 사건, 비밀스러운 추억, 서로 미안하게 여기거나 고맙게 여겼던 일들, 서운했던 기억, 싸웠던 일, 평생 기억에 남는 충고나 가르침 등등 많을 것이다. 그 외 결혼 후 자녀를 키우면서 힘들었던 점부터 해서, 자녀에게 바라는바, 특별한 자녀 교육 방식, 자녀에게 자주 했던 잔소리나 조언, 자녀에게 들었던 충고, 노년이 되어 손자를 키우는 일 등등이 있다.

박완서의 장편『그 많던 싱아는 누가 다 먹었을까(1992)』와『엄마의 말뚝 1, 2, 3(1980~1982)』은 저자의 자전적 소설이다. 소설에서 주인공의 어머니는 자녀들이 촌구석을 벗어나 도회지에서 학교에 다니며 고품격의 인물로 자라기를 바란 결과 온 식구가 힘겹게 이사하는 장면이 나온다. 어머니는 수준 높은 서울 중심가 학교에서 다니게 하려고 일부러 거주지를 근처에 사는 친척 거주지로 이전 신고까지 했다. 그 결과 주인공은 현주소와는 맞지 않는 학교로 고생스럽게 다니면서 성장하게 된다. 성장기에 부모님의 힘으로 새로운 공간으로 이동하는 것, 새로운 환경에 적응하는 것은 가슴 설레는 일인 만큼 괜한 두려움을 품는 일이 되기도 한다. 자서전에서는 이런 체험담도 소중한 가치가 있다.

성장 과정에서 부모님은 어느 시기에 어떤 인상적인 가르침을 주셨는지 그에 대한 이야기도 독자에게 공감을 준다. 황석영의 자전『수인 1-경계를 넘다』(문학동네, 2017)에는, 어머니의 고향 평양과 어머니와의 추억을 재미있게 들려주고 있다. 평양 대동강에서 스케이트를 탔던 어머니를 회상하고 있다. 고향에 대한 추억담보다는 평양 출신 어머니의 자식 사랑과 강한 모습이 부각되어 있다. 그 어머니께선 무척 억척이어서 생활력이 강했다고 한다. 저자는 긴 겨울밤에 동치미에 말아 먹는 메밀국수의 맛이라든가 노티 맛이나 큼직한 왕만두의 맛을 자랑하는 어머니의 음식 솜씨를 그리워한다. 어머니는 만주와 이북에서 살던 때의 집문서나 일제 강점기에 지녔던 채권 따위를 피난 시절부터 돌아가시기 전까지 낡은 손가방에 보관해 두고, 잠들기 전에 혼자서 몰래 꺼내 펼쳐보고는 했었다고 한다. 그것은 재산권을 확인하려던 것이 아니라 아마 추억 속의 집과 부근 풍경을 되새겨보려는 몸짓이었다고 저자는 추측한다.

가족에 대해서 유달리 유쾌하지 못한 추억을 간직하는 사람도 있을 것이다. 가족 중에는 자신에게 상처를 주는 사람이 있기 때문이다. 인생 상담소의 통계를 본다면 가족처럼 가장 가까운 사람이 가장 많이 고통을 준다는 사실을 알 수 있다. 실지로 가족이란 명분하에 가하는 정신적 또는 물리적 폭력은 심각하다. 이에 대해 공공연히 알려지지 않았을 뿐이다. 오래전 가부장제가 만연했던 시절에 부모의 불건전하고 비윤리적 행동으로 인해 엄청난 상처를 간직하거나 가족의 해체를 겪었던 분들도 적지 않았다. 이런 우울한 이야기는 논픽션에서 자주 나왔다.

16.
직장 시절의 에피소드를
중심으로 나를 돌아보자

　　　　　　　직장 생활(또는 사업 경영)은 나 스스로 경제문제를
해결하는 단계이며, 그 자체가 사회화하는 성장 단계이다. 직장 생활을
하면서 사람은 개인이면서도 공동체의 일원이라는 것을 알고 적응하
게 된다. 직장 생활이 자신에게 가져다준 이점으로는, 우선 자신의 배
운 실력을 발휘하고 그로 인해 자아실현을 하고, 사회 물정을 알게 되
고, 조직 사회에서 지켜야 할 법규를 알고 그로 인해 생각하고 사리 판
단력을 기르는 것에 있다. 자본주의 사회에서 직장 생활은 당장 생계
를 해결할 수 있어서 결혼해서 가정을 꾸리기 위한 첫 단계이다. 집안
경제를 책임진 가장이라면 직장 생활은 전 생애의 대부분을 차지한다.
그런 사람의 자서전에선 직장 생활 이야기가 거의 필수적으로 나온다.
　직장은 돈을 받는 조건으로 자신의 노동력을 제공하는 곳이다. 사
업은 스스로 고용주가 되어서 남의 노동력을 제공받아서 자신의 이
윤을 추구하는 일이다. 직장(또는 사업체)은 조직화된 군상이고, 조직
원들은 서로 맡은 일이 있어서 협조하는 관계에 놓여 있다. 부서마다
업무는 다르지만, 원만하고 완벽한 전체 운영을 위해서 모두 성실하
게 일할 것을 요구한다. 그래서 직장 동료는 경쟁자이면서 협조자가

되기도 한다. 직장은 이익을 추구하며 그에 따라 늘 개선 발전을 꾀하는 경영 문화를 지닌다.

직장은 자신의 위치를 잘 인식하며 서로 언행의 조심스러움을 요구하는 곳이다. 직장인으로서 본의 아니게 갈등과 스트레스를 받다 보니 직장 생활은 어두운 구석이 많다. 다양한 취향의 사람들이 모인 곳이라서 서로 생각이나 성향이 맞지 않고 소통이 제대로 안 되어서 얼굴을 붉히며 불편함을 겪는 경우도 많다. 상명하달(上命下達)이 제대로 이루어지지 못하거나, 어느 부서에선가 보고를 똑바로 하지 못해서, 일 처리를 제대로 못 해서 문책을 받는 일이 그 대표적인 사례이다. 그 안에서도 왕따, 모함, 이간질, 갈등 등의 현상도 일어날 수 있다. 심한 예로 총대를 메기 싫어서 자신의 명백한 잘못을 남의 탓으로 돌리는 사람도 있다. 맡은 바 일을 성실히 해도 괜한 오해를 사서 싫은 소리를 듣는 경우도 있다. 물론 모든 직장이 다 그런 것은 아니다. 자서전에선 선경험자로서의 이런저런 이야기를 들려줄 수 있다.

직장을 비롯해서 학교, 단체, 모임처럼 사람들이 있는 곳이라면 어디에서든 대인관계를 맺는다. 모든 일이란 사람들과의 만남에서 추진된다. 모든 모임도 우선 사람들이 모여야 진행이 된다. 사무실에서 직원 없이 혼자 일하는 사업가도 결국 거래처 사람들이나 고객들과 소통을 해야만 수요 공급이 이루어지고, 이윤이 생긴다. 그런데 어떤 형태이든 대인관계에서는 갈등을 겪을 수 있다. 갈등에 대해선 자신과 세상과의 갈등, 자신과 사회와의 갈등처럼 거창한 것이 있는 반면에 사람 사이에 빚어지는 사소한 갈등도 많다. 직장 생활에서 어떤 갈등을 겪었는지 그 이야기를 자서전에 쓸 수 있다. 갈등은 살면서 불가피한 것이라서, 갈등은 완벽한 해결보다는 적절한 관리가 필요하다고 한다.

자서전에다 사회초년생이라서 실수했던 에피소드를 담을 수 있다. 그런가 하면 상사와의 관계에서 불편을 겪기도 하는데, 그에 대한 해결 과정을 자서전에다 마음 정리하듯 써내려 가면 좋을 듯하다. 그 외 직장 생활에서 겪었거나 목격했던 자잘한 이야기 중 자신에게 가장 가치 있고 가장 인상적이고 무언가 깨달음을 안겨준 에피소드도 자서전에 쓸 수 있다. 직장에서 자기 인생의 멘토로 삼을 만한 좋은 선배를 만날 수 있다. 이런 모든 사연도 자서전에 담을 수 있다. 그렇게 되면 앞서 말한 대로 '나와 인연을 맺은 사람들을 중심으로' 나를 살펴보는 일이 된다. 그런데 단순히 자신이 목격한 남의 이야기를 그대로 쓰기보다는 그 일이 자신과는 어떤 관계에 있었는지, 그 일을 통해 무엇을 배웠는지 등등을 써야 읽을 가치가 있다.

직장 생활에서 원만한 처세법으론 겸손함과 성실함을 들 수 있다. 그래서 상사가 설령 자신을 추켜세운다 해도 '저는 아직 부족합니다.'란 반응을 보이는 것이 무난하다고 여긴다. 아무리 학교 성적이 좋아서 채용되었어도 그 직장에선 일을 배워가는 초보자이다. 한가한 때에는 상사에게 평소 어려운 점이나 모르는 사항을 질문하면서 근무 능력을 키워가는 것이 바람직하다. 학교 교사도 학생이 질문을 해오면 반가워하듯이 직장 선배로서 후배가 질문이나 문의를 해오면 호의적 반응을 보인다. 특히 초년생에겐 문서 작성과 정리하는 법이 난감하다고 한다. 그런 일을 어떻게 배웠는지 자서전에 쓴다면 더없이 좋은 경험담이 될 것이다.

17.
내가 여행을 갔던 곳을
중심으로 나를 돌아보자

        사람은 호기심이 있어서, 생활의 활력을 찾기 위해서, 재충전을 위해서 현실에서 일탈(逸脫)하기 위해 여행을 한다. 여행을 관광이라고도 한다. 여행한다는 것 자체가 자신이 평소 지내던 일상을 벗어나서 특정한 시공간에서 이뤄지는 체험이다. 인천공항에 가보면 알 수 있듯이, 오래전부터 풍요로운 삶의 방식으로 인해 여행은 대중화되어 있다. 여행은 우리 삶에서 주요 부분을 차지하고 있다. 여행은 인생에서 색다른 만남이며 삶의 일부분이다. 대부분 여행 경험은 있을 것이다. 주로 중년 이후에 생활이 풍요로워졌을 때 여행을 자주 가게 된다. 여행을 하면서 새로운 장소에서 색다른 정서와 깨달음을 지녀 보는 것은 성장의 한 요소이다. 길(road)은 개방적이고 의식의 자유로움을 꿈꾸는 공간이다. 사람은 가정을 벗어난 여행지에서 무한한 견문과 지식을 얻을 수 있다.

  어떤 자서전에서는 수필 작품으로 쓴 기행문을 중간에 그대로 인용하기도 한다. 여행 경험에 대한 내용은 신변잡기 수필에서도 흔하다. 그런가 하면 '여행자 소설(여정 소설, 여행담 소설)'이라고 해서 주인공이 여행을 통해서 특별한 깨달음을 얻었다는 사실이 소설의 주제를 이루기도 한다. 잘 알려진 서양 고전인 호메로스(Homeros)의 『일리아드 오디세이(BC8세기)』도, 여행담이다. 괴테의 자서전 『시와 진실(1811~1813)』에서도 여행담이 나와 있다.

전혜린의 유고 수필집 『그리고 아무 말도 하지 않았다(저자의 사후인 1969년도 발간)』에 있는 「회색의 포도와 레몬빛 가스등」을 보면, 저자가 독일로 유학을 갔을 때의 정서를 회상한 내용이 있다. 유학생으로서 가격이 저렴한 방을 구하고 그 방에서 어떤 기분으로 학업에 임하며 지냈는가를 술회하고 있다. 독일 뮌헨이란 특정한 장소는 저자에게 특정한 애착과 정서를 간직한 정신적 고향으로 남고 있다고 했다. 독일은 젊은 호기심과 절실했던 고독을 느끼게 해 준 장소로 기억된다는 것이다. 안개비와 유럽적 가스등을 그리워한다는 말도 인상적이다. 자서전에서는 이처럼 특별히 인상 깊은 추억을 안겨준 장소나 그에 따른 자신만의 독특한 사연, 체험담을 쓸 수 있다. 유학 간 것과 여행 간 것은 목적이 서로 다르지만, 여행지의 이국적 정서를 여러 현지 풍경과 함께 나타낸 점을 강조하고자 해서 소개를 했다.

자서전에서는 일생의 어느 시점에서 겪었던 여행 체험을 쓰면서 새삼 자신을 돌아볼 수 있다. 하다못해 학창 시절의 소풍, 현장학습, 수학여행 이야기도 포함된다. 1990년대부터 학교에선 소풍이란 말은 현장학습이란 말로 대체되었다. 학창 시절의 여행담을 쓴다면 주로 소풍 장소에서 있었던 친구들과의 즐거웠던 추억을 쓰는 예가 많다. 찐 계란, 과자 따위의 간식거리를 나누어 먹었고, 유달리 우정을 느끼게 되는 일이 있었다. 이런 추억담을 자서전에 쓸 수 있다. 중고생에게 두발 자율화 조치가 없었던 시절에는 소풍에서 오락시간을 보내며 학교에선 평소 허용되지 않았던 춤을 추고 유행가를 부르던 것이 유일한 일탈이었다. 소풍에 대한 추억을 떠올린다면 학생으로서 평소와는 달리 선생님에게 농담을 걸기도 하며 마음이 들뜨고 일탈을 하고자 하는 심리가 있었다는 것을 확인하게 된다.

21세기에 들어서서 여행문화는 다양해진다. 여행은 본래 타국의 역사와 문화를 배우는 시간이다. 노동과 여행이 통합되기도 하고, 자연친화적인 여가 생활로 인한 여행이 있고, 자아실현을 위해 문화 활동을 하는 여행이 있고, 젊은 층에게는 배낭여행이나 어학연수 여행이 있다. 해외에 처음 가는 사람들에게는 현지 실정을 잘 모르고 영어 실력이 서툴러서 실수한 에피소드가 있을 것이다. 보통의 기행문처럼 여행지에 대한 설명과 개인적 감상을 서술해도 간혹 실수한 이야기도 들려주면 재미가 있을 것이다. 여행은 일부러 돈을 들여서 사서 고생하는 체험이다. 그래도 사람들은 누구나 여행을 좋아한다. 연대기 구성 자서전에서는 일생의 어느 한 시점에서 했던 체험의 하나로 여행담을 중간에 넣는다. 그럴 때는 현지 사진까지 올리면 더욱 효과적이다. 여행지에서는 단순히 목격한 것, 자신이 스스로 찾아가서 탐구해서 알아낸 것, 물어서 알아낸 것 등을 잘 구분해서 써야 할 것이다. 여행을 통해서 배우고 깨달은 점을 써야 가치가 있다.

18.
나의 종교관 그리고 내 삶에 영향을 주었던 국내 정치 상황을 중심으로 나를 돌아보자

사람에게 종교관과 정치관은 성격이 다르다. 전자는 내면적 영역이고, 후자는 외부적 영역이다. 사람은 사회에 영향을 받으며 살아가는 동시에 영적 생활을 위해서 신앙생활을 한다. 그러기에 나름 종교관과 정치관을 지닌다. 자서전에서 이 두 가지를 서술하는 것은 어디까지나 선택사항이다. 종교가 없는 사람도 있고 정치에 관심을 갖지 않고 주어진 일과에만 충실한 사람도 있다. 그렇지만 사람은 누구나 우리 생존을 좌우하는 정치에 지배를 받으며 산다. 위정자들의 정치에 따라 자신의 생존 문제가 달라진다. 앞서 인생 주기표에서 보았듯이 개인이 국가 제도와 정책에 영향을 받으며 살다 보면 자신만의 정치 성향을 지니게 된다.

사람은 살면서 종교를 갖게 되는데, 종교 생활은 하나의 정신적 수양이며, 가르침이다. 늘 겸손하며 자신을 둘러싼 모든 상황을 제대로 바라보는 자세를 배우게 된다. 종교를 지닌 사람이 자서전에서 종교 생활에 대한 이야기를 쓰고자 한다면 그 종교에 입문하게 된 이유부터, 그 종교를 통해 어떠한 것을 배웠는가를 쓰면 된다. 흔한 예로 신앙 간증을 들 수 있다. 그런데 신앙생활은 늘 순탄하기만 한 것은 아니다. 은총을 바라고 교회나 성당에 다닌다 해도 시련과 유혹에서 자유로울 수는 없다. 또한, 신앙에서 자신의 이상향과 일치하지 않다 보면 신앙의 회의에 빠져들 수 있다. 그것이 내적 방황으로 이어진다 해도, 언젠가 자신의 부족함을 깨닫고 각성하다 보면 다시 신앙의 길로 돌아가기도 하고, 그것 역시 하나의 뜻깊은 체험으로 자리 잡는다. 자서전에다 이런 내용을 쓰다 보면 독자들에게 삶의 방향을 추구하는 것에 지침이 될 수 있다.

철학적으로 표현한다면 세상에는 삶을 주관하는 거대한 우주의 흐름이 있다고 한다. 종교적 견지에서는 신의 섭리, 자연의 질서, 우주적 기운이다. 그 안에 나는 어떤 자세로 생을 바라보고 생의 모든 구속, 즉 이상과 현실의 불일치를 어떻게 극복해 나갔는가를 살펴본 후에 그런 이야기를 자서전에 담아 보면 된다.

빅토르 프랭클(Viktor Emil Frankl, 1905~1997)의 『죽음의 수용소에서(1945)』는, 유대인 의사 빅토르 프랭클이 아우슈비츠 수용소(폴란드 소재)에서 3년간 지냈던 체험담을 기록한 수기이다. 저자는 나치 치하인 오스트리아 빈에서 의사 생활과 신혼 생활을 하던 중 1944년 나치에 의해 수용소로 이송되었다. 당시 1,500명 안에 끼어서 열차 타고 며칠간 달린 끝에 이송되었다. 이미 아내와 가족들은 죽었고, 빅토르만 구사일생으로 살아남았다. 수감자가 된 빅토르는 나약한 양 떼와도 같은 처지에서 늘 공포, 굶주림, 힘든 노역, 부당한 구타 등과 같은 비인도적인 대우에 시달려야 했다. 수감자들에게는 하루에 빵 300g과 스프 1L가 지급되었다. 빅토르는 아침에 동상 걸린 발에 고역스럽게 신발을 신은 채 일을 시작해야만 했다. 빅토르는 이런 최악의 상황에서도 견디는 수감자들을 보면서 교과서적인 의학 지식이 어느 환경에서든 항상 옳지만은 않으며, 인간은 어떤 상황에서도 적응할 수 있다는 존재라는 것을 깨달았다. 수감자들은 그곳에서 가스실로 끌려가지 않고 끝까지 살아남을 것을 목표로 하루를 버틴다. 그 와중에도 수감자들은 대부분 종교와 정치 문제에는 민감했다고 한다. 빅토르 역시 종교적 의지를 가지고 반드시 살아야겠다는 마음으로 버티었다. 이처럼 신앙인이라면 종교적 의지로 현실 문제를 타개해나간다. 그런 일을 자서전에 쓸 수 있다.

자신의 생애를 연대기적으로 서술하다 보면 당시 자신의 삶에 영향을 주었던 국내 정치 사회 상황을 비롯해서 세계적인 이슈가 있을 것이다. 국내 정치 상황을 비롯해서 사회와 역사적 변혁에 영향을 받으며 성장한 개인의식과 그 구체적 삶은 문학작품의 주된 내용이었다. 앞서 인생 주기표에서 살펴보았듯이, 평범한 사람의 성장에는 사회와 역사적 변혁에 영향을 받는다. 사회는 눈앞에 보이는 현실적 실천 기능을 가진 가시적 제도에 따라 움직인다. 개인은 현실 사회 속의 모순을 접하며 갈등을 겪기 마련이다. 자서전에서 사실 기록성에 충실하다 보면 있는 그대로 겪은 사회상을 드러내게 된다. 그래서 자서전에서는 주인공이 처했던 시대, 역사적 상황에 따른 객관적 정보, 당대 정치 상황에 대한 설명은 세대 차이를 겪는 독자의 이해를 위해서 필요하다. 역사적 변혁은 시간이 오래 흘러서 새로운 변화를 맞이하면 역사 기록으로 남는다. '현재의 세계적 이슈'하면, 민주주의와 공산주의라는 이념 문제, 공해 문제, 경제난, 핵 문제, 나라 간 이념 갈등 문제, 세계 평화 등등 많이 있다. 그에 대해 자신이 올바로 서술할 수 있는 주제를 골라서 자서전에다 쓰면 된다.

개인으로서 흔히 지니는 정치적 신념은 보수냐 진보냐 하는 문제에 있다. 이에 대해 자신의 의견을 자서전에다 쓰겠다면 우선 보수와 진보의 개념을 정확히 알 필요가 있다. 보수와 진보의 개념 규정은 시대에 따라 그 기준이 다양하기에 잘 알아보고 표현을 해야 한다. 정치관으로만 자서전의 한 페이지를 장식하면 수필이나 칼럼이 된다.

대인관계도 어차피 정치적이다. 민주주의 사회에선 대중들이나 주변 사람들의 지지를 얻으면 무난한 정치가 아닌가 한다. 그렇다고 사람들에게 아부하느라 정도(正道)가 아닌 길을 간다면 곤란하다. 학창 시절에 학급에서 어떤 급우가 인기를 잘 얻어서 반장으로 당선되는 일, 어떤 모임을 잘 이끌어서 원만하게 운영을 잘하는 것도 정치적 행위이다. 자서전에서는 이런 작은 정치적 행위라도 개인적 업적으로 삼아서 쓸 수 있다.

19.
내 삶의 결정적 전환점(turning point)이
무엇이었는지 생각해 보자

삶의 전환점이란, 자신의 일생을 결정하게 된 선택의 순간이다. 삶의 전환점은 자서전에서 가장 큰 흐름을 지니며, 그에 대한 이야기는 큰 의미와 비중을 차지하기도 한다. 자서전에서 삶의 전환기를 맞이했던 이야기는 저자로선 인생의 변화를 가져다준 변곡점이 무엇인지 확인하는 것이라서 가치 있는 내용이 된다. 인류 역사에서도 엄청난 변화를 일으킬 만한 전환기는 있어 왔다. '축(軸)의 역사(바퀴가 돌아가듯 생긴 인류의 큰 변화)'가 그러하다. 개인에게 삶의 전환점은 크거나 작은 사건 또는 우연한 사태에서도 얼마든지 맞이한다. 예기치 못한 뜻밖의 상황에서 맞이하기도 한다. 이럴 때는 셰익스피어의 희곡 「햄릿」에 나오는 유명한 대사 "사느냐 죽느냐, 이것이 문제로다!("존재하느냐, 마느냐."로도 해석)"가 연상된다. 이 독백의 배경도 바로 결정적 전환점이다.

유명한 사람이든 평범한 사람이든 누구나 언제라도 삶의 전환점을 맞이할 수 있다. 가정환경의 변화, 이사, 진학, 외국 유학, 이민, 결혼, 취업, 직업의 변동, 와병(臥病) 등과 같은 큰일 외에 아주 사소한 일도 해당할 수 있다. 개인적 선택이라도 당시 사회적 변화가 큰 영향을 주기도 한다. 당시 사회적 추세가 이러이러해서, 법이 바뀌어서 부득이 다른 선택을 하게 되었다는 사연이 바로 그러하다. 인생의 전환점에서 선택한 길이 평생을 좌우하기도 하지만, 중간에 그 선택이 잘못되었음을 알고서 다시 새로운 전환점을 만들어가는 사람도 있다.

삶의 전환점에 대해서 인생 주기표에 기록할 때, 특정한 시기에 그 전환점이 나타났다면 연대기 구성 인생 주기표에 쓸 수 있고, 그 전환점이 여러 번 있었다면 주제별 구성 인생 주기표에 '삶의 전환점'을 주제로 정하고 그에 대한 이야기를 시간 순서대로 쓰면 된다. 연대기 구성 자서전이나 주제별 구성 자서전에서 삶의 전환점에 대한 것을 쓰려고 할 때 다음 사항을 스스로 질문하며 정리해 보자.

– 나는 인생 전환점을 몇 번 만났는가?
– 인생 전환점에서 취한 선택으로 내 인생이 어떻게 달라졌는가?
– 선택은 스스로 했는가? 선택할 때 영향을 준 사람은?
– 나에게 후회스러운 선택과 만족스러운 선택은?
– 만약 다른 선택을 취했더라면 내 인생은 어떻게 되었을까?

그 선택이 자신의 자발적 선택에 의한 것인지 타의에 의한 것인지를 구분할 필요가 있다. 특히 미성년이었을 때에는 주로 진학할 때에 가족이나 웃어른의 일방적 의견에 의해 선택하는 일이 많다. 무언가 선택해야 할 때는 선경험자의 조언이 큰 참고가 된다. 타의에 의한 선택이 좋지 않은 결과를 불러일으켰다 해도 빨리 딛고 일어나서 원상 복구해서 새로운 인생으로 바꾸어 나가는 현명함이 필요하다. 그러나 모든 사람이 그런 현명함을 갖추지 못하기에 후회와 절망을 안겨주는 과거지사로 남는다. 자서전에다 후회스러운 선택을 했었다는 이야기를 쓴다면 독자에게 반면교사의 효과를 줄 수 있다. 살면서 수많은 인생 고비와 전환점을 맞이하는 사람이 있는 반면, 그렇지 않고 순탄하게 지내온 사람도 있다. 그래도 누구든 한두 가지라도 삶의 결정적 전환점을 겪게 마련이라서 그런 사연을 자서전에다 쓸 수 있다.

인생 기로(岐路)에 처했을 때 주변 사람의 조언과 격려는 큰 도움이 된다. 앞서 소개한 이미륵의 『압록강은 흐른다』에서는 주인공이 3·1운동 당시 일제의 탄압을 피해 독일로 망명할 처지에 놓인 장면이 나온다. 국경을 넘어가는 일은 당시 주인공으로선 인생의 큰 기로이다. 그때 나누었던 주인공과 어머니와의 대화를 본다. 어머니는 아들이 위험을 무릅쓰고 타국으로 망명하는 마당에 매우 침착한 자세로, 비록 우리가 앞으로 다시 못 만나는 한이 있더라도 슬퍼하지 말라며 위안을 준다. 그러면서 어머니는 아들에게, "너는 그간 나에게 많은 기쁨을 가져다주었다."라며, "이젠 혼자 가라."라며 사랑과 격려의 말씀을 한다. 이 장면은 눈물겹도록 매우 인상적이고 감동적이다. 이후 주인공은 독일에서 지내던 중 어머니의 부고를 듣게 된다. 이 책은 독일인 독자를 의식해서 그런지 당시 일제 강점기의 온갖 끔찍한 한국 상황을 제대로 보여주지 않았다는 한계점이 있다.

20.
나는 무엇을 가지고 승부를 걸며 살아왔는가를 돌아보자

자서전의 전체 내용을 구상하기 위해선 앞서 말한 대로 인생 전환점을 발견하는 것도 중요하지만, 살면서 승부를 걸었던 내용도 중요하다. 다음과 같은 질문을 자신에게 해 보자.

– 내 삶에서 중요한 것은 무엇인가?
– 나는 생전에 주변에서 어떤 사람으로 남고 싶은가?
– 내가 닮고 싶은 역할 모델이 누구였는지?
– 내가 바라는 미래 모습은?
– 그것을 위해 현재 준비하는 사항은?

이에 대한 답변은 연대기 구성 자서전이든, 주제별 구성 자서전이든 상관이 없이 본론이나 결론의 적당한 부분에서 언급할 수 있다. 자신이 무엇에 대해 승부를 걸며 살아왔는가는 자신이 관여했던 일에서 드러난다. 살면서 사람들이 대체로 많이 관여했던 일로는, 직장 생활 외에 학업, 결혼 생활, 가사노동, 육아, 자기 계발, 취미 생활, 학문과 예술 활동, 종교 활동, 외부 봉사 활동, 이타적 행위 등등을 들 수 있다. 이런 일에는 맡은 바 책임과 권한이 따르고, 기대감, 이루고자 했던 꿈이 있다. 살면서 승부를 걸면서 궁극적으로 추구하는 것으로는, 부의 축적, 명예, 사랑, 행복, 가족 간의 화목, 좋은 대인관계, 개인 학습의 성취감, 수상 실적, 개인 스펙, 만족스러운 종교 생활 등등을 꼽을 수 있다. 예전에 어느 철학자가 말하길, 우리가 열심히 공부해서 대학에 가고, 좋은 직장이나 부와 명예가 보장되는 높은 지위를 얻고자 분투·노력하는 목적은 궁극적으론 '잘 먹고 잘 살자'는 풍요로운 삶의 추구에 있다고 한다. 한마디로 소시민다운 삶이다. 그렇지만 세상에는 반드시 그런 세속적 욕망에만 승부를 걸면서 사는 사람들만 있지는 않다. 성직자, 종교 지도자, 순수 예술가를 보면 그러하다.

어떤 자서전에서 저자는 학교생활과 사회생활의 가치가 다르다는 점을 술회했다. 학창 시절에는 성적으로 경쟁하며 오직 성적 상승에만 승부를 걸었으나 막상 사회에 나와 보면 직무 능력으로 경쟁하며 능력 상승에 승부를 걸어야 한다는 것이다. 필자의 직접 목격담인데, 어느 교장 선생님은 학부모들에게 공부 못하는 자녀를 절대 구박하지 말라고 충고를 했다. 학창 시절의 꼴찌도 성인이 되면 충실하고 유능한 사회인으로 살아가기 마련이기 때문이란다. 사람의 능력은 가변성이 있다는 뜻이다.

자서전에서 자신의 고매한 정신과 신념에 따른 가치관을 내세우다 보면 자신이 살면서 승부를 걸었던 것이 보인다. 특히 정치인들의 자서전에서 그런 점이 잘 드러난다. 가치관이란 그 사람이 세상을 살면서 지니는 생각, 판단, 행동의 잣대를 말한다. 그 외 인생을 바라보는 안목, 처세관, 삶의 방식, 믿음 등이 있다. 인생관은 자신의 인생 경험에 자신만의 논리를 부여한 것이다.

자서전에서는 평생 이루고 싶었던 꿈을 쓰기도 하는데, 이처럼 누구에게든 평생에 한 번이라도 꼭 해 보고 싶었던 일이 있을 것이다. '이루지 못했던 꿈'을 안고 사는 사람들이 세상에는 있다. 아니 적지 않을 것이다. 역설적으로 말하자면, 꿈은 이루어지지 않았을 때 그 꿈은 아름답게만 보인다. 세상을 살기가 어렵다는 말이 나오는 이유는, 하고 싶은 일을 해야 할 때 개인의 능력 부족 탓으로 하지 못하게 된 것 그리고 해야 할 일을 위해선 끊기 힘든 유혹을 물리쳐야 하는 것이 있다.

자신이 하고 싶은 일을 하는 것이 진짜 행복이라고 하지만, 그러기에는 현실적으로 제약이 많다. 어떤 남자는 학창 시절부터 꿈꾸어왔던 예술가의 길을 가려고 하지만, 가정 경제를 책임져야 하는 현실 앞에서 대부분 포기한다. 그런가 하면 평생 최저 생활의 가정을 간신히 유지하면서, 진정 자신이 하고 싶은 일을 하겠다며 예술가의 길을 가는 남자도 있다. 물론 그것을 감당해 줄 가족이 있어야 가능하다. 남자라고 해서 평생 돈 벌어다 주는 기계처럼 살고 싶지 않다는 것이다. 훌륭한 예술은 매일 정규직 직장 생활로는 이루어질 수 없다는 지론 탓이다. 이에 대해선 사람마다 의견이 각양각색이다. 분명한 것은, 자신이 좋아하는 일에 승부를 거는 것도 좋지만, 그로 인해 남에게 피해를 준다면 곤란하지 않겠는가?

인생의 어느 한 시점에서 승부를 걸면서 살아온 일이 있었다면 연대기 구성 인생 주기표나 주제별 구성 인생 주기표에 메모한 다음에 그것을 이야기로 엮어서 자서전에 써 보자.

승부를 걸며 살아왔던 것에 대해 또 다른 예로는 좌우명이 있다. 좌우명은 자기 인생을 위한 가르침이요 인생 지침인데, 여기에서도 무엇에 승부를 걸며 살아왔는지를 알 수 있다. 좌우명은 자서전에 얼마든지 쓸 수 있다. 신앙을 지닌 사람은 신앙심대로 살자는 것이 좌우명이다.

인생 지침은 살면서 완벽하게 지키지는 못했어도 적어도 꾸준히 추구하던 바이며, 살아온 내력에서 비롯된다. 그래서 그 사람의 살아온 인생이 현재 그 사람의 모습을 보여준다는 말이 있다. 살면서 그 어떤 혹독한 체험이나 상처를 겪은 끝에 지니게 되었던 인생 지침이 있다면 그것을 자서전에 쓴다면 좋겠다. 예를 들어 부모가 금전 사기를 당했던 고통스러운 상처에 억눌린 사람은 살면서 금전 문제에서만은 매우 이해타산을 따지는 일에 승부를 건다. 자라면서 지독한 가난에 고통받았던 사람은 성인이 되어서 틈나는 대로 많은 돈을 벌어서 남달리 풍요로운 삶을 꾸려간다. 고아로 자란 사람은 결혼을 일찍 해서 오직 가정의 화목함을 삶의 목표로 두며 살아간다. 이처럼 그 사람의 인생 지침이나 좌우명을 담고 있는 현재 모습에는 그 사람만의 살아온 내력과 그 사람만의 문제의식이 나타나는 법이다.

21.
개별적 이야기에서
일반성과 보편성을 만들어 보자

개인의 이야기가 그 집단을 대표하는 수가 있다. 자서전 내용을 구상하고 작성하다 보면 특정한 시공간에서 살아온 구체적이고 개인적인 삶의 모습은 다른 사람의 삶과도 엇비슷하다는 것을 알 수 있다. 특히 그룹 자서전 쓰기 교실에서 몇몇 사람이 써 온 자서전을 발표할 때에 느낀다. 여성은 여성에게 맞는 평균적 삶이 있고, 남성은 남성에게 맞는 평균적 삶이 있다. '학교를 졸업하고(남성이라면 군 입대 기간 포함), 취직을 하고, 연애하고 결혼을 하고, 자식을 낳으며 가정을 꾸리고, 부모님을 보살펴 드리고…' 등등의 내용이 그러하다. 그 외 남다른 인생을 산 사람은 그에 맞는 삶이 있다. 이런 삶은 그와 관련된 특정 사회집단을 대표하기도 한다. 혈혈단신 월남해서 평생 돈 모으는 일만 해서 기업체를 세운 사람에게는 그 사람만의 독특한 삶이 있다. 자수성가한 사람들은 그들만의 보편적 삶이 있다. 비혼자(독신)는 노년기에 이르도록 독립정신으로 살아온 그 집단만의 보편적 삶이 있다. 이처럼 자서전에는 다양한 주인공마다 그들만의 인생을 담으며 그 집단의 삶을 대표하기도 한다.

자서전에서 자신의 삶을 쓰되, 자신의 개성이 드러난 삶을 중심으로 쓰는 것과 누구에게나 일어날 수 있는 일반적 삶을 쓰는 것이 있다. 어떤 내용을 쓰든 간에 자서전을 쓰고 있는 그 사람에게는 결국 그 누구와도 변별되는 개별적 이야기이다. 독자는 이런 개별적 이야기에서도 흥미, 감동을 느낄 수 있다. 개인이 자기 인생의 각 단계에서 간직한 개별적인 삶이 모이면 그 개인의 종합적 삶이 된다. 그 종합적 삶에는 누구에게나 해당하는 일반적 삶이 있고, 그 개인만의 특수한 삶이 되는 것도 있다.

자서전의 파노라마 같은 인생사에서 주로 어떤 내용에 가장 비중을 두었는지, 자신의 체험과 사연을 어떤 시각과 정서로 바라보며 어떻게 해석해서 독자에게 들려주는지, 주로 어떤 인생관을 독자에게 들려주고 있는지 등등이 자서전 내용의 방향이다. 이런 식으로 정리하고 쓴다면 일반적 삶을 그려낸 내용이라도 그런대로 가치 있는 자서전이 될 것이다.

일기문, 수필도 마찬가지인데, 특히 자서전은 개인 체험기로 채워진 점에서 일반성을 지니고 있지만, 보편성을 지향한다면 귀중한 역사적, 사료적 자료가 될 수 있다. 자서전 내용이 그저 그런 평범한 수준의 삶을 보여주어도 그 삶에서 당대에 일반적으로 통용되었던 사회 모습, 시대 풍조나 관습, 문화적 현상 등을 읽을 수 있기 때문이다. 학교에 다니고 친구를 사귀고, 결혼하고 직장에 다녔다는 사실처럼 누구나 거치는 그 일반적 사실에서도 무언가 공감을 주면서 색다르게 창조한 삶이 보인다면 보편타당성을 지닌다. 자서전에서 공동체의 규칙, 사회화 과정만 추종하는 일반성보다는 보편타당성을 지향하는 주제로 나아간다면 작품성을 드높이는 길이 된다. 일반성과 보편타당성은 유사하면서도 서로 약간 다르다. 일반적인 것은 그 어떤 비판을 굳이 하지 않은 채 눈앞에 펼쳐진 일상의 모습이다. 일반적인 것이 보편타당성을 그대로 지닐 수도 있지만, 반드시 그런 것은 아니다. 보편타당한 내용은 누구에게나 공감을 주지만 때로는 반(反)시대성을 지닐 수 있으며, 자신의 문제 해결에 기여하며 증언의 성격을 띨 수 있다. 보편타당한 것에는 인생의 지혜, 교훈적 내용, 사리 분별을 요구하는 이야기 등등이 있다.

지식이 대중화된 시대일수록 사람들은 일반적인 것이나 상투적인 것보다는 이질적인 것, 차별적인 것을 선호한다. 자서전에서도 저자의 개별적 이야기가 그 시대 그 공간에 통용되는 일반적 사실에만 그친다면 독자 입장에서는 자칫 상투적 이야기로 받아들일 수 있다. 그렇지만, 이런 상투적 이야기를 저자가 남다른 시각으로 바라보며 표현하거나, 무언가 새롭게 창조하는 삶을 꾸려서 그것을 이야기로 만들어 들려준다면 나름 좋은 주제를 갖춘 자서전이 될 것이다.

조남주의 장편『82년생 김지영(민음사, 2016)』은, 여자로서 유년시절부터 대학 시절, 결혼 전후 사회생활에서 겪을 수 있는 온갖 성차별 사례를 주제로 해서 연대기 구성으로 기록한 소설이다. 주인공의 시간적 변화에 따른 성장 이야기로 전체 내용을 통괄하기에 특정한 주제가 있는 자서전으로 볼 수 있다. 단지, 주인공의 34세 때까지를 소설 내용으로 한정하고 있다.

주인공 지영 씨는 대학 졸업 전에 40군데 이상 응시 끝에 겨우 취업이 되었다. 결혼 후에 계속 직장 생활을 했지만, 월급이 많지 않기에 출산 후 육아를 전담해 줄 사람을 구하지 못해 34세에 그만 고용이 단절되고 전업주부가 된다. 그로 인해 우울증에 걸린다. 전업주부 처지에 낙관하며 현모양처 삶에 행복을 느끼는 여성으로 살고자 하는 마음은 지영 씨에겐 아예 없었다. 당시 주변 친구들처럼 다들 어려운 처지에 자급자족하며 생존을 꾸려가야 해서 그렇다. 지영 씨의 우울증은 악화되어서 타인의 음성을 내는 빙의(憑依) 증세를 지니게 된다. 소설은 그 어떤 현실적 대안을 제시하지 않은 채 결말이 난다.

지영 씨와는 영 상반되게 행복한 삶을 꾸리는 인물로는, 초등학교 교사인 언니 은영 씨와 어머니 오미숙 여사가 있다. 은영 씨는 남녀평등에 출산휴가가 보장되는 교육공무원이라서 지영 씨와는 상반되게 행복한 삶을 산다. 오미숙 여사는 여자가 남자의 경제력으로 생존한다는 사회적 통념을 타파한 유형이다. 친정에서 남자 형제들 학비를 대느라 자신은 공장에 다니며 산업체 중·고교를 졸업한 자수성가형이다. 결혼해서 말단 공무원 남편의 월급으론 만족스럽게 생계를 이어갈 수 없게 되자, 한때 단순 노동인 가내 부업을 해서 가계를 꾸려갔다. 이후 재산 관리를 잘해서 시어머니와 삼남매가 거주하는 저렴하고 넓은 평수 집을 잘 알아보아서 이사한다. IMF 영향으로 조기 퇴직한 남편이 퇴직금으로 중국에서 위험성이 있어 보이는 사업을 하겠다고 하자, 이혼하겠다는 폭탄선언까지 하면서 극구 말린다. 결국, 남편은 중국 사업을 포기하는데, 나중에 알고 보니 그 사업은 완전 사기였음이 드러난다. 이후 오 여사는 주변 부동산 시세를 잘 알아보고 남편과 함께 죽 가게를 억척스럽게 잘 운영하며 돈을 모은다. 그러던 중 상가 근처 대단지의 42평 아파트를 분양받았다. 죽 가게를 좋은 장사 수완으로 운영한 덕에 그 아파트의 중도금, 대출금을 다 갚는다. 오 여사는 취업이 안 되어서 실의에 빠진 지영 씨에게 마구 적극적으로 나오라고 훈계도 한다. 가난한 집안을 지영 씨 아버지에 비해 3대 7 비율로 꾸려간 사람은 지영 씨 어머니였다. 지영 씨 어머니는 딸 지영 씨와는 일터가 다르지만 분명 일하는 여성이고, 가계(家計)를 성공적으로 이끌어갔다.

갑자기 소설 얘기를 장황하게 꺼내는 이유는, 오미숙 여사처럼 어떻게 인생을 창조하느냐에 따라 전업주부의 상투적 삶은 달라진다는 것을 말하기 위함이다. 자신이 일생의 어느 한 시기에 이런 사연의 주인공이 된 적이 있다면 그런 이야기를 자서전에 써 보도록 하자.

현모양처, 전업주부들에게도 그들만이 창조하는 문화와 업적이 있다. 예기치 않게 맞벌이 경제활동에 나서야 하는 경우에 대비해서 경제적 능력을 갖출 수 있는 학습을 부지런히 하는 여성, 자기 계발에 몰두하고 독서를 많이 해서 베스트셀러를 내는 여성, 가정의 부를 이루기 위해 알뜰 살림하는 여성, 자녀의 성적 상향을 위해 동분서주하는 여성이 있다. 드문 예이긴 하지만, 낮 시간에 정당 활동을 열심히 해서 나이 들어서 구의원이 된 여성도 있다. 이런 업적은 비록 쉽게 드러나지는 않지만, 사회적으로 많은 저력이 되고 있다. 개인의 능력대로 평범한 여성의 삶을 재창조하겠다면 그 사례는 무한하게 나온다.

22.
내 자서전에서 사람들은
무엇을 얻을 수 있을까 생각해 보자
-사실과 의견

자서전을 통해서 독자가 얻을 수 있는 것이라면 어떤 것이 있을까? 쉽게 말하자면, 빵과 같은 양식이 아닐까 한다. 그 외 무언가 행동 지침으로 남는 것, 교훈적인 내용, 특정한 정보 등을 들 수 있다. 자서전에 나오는 사실과 의견은 독자에게 하나의 정보성 내용이 될 수 있다. 자서전에서는 있는 그대로의 사실을 최우선으로 나타내지만, 그에 따른 저자의 의견 제시도 할 수 있다. 의견은 저자의 주관적 내면에 속하는 것으로 주로 생각, 감정, 정서, 감동, 반성, 깨달음 등등이다. 자기주장을 그대로 밝힌 논설문, 자기주장을 논거를 들면서 논리적으로 밝힌 논술문에도 사실과 의견이 동시에 나타나 있다.

의견을 나타내는 것을 학술적 용어로는 '논증한다'란 말로 대체할 수 있다. 논증이란 말을 어렵게 생각할 필요가 없다. 자기 의견에 대한 근거를 들면서 이치에 맞게끔 알아듣기 쉽게 서술한 것이다. 일상 대화에서도 논증은 나온다. 논증은 의견을 주장하기 위하여 논리적으로 증명해 보이는 표현 방법이며, 때에 따라 창의적이고 새로운 의미를 전달하는 기능도 있다. 글을 쓸 때 자신이 말하고자 하는 것을 효과적으로 나타내기 위한 표현 방법으로는 논증 외에 설명, 묘사, 서사 등이 있다. 설명은 무언가를 알기 쉽게 풀이해 주는 표현 방법이다. 묘사는 넓게는 설명에 속하는데, 마치 그림을 그리듯이 읽는 이들에게 보여(들려)주는 표현 방법이다. 주관적 정서에 힘입어 자세히 표현하는 것이다. 서사는 소설에서처럼 사건이 일어난 대로 서술하는 표현 방법이다.

어떠한 내용의 글이라도 쓰다 보면 설명이 필요한 경우가 있고, 논증이 필요한 경우도 있다. 소설, 수필과 같은 산문에선 서사, 묘사가 흔하지만, 간혹 설명, 논증이 나올 때가 있다. 소설에서도 앞뒤 문맥에 따라 사건을 서술하다 보면 논증적 성격의 표현이 나오기도 한다. 내용과 형식의 제한이 없는 일기에서도 간단하게라도 논증다운 표현이 얼마든지 나올 수 있다. 자서전에서도 개인 의견을 밝힐 때는 논증의 성격을 살린 표현이 나올 수 있다. 자서전에서는 사실과 의견을 알맞게 배합하면서 내용을 작성하는 것이 가장 바람직하다.

백범 김구 선생님의 자서전 『백범일지(도진순 주해, 베개, 1997)』에서는 저자 김구 선생님이 자서전을 완성하는 과정을 사실 정보를 중심으로 설명했다. 53세 때 중국 상해에 있는 법조계 마랑로(馬浪路) 보경리(普慶里) 4호 임시정부 청사에서 1년여 시간을 들여서 저술했다고 했다. 침체한 국면을 타개할 목적으로 미국, 하와이 동포들에게 편지하여 금전의 후원을 부탁하고, 다른 한편으로는 철혈남아(鐵血男兒)들을 물색하여 테러(암살, 파괴) 운동을 계획하던 때에 나라와 국민을 위하여 어떤 어려움도 견디면서 저술하였다고 술회했다. 당대 역사적 상황이 상세히 서술되어 있다. 국가와 민족을 위하여 30여 년 분투하였으나, 하나도 이룩한 것이 없었다는 아쉬움을 토로하였다. 구국 운동을 하는 분으로서 이러한 개인 의견을 겸손한 자세와 함께 진솔하게 서술했다. 어느 부분에서는 평소 개방적인 사고방식을 지녔다는 것을 알 수 있다. '존중화양이적(尊中華攘夷狄: 중국을 존중하고 오랑캐를 배척하는 것)' 주의가 정당한 주의가 아니며, 눈이 들어가고 코가 높은 사람이면 덮어놓고 오랑캐라고 배척하는 것은 옳지 않다고 주장을 하는 장면이 있다. 그러면서 오히려 오랑캐들에게서 배울 것이 많고, 공자와 맹자에게서는 버릴 것이 많다고 술회했다.

자서전에서 독자와 함께 나누고자 하는 정보로는 저자의 독서 체험이나 특별한 견문 등 다양하다. 그중 가장 손쉬운 것으론 독서 체험이 아닌가 한다. 유명인들의 자서전에서는 성장 과정 중 어느 한 시기에 특별하게 자기만의 독서와 학습을 했던 일을 들려주기도 한다. 그렇게 된 가장 흔한 경우로는 몸이 아파서 휴양했을 때, 여행 중 한가로운 시간을 즐길 때 등이 있다. 이럴 때 저자는 어떤 책을 보면서 어떤 공부를 했는지 들려주기도 하고, 책의 한 대목을 소개하면서 무엇을 알고 깨달았는지를 들려주기도 한다. 독자로선 아마 후자가 더 흥미 있게 와 닿을 것이다. 단순히 이러이러한 책을 많이 읽어 보았다는 것만 나열하는 것은 무의미한 자기 과시가 된다. 자서전의 지면상 그런 나열은 사실상 불가능하다. 대부분 한두 권 책에서 가장 좋았던 내용이나 자신에게 가장 인상적이었던 내용을 자신의 설명 방식으로 정리해서 들려주고는 자신의 의견을 덧붙인다. 평범한 사람도 자서전에다 어느 시기에 몰두했었던 독서 체험을 들려준다면 한층 풍부한 내용의 자서전이 될 것이다.

독서 체험을 자서전에 쓴다고 해서 지적인 글을 기대할 수는 없다. 어떤 글에서도 마찬가지인데 지적인 내용을 썼다고 해서 무조건 지적인 글이 되는 것은 아니다. 자서전에서 독서 체험을 들려줄 때는 전문적 내용보다는 일반인들이 수용할 수 있는 교양 수준의 내용을 들려주는 것이 좋겠다. 요즘은 저작권이 강화되어서 종전처럼 저자의 허락하에서만 책 제목, 출판사, 출판 연도, 쪽수까지 밝히는 직접 인용이 가능하다. 학술적 글에선 이런 규정은 적용되지 않는다.

22-1. 자서전 대필 작가의 고민

여기서는 자서전 쓰기가 지닐 수 있는 한계점이나 취약점을 밝히고자 한다. 자서전 쓰기의 지침을 설명하는 글에서 이런 내용은 부적절하겠지만, 자서전 쓰기가 알게 모르게 지닐 수 있는 한계점이나 취약점에서 벗어나길 바라는 의도에서 밝히는 것이다.

높은 자리에 오를 정도로 능력이 있는 사람이라면 공적 자리에서 발언(인사말, 축사, 담화문 등등)할 때 자기 집필 능력을 갖추는 것은 당연하다. 그런데 아랫사람이 써 주는 일도 있다고 한다. 일반인도 긴 글 또는 단행본을 쓰고자 할 때 자기 집필 능력을 갖추지 못해서, 또는 집필 시간이 부족해서 대필 작가(ghost writer)에게 의뢰하는 일이 있다. 대필 작가는 'ghost writer'라는 원어대로 떳떳이 명함을 내밀지 못하는 사회적 분위기 탓에 '유령 작가'라는 오명을 받아온 것은 사실이다. 대필을 해 주되, 어떤 방법으로 해 주느냐에 따라 그리고 의뢰한 사람은 어떤 자세로 대필 작가의 조언을 받아들이느냐에 따라 대필 작가에게 의뢰한 것에 대한 평가가 달라질 것이다. 글쓰기 개인 교습을 받듯이 대필 작가에게 의뢰한다면 말이다. 그런 점에서 대필 작가에게 의뢰하는 것 자체를 무조건 부정적으로 볼 수는 없다.

이청준의 단편 「자서전들 쓰십시다」(1976 발표, 『자서전들 쓰십시다』, 열림원, 2000)」에서 3인칭 주인공 윤지욱은 5년 차 자서전 대필 작가이다. 그간 교육자, 사업가, 정치인, 종교인 등 많은 분의 자서전을 대필하면서 생계를 꾸려왔다. 그는 당시 인기 코미디언 피문오와 최상윤 선생의 자서전 집필을 의뢰받는다. 최상윤은 10만 평 야산을 옥토로 개간한 입지적 인물이다. 어느 날 그는 최상윤의 삶에 감동을 받아서인지, 피문오의 자서전 '흐르지 않는 눈물'을 써주는 것에 대해 심한 자괴감에 빠진다. 자서전을 통해서 과거를 미화, 과장하면서 불변의 우상적 인물로 남으려 한다는 피문오의 오만함을 감지했기 때문이다. 그런 사람의 자서전이란 공허한 '언어의 유희'로 남을 것이며, 기만(欺瞞) 행위가 된다고 판단을 한다. 그저 자신을 부풀리고 자신의 과오를 무작정 미화하거나 단순히 망각하고 도배하는 행위나 다름없다는 것이다. 자서전의 본뜻이 되어야 할, 시대나 역사에 대한 진실의 증언과는 아무런 관련도 없으며, 과거를 참회의 아픔으로 돌아보는 정직성과 성실한 자기 애정이 없다는 것이다. 그런 자서전은 발표한들 어두운 과거에서 밝고 참된 자기 해방을 맞이할 수가 없다는 것이다. 실지론 무능하면서 겉으론 훌륭한 위인의 몸짓을 흉내 내는 것과도 같은 거짓 표상인 동상(銅像)으로 남는 격이 된다고 한다. 피문오처럼 누구나 살면서 갈등은 겪고 과오를 저지르기도 하지만, 이런 점들을 일사불란한 신념의 옷으로 위장이나 하는 사람들이 있다는 것이다. 이상의 내용이 지욱이 피문오의 자서전 대필을 거부하는 이유이다. 그것은 지욱만의 편견이기도 하다. 세상에는 어차피 절대 선은 존재하지 않으며 사람은 완벽하게 순수하게만 살 수 없는 것이다.

지욱은 최상윤 선생의 삶을 상세히 알기 위해 지방에 거주하는 그를 찾아 나서는 길에 피문오에게 자서전 대필을 거절하는 이유를 상세히 정중한 어조로 써서 당일 속달로 부친다.

최상윤은 지욱에게 자서전 대필에 대해 무척 부끄러워하며 겸손한 태도로 나온다. 지욱의 눈에 최상윤의 삶은 한마디로 매우 성실하고 값진 인생으로 보였다. 그의 삶에는 꾸밈이 없었다. 직접 가꾼 농작물로 원시적으로 섭생(攝生)을 하되 음식에다 무분별한 가공을 하지 않으며, 양념을 넣는 것도 거부한다. 그런 그를 따르는 후계자들이 그의 곁에 있다. 추운 날씨에도 온돌방을 사용하지 않고 이중 흙벽을 사용한다. 그는 학력을 추종하는 사회 풍조를 거부한다. 그의 제자들에게 정치, 사회상에 대해 무관심을 강요한다. 지욱에게 최상윤의 방식은 어찌 보면 자기 신념이 너무 강한 맹목적 아집으로 보인다. 최상윤의 신념에는 그 어떤 회의가 보이지 않기 때문이다. 그는 너무 엄격한 극기 생활을 꾸리고 오직 기독교 사상만 추종한다. 지욱은 그런 그에게서 오히려 가식(假飾)을 느꼈다. 지욱으로선 최상윤에 대해 사람이 어찌 이토록 성인군자처럼 완벽할 수 있는지 오히려 두려움을 느낀다. 어찌 보면 최상윤 역시 피문오처럼 자기 오만, 자기기만에 빠진 인물일 수도 있다. 최상윤은 자서전을 쓰면서 더욱 힘차게 펼치려는 자기 지향의 미래를 간직하려 하며, 자기 신념을 더욱 실현해 나가는 방편으로 삼으려는 것으로 보였다. 그 결과 지욱은 그의 자서전을 써주는 것을 또한 거부할지 말지 보류한 채 그와 헤어진다.

그날 밤, 지욱이 그의 하숙방으로 돌아오자 지욱의 속달 편지를 받은 피문오가 매니저인 듯한 사람을 동반하고서 기다리고 있었다. 피문오는 무척 화를 내며 원색적인 감정까지 드러내며 지욱에게 항변한다. 자서전을 자신이 직접 쓰는 것이나 대필 작가에게 맡기는 것에는 차이가 없다는 것이다. 자신이 쓴다 해도 과오를 숨기고 어차피 과장하긴 마찬가지라는 것이다. 자신도 나름 양심적으로 열심히 살아왔고 과거를 애써 도배질하는 등 가식 행위는 하지 않는다는 것이다. 그의 항변을 들어 보면 나름의 일리가 있어 보인다. 지욱은 끝내 자서전 대필을 거부하고, 장시간 항변에 지친 피문오가 결국 돌아가는 것으로 소설은 끝난다.

이 작품에서 한 가지 우스운 장면이 있다. 피문오는 항변 중에 코미디언답게 이런 대사를 읊는다. 예전에 골목길에서 오가던 "고장 난 시계나 라디오를 고칩니다. 채권 삽니다. 부서진 우산이나 빈 병 삽니다."라는 외침이다. 그러면서 이어서 "자서전이나 회고록들 쓰십시다아." 하고 외친다(이청준 같은 책 85쪽 참조). 이처럼 지욱은 골목길에서 외치며 고객을 찾는 것처럼 자서전 대필을 홍보한 것이고, 피문오는 대필업자 지욱의 고객이 되었다는 것이다. 그래놓고선 지욱의 갑작스러운 집필 거절은 부당하다는 것이다.

피문오와 최상윤의 삶은 단지 각기 사는 방식에서 서로 차이가 있을 뿐, 두 사람이 자서전의 주인공이 되기에 부적절하다고 단정한다면 그 근거는 거의 비슷하다. 피문오와 최상윤의 삶을 통해서 자서전 쓰기가 지니고 있는 취약점이나 한계점은 참고할 필요가 있다. 소설은, 자서전에서 공연한 자기 미화나 자기 과시, 자기기만을 버리고 정직함, 진솔함, 객관적인 자기평가를 기본적으로 지니자는 것을 은연중 말하고 있다.

대필 작가의 고민은 김인숙의 단편 「그 여자의 자서전(『창작과 비평』, 2003년 여름호)에서도 나온다. 일인칭 여주인공은 반지하 전세방에서 어렵게 사는 작가이다. 그녀는 대학 시간강사인 남자 선배의 도움으로 자서전 대필을 맡게 된다. 대필 수당이 거액이라서, 어렵게 사는 그녀로선 큰 행운이다. 대필을 의뢰한 남자 이호갑은 52세로, 빈궁하게 살던 성장기에 고학하며 자수성가해서 많은 재산을 축적하고 장학재단을 만들고 민주화운동에도 일부나마 기여한 정치인이다. 그녀의 대학 시간강사 선배는 이호갑으로 인해 선배의 아버지가 화병을 앓을 정도로 선산이 금전적 손해를 입었기에 그만 그 자서전 대필을 거부한 것이다.

그런데 이호갑은 곧 선거운동을 하는 처지라서 민주화운동 경력을 핵심적으로 강조하며, 일부 내용을 부풀리면서까지 써 주길 은연중 요구한다. 그러던 중 오빠의 전화를 받게 되면서 오빠와 자신의 생애를 돌아보게 된다. 오빠는 자신에게 대학 학비와 현재 사는 집값을 대주었다. 시골에서 성장할 때 그 남매의 아버지는 읍내 중학교 서무직원이었다. 아버지는 남매에게 늘 책을 읽으라며 훈계를 했다. 책속에 진리와 길이 있고, 당신이 미처 가르치지 못한 것도 책 속에 있다고 하면서. 아버지는 교사가 되고자 했는데 이루지 못했다. 그래서 아들인 오빠에게 늘 기대가 많았다. 그 오빠는 공무원이 되었다. 결혼 후 공무원 월급으론 생활이 힘들다는 아내의 투정에 못 이겨 통닭집을 개업했다. 그러던 중, 미성년자에게 주류를 팔았다는 이유로 벌금을 물게 되었고, 생활이 그만큼 힘들게 되자 여동생에게 도움을 청하는 전화를 하게 된 것이다. 주인공은 곧 단행본이 나오면 금전적 도움을 주겠노라고 답을 한다.

자서전 대필 의뢰인 이호갑과, 빈곤층으로 전락한 그녀의 오빠는 살아온 방식이 너무 대조적이다. 이호갑은 빈곤한 처지에서 노력하여 성공했는데, 오빠는 그러지 못한 사람이다. 주인공은 금전 욕구로 인해, 자서전 의뢰인의 일생이 어디까지 진실인지 여부를 따질 필요가 없이 오직 금전적 대가만 바라며 집필해야 하는 자신의 처지에 비애를 느낀다. 그녀는 유년 시절 시골집에서 책장을 차지했던 전집들을 떠올린다. 그 전집들은 자녀에 대한 아버지의 기대와 소망이 담긴 것이다. 그녀는 자신이 대필한 이호갑의 자서전도 그 책장에 꽂힐 것을 상상하면서, 유년 시절로 돌아가서 그녀와 오빠가 그 책갈피에다 연초록색 나뭇잎을 끼워 넣으며 며칠 후 실제보다 더 아름답고 실제보다 더 영원한 모습이 된 나뭇잎을 즐거이 확인하는 모습을 상상한다. 멋진 모습의 책갈피가 된 나뭇잎처럼, 소설 쓰듯이 쓰는 자서전이란 실제보다 더 훌륭한 삶으로 변한다는 것을 비유하고 있는 것이다.

이 소설은 자서전에서 주인공의 삶은 있는 그대로의 진실성을 보여주어야 하는데, 정작 그렇지 못하다는 현 실정을 보여주고 있다. 「자서전들 쓰십시다」와 「그 여자의 자서전」은 대필 작가 눈에 비치는 자서전 내용의 진실성에 대해 생각을 해 보게 한다.

PART 4
자서전 쓰기의 비법

이제 자서전을 채울 내용이 완성되었다. 하나의 상품으로 좋은 자서전을 완성해서 독자에게 내놓기 위해선 최종 점검을 해야 한다. 좋은 자서전에 대해서는 지금까지 자서전의 특성, 과거를 기억하는 방법, 그것을 통한 자아 성찰과 정체성 찾기, 많은 체험 중에서 글감 찾는 방법 등을 통해서 설명했다. 이들을 잘 정리한다면 잘 쓴 자서전이란 어떤 것인지 감이 올 것이다. 그러면 제대로 잘 쓰기 위한 비법으로 삼가야 할 내용을 제시한다.

23.
자서전에서 삼가야 할 내용

23-1. 자랑거리만이 내 인생

대인관계에서 서로 허물이 없는 사이라면 자연스럽게 자기 자랑을 할 수 있다. 자서전에서는 저자가 고생 끝에 국민으로서 인정해 줄 정도로 사회적으로나 개인적으로 큰 업적(금메달 수상, 무형문화재나 인간문화재 취득, 의로운 단체 설립, 수상 등등)을 냈다면, 그렇게 되기까지의 고생담을 자연스럽게 자랑삼아 또는 교훈적으로 들려줄 수 있으며, 독자도 얼마든지 자연스럽게 받아들인다. 자서전에서도 이야기 전개상 필요에 의해 '그간 나의 근무 성적이 좋았는지 승진하게 되었다.'라는 정도로 쓸 수 있다. 자신이 원하던 일이고 좋은 대우를 해주는 일터라서 만족하고, 열심히 근무했다는 정도로 간단히 서술해도 충분하다. 승진해서 말년에 최고 위치에 올랐다는 사실만 나열해도 그 사람의 유능함은 굳이 설명할 필요가 없다. 그렇지만 자신은 마치 평생 실수하지 않을 만큼 초능력 소유자인 양 자랑거리만 늘어놓는 것은 정말 곤란하다. 남의 귀감이 된 사람이라도 죽을 때까지 어찌 한 점 실수 없이 잘난 사람으로만 평생 살아왔겠는가?

필자가 본 바에 의하면, 뜬금없이 자기 자랑이 심하고 자기 잘난 맛에 사는 사람은 평소 자기 성찰, 자기반성 등의 자세를 지니지 못하다 보니 알게 모르게 실수와 잘못을 더 잘 저지른다. 진정 '된 사람'이며, 똑똑한 사람이라면 특별한 의도가 없이 노골적인 자기 자랑을 함부로 하지 않는다. 쓸데없이 남을 비판하지도 않는다. 자신에 대해 자랑거리를 앞세우는 것은 심리적으로는 자기방어인데, 나쁘게 보면 자만심이 있는 것이다. 자만심을 지니면 자신은 관대하게 보면서 남을 무시하는 습성을 지니게 한다. 자만심보다는 자신감을 키워야 한다!

23-2. 아전인수(我田引水)와 공연한 미화

수기, 논픽션에서도 마찬가지이지만, 자서전에서는 타인과 자신 사이에 벌어졌던 일에 대해선 얼마든지 들려줄 수 있다. 남과 다투었던 일을 쓸 때 자신과 상대의 잘잘못을 각각 분명히 밝히면서 써야 신빙성 있는 내용이 된다. 단, 자신이 억울하게 상대방으로부터 부당하게 당한 일을 쓸 때는 예외이다. 남과 갈등을 겪은 일을 쓸 때는 '그때 내 입장으로는 이러했다.'라는 식으로 솔직하면서도 객관화된 시선을 유지하며 쓰자. 아전인수 격으로 상대의 잘못만 들추어내며 쓴다면 독자로선 시비 판정에서 애매함을 느낀다. 아전인수의 글, 곡학아세(曲學阿世)의 글, 권력 이익에 편승한 글, 사실 왜곡의 글들도 모두 바람직하지 않은 글이다.

자신이 확실히 눈으로 보고 겪은 것만이 확실한 내용이다. '카더라(소문으로 들은 것)' 내용과 진짜 사실은 구분해야 한다. '내가 들은(알고 있는) 바로는 이러했다', '나의 편견일지는 모른다', '그것은 나의 추측이었다.' 등의 표현으로 신빙성을 유지해야 한다. 확실히 내막을 알지도 못한 채 지레짐작이나 근거 없는 풍문을 근거로 해서 단정 짓는 내용은 정말 조심해야 한다. 추측과 사실은 구분해야 한다. 그러지 못하면 자서전 발표 이후에 해당 내용에 관계된 당사자와 분쟁이 생길 수 있다.

무조건 미화하는 내용도 그렇다. 공적인 업적을 낸 개인에 대한 어떤 인터뷰 기사문에서도 이런 역겨운 내용을 보았다. 현재 업적을 미화하다 보니 그 사람이 살아온 방식까지 모두 좋게 보는 것이다. 그중에는 통상적인 기준으론 도저히 바람직하지 않은 것으로 판단되는 일화가 있는데, 그것까지 잘한 일인 양 합리화하는 것이다. 이런 방향의 글은 사실을 왜곡하는 글이 된다. 자서전에서도 특별한 판단 기준이 없이 자신의 행동이나 타인의 행동을 무조건 미화하는 내용은 삼갈 것이다.

사람은 어떤 상황에서 어떤 계기로 인해 악행을 저지르는지 들려주고자 해서, 참회하려는 순수한 의도에서 자신의 악행을 자서전에 쓴다면 독자로선 반면교사로 삼으며 자연스럽게 받아줄 수 있다. 이런 순수한 참회의 글은, 오래전 잡지에서 실화나 수기라는 명칭하에 익명 처리를 한 채 가끔 발표가 되었다. 이와는 정반대 경우가 있다. 어떤 사람이 가정, 학교, 직장에서든 한때 잘못이나 악행을 저질러서 막대한 정신적·물질적 피해를 주고 징계까지 받았다면 본인 스스로 수치로 여겨서 평생 숨길 것 같은데, 의외로 극단적인 타락을 해 보았다며 과시하듯 털어놓는 사람도 있다. 성당의 고해성사하는 자리에선 무조건 참회하고 반성한다고 애절하게 토로해 놓고선 뒤돌아서서는 마치 영웅 심리처럼 자랑스럽게 털어놓는 이중적 행위이다. 상대방이 들어주기에는 정말 혐오스러운데도 본인은 산전수전 겪어보았다는 식으로 자랑하는 것이다. 설마 이런 내용을 자서전에 쓰는 분은 없을 것이다. 자서전 쓰기 교실의 지도강사나 미리 읽어 본 상식이 있는 수강생이라면 당연히 삭제를 요청할 내용이다. 일반 독자에게 특히 자라나는 청소년 독자에게는 명백히 그릇된 심성을 가르쳐주기 때문이다.

23-3. 지루한 내용과 삼천포로 빠지는 내용

연극, 영화에서도 배우가 어떤 사건에 대해 같은 배경에서 똑같은 어조의 대사로 내내 들려주면 관객은 지루해한다. 글에서도 변화가 없는 유사한 내용만 나열되면 독자는 지루함을 느낀다. 어느 시기에 겪었던 한 가지 사건에 대해서만 너무 지속해서 설명하는 것에서도 지루함을 느낀다. 방대한 자신의 생애 이야기 중에서 취사선택하되, 간간이 내용을 달리하는 것이 좋다. 자서전에서 흔하고 무미건조한 일과밖에 들려줄 것이 없다면 그 부분은 몇 문장으로 간단히 설명하고 시공간을 달리해서 다른 이야기로 넘어가야 한다. 한 권의 책 자서전에는 분량의 제한이 있다는 것을 명심하라.

삼천포로 빠지는 내용도 주의할 일이다. 이런 예는 자서전 외에도 모든 종류의 글쓰기에서도 가장 경계할 일이다. A라는 이야기를 하다가 그것이 어떻게 되었다는 것인지 설명을 아예 생략하고 갑자기 B라는 이야기를 끄집어내는 것이 삼천포로 빠지는 것이다. 소설에서도 작가가 어떤 사건을 끄집어냈으면 그에 대한 내용을 책임감 있게 직접 설명하든 암시하든 밝혀야 할 텐데 통 밝히지 않고 다른 사건을 전개하는 것도 그러하다. 이렇게 되면 작가의 무책임한 이야기 구성이라는 비평을 받게 된다. 삼천포로 빠지는 것은 애초에 쓰고자 하는 열의와 쓸 거리가 없기에 무엇을 말하려는지 주제 의식은 간데없고 아무 이야기나 끄집어내서 주어진 매수나 채우려는 의도가 담긴 글에서나 나타난다.

23-4. 오해와 오류가 있는 표현

말은 '아' 다르고 '어' 다르다. 말조심하자는 뜻에서 흔히 하는 말이다. 같은 뜻을 가진 문장이라도 어떻게 표현하느냐에 따라 의미 전달이 제대로 되기도 하고, 그렇지 않기도 한다. 심하면 서로 피곤하게 괜한 오해를 일으키는 일이 생긴다. 이런 일은 일상 대화 현장에서도 벌어진다. '거래처의 그 사장은 여자라서 그렇게 행동했다.'라는 문장을 쓸 때도 조심스럽게 처리해야 한다. 여자라서 그런 행동을 한 것인지, 한 인간으로서 개성이 있어서 그런 행동을 한 것인지는 잘 구분하고서 써야 한다. '방조(幇助)하다'와 '조장(助長)하다'는 모두 범죄나 바람직하지 않은 일을 하도록 도와준다는 뜻인데, 좋은 일을 도와준다는 표현에선 정말 부적절하다. 심하면 오해를 불러일으킨다. 이처럼 어떤 단어를 사용했으며, 어떤 느낌을 주는 표현법을 구사했는지에 따라 의미는 달라질 수 있다는 것을 염두에 두고 문장에서 오해와 오류가 있는지 여부를 잘 검토해야겠다.

사실 우리 일상 대화를 보면 그릇된 판단을 불러일으키는 오류에 찬 표현은 적지 않다. 수학능력 공부 중 언어영역을 보면 부분을 가지고 전체를 판단하는 오류, 권위에 의존해서 옳다고 말하는 오류 등등 오류의 종류는 많다.

　'내 직장의 상사는 다른 사람들에게는 함부로 대해도 나에게는 함부로 대하지 않는다.' 자신이 그만큼 유능하고 우수한 사원이라는 뜻에서 하는 자랑이다. 이 말을 듣는 사람으로선 '그 직장에는 함부로 대함이나 받는 형편없는 사원들이 많았나 보다.' 하고 오해할 수 있다. 함부로 대함을 받는 사원들이 과연 얼마나 되는지 따져 보고 판단해 보아야 한다. 상사가 자신에게 함부로 대하지 않았다는 것은 혹시 나중에 힘든 일을 맡기려는 꿍꿍이 수작으로 인한 것인지도 모른다. 겉으로 드러난 사실만 가지고 판단하지 말고 진실을 바로 알고 써야 한다. 이런 언어 습관은 일상에서도 요구된다.

24.
그래도 긍정적 마인드를 지향하기

글 쓰는 사람 중에는, 남의 의견을 잘 수용하는 유형이 있고, 남의 의견을 참조하되 자신의 개성을 중시하는 유형이 있다. 그 외 비판적 사고에 능통한 유형이 있고 긍정적 사고에 능통한 유형이 있다. 자서전 저자가 비판적 사고에 능통하다면 자서전 내용에 비판적 내용을 담을 수 있고, 긍정적 사고에 능통하다면 긍정적 내용을 담게 마련이다. 긍정하는 것은 체념하는 것과 낙관하는 것과도 다르다. 긍정하는 것은 무작정 체념하는 것은 아니고, 좋은 게 좋다는 식으로 무조건 낙관하는 것도 아니다. 무작정 체념에 빠지는 것과 안이하게 낙관하는 것은 발전이 없으며, 바람직하지도 않다. 그렇다고 비관론자가 되라는 말은 아니다. 사실 비관론자들은 자기방어와 투사라는 심리적 행동을 잘하기에 오히려 일을 잘한다고 한다. 그들은 필요에 따라 적절하게 자신을 부정하며 마음을 비우며 반성을 잘한다. 긍정적 마인드를 지닌 사람도 비관론자의 습성을 적절한 선에서 활용할 필요는 있다.

자서전은 긍정적이고 행복한 마음을 지향하는 글이다. 자신의 고생스러웠고 실패했던 경험을 고백하되, 결론에서는 희망의 싹을 틔울 것을 지향하자는 의미에서 하는 말이다. 오래전 베스트셀러 책 제목처럼, 청춘은 아프다고 했지만, 나이를 불문하고 미래를 개척하며 오늘의 고통을 참으며 지낸다면 누구나 아프고 고통스러운 법이다. 그래도 그것을 삶의 과정으로 여기면 어떨까? 그래서 자서전에서 고생스러웠던 과거를 추억해서 들려줄 때는 마음을 정리하면서 되도록 긍정적 마인드로 바라보는 자세가 필요하다. 그 결과, 추억은 슬퍼도 회상하는 시점에서는 아름답게 보이게 된다.

그 반면, 괴롭고 고생스러웠던 이야기가 평생 가슴에 묻어둘 수밖에 없는 경우도 있다. 괴롭고 고생스러웠던 과거를 현재 시점에서 관대하게 바라보느냐, 그것을 그때의 정서 그대로 안고서 바라보느냐는 어디까지나 그 사람의 심적 상태에 달려 있다. 아무리 현재에 행복을 누린다 해도 정말로 괴로웠던 과거 사연이라서 떠올리는 것조차 괴로운 경우도 있을 것이다. 도저히 용서할 수 없는 사람은 용서할 수 없는 상태로 남는다 해도 도리가 없다. 과거 기억이 현재에 상처만 안겨준다면, 또한 그런 과거와 화해되지 않는다면 분노, 공격적 행동, 우울 등의 비생산적 정서만 갖게 된다. 자신이 겪은 상처 중에서 억울한 사연이나 부당한 학대를 받은 것을 자서전에 쓰는 일도 있다. 그래도 그 순간만이라도 우울한 과거를 정리하며 극복, 승화하는 자세를 지닐 것을 권한다. 자신의 고민은 어차피 자신의 몫이다. 물론 우울한 내용을 남에게 하소연한다고 해서 마음 치료가 완벽하게 된다는 보장은 없다. 인간은 신이 아닌 이상 완벽하지 않지만, 그래도 스스로 치유할 수 있도록 긍정적 마인드를 지녀야 할 것이다. 긍정적 마인드를 뜻하는 유행어 세 가지가 있다. 언제부터인지 상투적으로 오갔던 말들이다.

'이것 또한 지나가리라(This, too, shall Pass Away).' 이 말은, 미국의 시인이자 음악가 렌터 윌슨 스미스(Lanta Wilson Smith,

1856~1939)의 시 제목인데, 국내에선 류시화 시인의 엮은 시집 『사랑하라, 한 번도 사랑받지 않은 것처럼(2005)』에 소개되었다. '이것 또한 지나가리라.'라는 말은 시간은 물리적으로 흘러간다는 무척 단순한 현상을 말하는데, 자살 충동에 쌓인 사람에게 해 주기 딱 좋은 말이다. 그 어떤 고통과 절망도 아예 일어나지 않았던 일로 여기면 그렇게 된다는 주문(呪文)과도 같은 말이기 때문이다. 한때 멋모르고 미숙한 판단으로 무작정 집착했던 일도 지나고 보면 부질없던 일로 여겨지는 것과도 같다.

'인생, 뭐 별것 있냐?' 잘 살든 못 살든 살아 있다는 것만으로 축복이니 고통과 절망으로 너무 마음 쓰면서 지내지 말자는 것으로 해석할 수 있다.

'인생, 오래 살고 볼 일이다.' 오늘이 고통스럽다고 쉽게 인생을 포기하지 말라는 것이다. 필자가 자서전 쓰기 교실에서 들었던 어느 중년 남자 수강생의 사연이 떠오른다. IMF가 벌어진 40대 초반에 사업 부도로 집이 없어지고 극심한 생활고를 겪게 되었다. 두 자녀에게 도시락조차 싸주지 못했고, 우울증에 생활 의욕조차 통 안 나고 알코올 중독에 자살까지 하려 했다고 한다. 그 시절에 생활고로 노점상부터 막일을 하는 사람은 대부분 여성이었다는 기사문이 있었다. 여자들은 극한 상황에서 강하게 움직인다는 것이다. 몇 달 후 아내의 설득으로 간신히 마음잡고 차근차근 빚부터 갚기 위해 고수입 막노동부터 했다. 술 담배를 끊고 사람들 만나는 일도 당분간 미루었다. 사업했을 때 인덕이 좋았던 덕에 주변 사람의 도움으로 싸구려 이동식 주택에서 지냈다. 그렇게 지낸 결과 5년 만에 겨우 빚을 다 갚았다. 그간 온 식구는 허접한 밥상을 차려 주어도 꾹 참고 다 같이 단결하는 정신으로 버티며 거의 난민 수준으로 지냈다. 전화위복이란 말대로, 예전보다 부부간의 금슬이 더 좋아지고, 다른 때와는 달리 자녀들도 알아서 공부를 잘했다. 다시 직장을 구하고 맞벌이에, 퇴근 후에는 아르바이트를 하며 더욱 악착같이 절약하고 돈을 모았다. 지성이면 감천인지, 사업 부도 전에 워낙 사위 노릇을 잘했던 덕에 뜻하지 않았던 재산을 처가에서 물려받게 되었고, 10년 전과 똑같이 넓은 아파트를 사게 되었다고 한다. 그 와중에 자녀들은 알아서 제 할 일을 잘했고, 대학생이 되었다. 그간 가족 중 누구 하나 중병에 안 걸리고 지내온 것이 너무 감사하다고 했다. 어느 때에는 10년 전 파산했을 때에 자살 준비를 했었던 일을 애써 떠올리면 '나에게 그런 일이 있었나?' 하며 아예 기억조차 나지 않는다고 했다. (모두 웃음) 곧 가족과 해외여행을 떠난다고 하면서 이렇게 말했다.

"인생은, 역시 오래 살고 볼 일입니다."

25.
자서전에서 사실 폭로의
한계성과 표현의 자유

　　　　　자서전이든 그 어떤 글이든 일단 쓰고 발표한다
면 그 내용에 대해선 누구나 자부심과 당당함이 있다. 자서전에서
그 어떤 내용을 고백하든 저자의 재량이며 권한이라서, 저자는 불편
한 대인관계를 각오하면서 털어놓고 처리하면 된다. 그렇지만 확실하
지 않은 내용을 털어놓아서 법적 문제로 이어질 우려가 있다면 조심
해야 한다. 다들 매스컴의 위력을 의식하기 때문이다. 물론 쓰는 사
람이 정당하고 특별한 의도하에 폭로하는 것이라고 자부하고, 그 뒷
일을 감당할 각오가 있다면 뭐라고 탓할 여지가 없다.

　오래전 어느 유명 연예인이 자신의 자서전에서 자신의 계모를 좋지
않은 식으로 표현을 해서 그 계모가 법정 소송까지 벌인 사건이 있었
다. 그 자서전에서 계모가 친모처럼 잘해 준 점은 싹 빼고 나쁜 점만
집중적으로 기록한 탓이다. 내가 아는 어떤 분은 초등학생 때부터 부
모님과 떨어져서 서울에서 하숙을 했는데, 같이 하숙했던 사촌 형님
으로부터 말을 듣지 않았을 때 자주 얻어맞았다는 점을 자서전에다
죄 고백했다. 사촌 형님의 실명을 밝히지 않았기에 명예훼손죄에 걸
리지 않는다. 그 자서전은 제법 잘 팔렸는데, 그 연로한 그 사촌 형님

으로부터 항의 전화가 왔다고 한다. 이런 일은 많이 팔려서 독자들에게 인지도가 생겼을 때 벌어진다. 폭로 당한 당사자가 저자와 싸움을 벌인들, 그 책이 판금 조치를 당하지 않는 한, 결국 저자가 승리한다. "죄짓고는 못 산다"는 말이 있듯이, 나이 어린 조카가 훗날 책에다 고발할 정도로 폭력을 행사한 사촌 형님이 감수할 몫이다.

『한비자』의 「세난」 편에 나오는 "역린지화(逆鱗之禍)"란 말은, 상대방의 약점을 건드려서 화를 자초한다는 뜻이다. '역린'은 용의 턱 아래에 있는 비늘을 가리킨다. 들추어내서 화를 초래하는 것으론 사람의 치부나 핵심 콤플렉스, 사회적 금기(禁忌)와 불문율이 있다. 글에서도 금기를 건드려서 화를 자초한 역린지화는 있어 왔다. 작가에게 사회적 금기를 지키면서 집필할 것을 요구한다면 작가로선 표현의 자유를 억압당하는 것이다. 그래서 "금기를 금지하라."라는 말이 나왔다. 금기에 해당하는 내용 역시 기왕 일어난 사실이고 사건인데, 밝히고 안 밝히고의 차이만 있을 뿐이다. 아무리 감추어도 운명에 의해 드러날 것은 드러난다는 말이 있다. 작가는 표현의 자유에 의해 금기를 용기 있게 발설한다면 독자로선 사람 사는 세상에서 벌어지는 하나의 자연스러운 사건으로 무덤덤하게 넘기기 마련이다. 소설의 경우, 근대에 들어와서 사실주의 정신에 입각해서 인간 심리나 인생사의 미추(美醜)를 밝히느라 소재와 내용의 제한이 없어졌다. 그런데 현실적으로 어디까지 표현의 자유가 허용되는지 현재에도 논란이 있다. 세계문학사를 보더라도 특정한 시대의 정치적 비화를 나타내서 판금 조치를 받은 소설은 어느 시대에든 있었다. 이에 대해 움베르토 에코(Umberto Eco, 1932~2016)의 소설 『장미의 이름(1980)』을 본다.

A.D 1372년 어느 날, 이탈리아 수도원에서 수사들의 잇따른 죽음을 부른 책이 있었다. 이 금지된 책은 바로 아리스토텔레스의 『시

학』 제2부 「희극론」이다. 영국 출신 수도사 '윌리엄'과 '아드소' 수련생이 등장하면서 7일간 그 진실을 파헤친다. 그 책을 통해 진리는 웃음을 수단으로 전달할 수 있으며, 웃음은 권위를 비판하고 경건함을 조롱하며 절대성을 파괴한다는 이치를 알고 있는 광인 수도사 '호르헤'는 고대 철학자의 이 위험한 사상을 영원히 묻어 두고자 해서 그 책의 해당 부분에 독을 발라서 침을 묻혀서 넘기면 죽게끔 했던 것이다. 그 자신도 책의 해당 부분을 먹으면서 결국 죽음을 자초한다. 제목 '장미'는 절대적 진리를 비유한다. 절대적 진리란 시간이 흐르면서 변화하고 소멸되고 이름만 남는 형상이며, 이미지일 뿐이다. 그런 뜻에서 한때 호화찬란했던 수도원이 작품 마지막에는 폐허와 죽음의 형상으로 남는다. 장미가 부귀, 영화, 영광, 권위, 세력을 의미한다면 영원하지 못하다는 것이다. 저자는 호르헤 신부를 통해서 그림자에 불과한 중세의 절대 진리에 목숨 거는 것이 결국 갈등을 일으킨다는 지적 허무주의를 보여주었다. 금기는 어떻게 해서 밝혀지는지 예를 들기 위해서 이 책을 잠시 소개했다.

폭로라는 말의 어감은 다소 부정적인 느낌을 준다. 건전하게 알린다기보다는 어딘지 투쟁성을 지향하는 단어이다. 폭로성 내용은 자서전에서도 부분적으로 나올 수 있다. 쓰는 사람이 진실을 알린다는 의도로 쓴다 해도 그로 인해 애꿏은 사람에게 최소한 피해가 가지 않도록 익명 처리를 하는 것이 무난한 방법이다.

이와는 정반대로 독자가 저자를 폭로하는 일도 있다. 인터넷 독자 서평란에다 명예훼손죄에 걸릴 것을 각오하였는지 악성 댓글을 다는 일이 실지로 있었다. 짐작건대, 저자가 과거에 고의로 채무를 변제하지 않았다든지, 고소장이나 내용증명을 받을 정도로 타인에게 물질적, 정신적 피해를 안겨주고도 전혀 화해와 보상을 하지 않은 것, 그 외 모종의 씻을 수 없는 상처를 안겨준 것 등등 정서적으로 용납이 안 되는 행동을 벌였다는 것이 그 이유이다. 저자로선 이런 일은 진작 해결하든지 애초에 벌이지 말아야 할 것이다.

개인사 중에서 차마 드러낼 수 없는 것을 폭로한 소설이 있었다. 1990년도에 유명 출판사에서 나온 어느 장편소설이 있었다. 제목은 밝히지 않는다. 그 소설은 훗날 영화로도 나왔다. 필자는 개인적으로 그 저자를 잘 알고 있기에 또한 당시에 매우 화제가 되었기에 읽어 보았다. 어느 평론가는 그 책 후기에 매우 놀라운 소설이니 당대 한창 유입되기 시작한 포스트모더니즘 소설이라며 극찬을 아끼지 않았다. 이렇게 의도적으로 작품을 띄어주는 것으로 베스트셀러가 되는 풍조는 문단의 고질적 병폐이다. 도대체 어떤 점에서 포스트모더니즘인지, 놀라운 소설인지? 필자 개인적 평가에 의하면 그렇지 않다. 그 소설은 보통의 장편보다는 분량이 두껍지만, 고교생이 읽어도 내용 파악이 쉬운 문장으로만 되어 있다. 그 소설은 일생 어느 한순간의 개인 경험담을 소설 형식을 빌려 쓴 글이다. 주제라고 해봐야 특별한 것은 없고, 내용 중간중간에 나타나는 주인공들의 사소한 일과와 행위가 포인트이다. 소설에서 남주인공은 작가 자신이라는 것이 어렵지 않게 감지된다. 여주인공도 실존 인물이다.

기혼에 두 자녀를 둔 30세 남주인공은 대학교와 대학원 후배인 여주인공(비혼)과 프랑스에서 동거를 한다. 그 시절에는 분명 간통죄가 있었고, 사회적 규범상 두 사람은 도저히 동거할 수 없는 조건에 놓여 있는데도 왜 굳이 동거했는지 그 의도는 내용 중에 나와 있지 않다. 남자는 한국의 본가에서 지내는 아내에게 늘 이혼을 요구했지만, 아내는 끝내 응하지 않는다. 남자는 프랑스에서 여자에게 프랑스 문학에 대한 박사학위 논문을 대신 써 주고 국내에 귀국해선 문학평론가가 되도록 응모 작품까지 써 주었다. 그러다 보니 여자가 먼저 귀국하고, 남자는 뒤늦게 문학 박사학위를 받고 귀국한다. 소설은 여자가 공항에서 남자를 마중하는 장면부터 시작한다. 한국에 먼저 돌아온 여자는 남자의 헌신 덕에 이미 대학 강단에 서고 문학평론가로 등단한다. 두 사람은 한국에서 만나면 통상 연인처럼 차 몰고 연애를 즐기다가 육체관계를 맺기도 한다. 상세하게 묘사된 이 장면은 완전 포르노 수준이다. 때로는 남자는 여자를 일방적으로 비난하는 등 둘은 자주 실랑이를 벌인다. 소설은 이런 이야기로만 진행된다. 여자는 당시 유명한 모 대학교수의 후처가 되고, 남자를 끝내 배신한다.

남자는 여자가 충실히 살려고 하지 않으며, 자신의 요구(그것이 구체적으로 어떤 것인지 작품에선 알 수 없다.)대로 행동하지 않자 심한 배신감을 느끼며 분개한다. 그러자 남자는 우리가 프랑스에서 지내왔던 사연부터 현재 일까지 모두 쓴다면 한 편의 소설이 된다고 말한다. 소설로 발표하면 많이 팔려서 돈을 손에 쥐게 된다고 당당하게 말한다. 이런 내용은 독자로선 보아주기에 정말 유치하다. 결론에서 작가는 어떤 경로와 의도에 의해서 이 소설을 쓰게 되었는지를 밝혔다는 것이 특이한 기법이다. 이처럼 창작 의도를 내용 끝에다 살짝 밝히는 소설 기법은 이전에도 많이 나왔다. 이 소설은, 개인과의 이해관계에 얽힌 내용을 폭로하면서 문제를 해결하려는 의도에서 쓰인 것으로 보인다. 겨우 그 정도를 가지고 포스트모더니즘 소설 이론으로 포장되어서 화제작품인 양 홍보되었다는 것은 필자로선 받아들일 수가 없다.

모 여류소설가의 자전소설을 하나 더 예로 들겠다. 작가가 30세에 쓴 것이다. 이 자전소설은 작가의 초·중·고 시절의 일기를 한꺼번에 읽는 느낌을 줄 정도로 내용이 지루하다. 중·고 시절과 대학 시절 이야기에선 한 가지 주제를 가지고 상세하게 서술해서 그러하다. 이 자전소설에서 폭로성 내용은 부분적으로 나오고 있다.

작가는 불행하게도 정상적인 가정환경에서 자라지 못했다. 외도를 하고 딴살림을 차린 아버지로 인해 어릴 적부터 초등학교 교사인 어머니와 남동생과 같이 살았다. 중학생 시절부터 지방 초등학교에서 근무하는 어머니와 떨어져 사느라 부모로부터 각각 생활비와 학비를 지원받으며 남동생과 하숙했다. 그 과정에서 늘 서러움과 외로움을 많이 겪었다. 남동생과 서로 자신들의 처지에 대해 일부러 말을 하지 않고 지냈다고 한다. 약자 처지에 신세 한탄을 한들 서로 마음만 괴로울 뿐이라서 당대에 유행하는 유머나 들려주고는 낮잠이나 자며 현실을 잊어버리는 것으로 시간을 보냈다. 집에 어른이 없으니 여성에게 닥치는 위험한 일을 피해갈 방패막이를 익히지 못한 채 살았던 것이다. 그래서인지 대학교 1학년 때 학교 앞에서 하숙하던 중, 같은 과 2년 위 남자 선배로부터 집요한 스토킹을 당한 후 여성으로서 최악의 불미스런 일을 당했다. 작가는 그 사건에 내내 발목이 잡혀 졸업 후에 그 남자 선배가 군에서 전역하자 결혼을 강요당하며 잠시 동거까지 했다. 그것은 결과가 어찌 되었든 법적으론 '사실혼 상태'였다. 작가에겐 대학 시절에 진짜로 좋아하던 남자가 따로 있었기에 그 남자 선배와는 정식 결혼으로 이어지지 못했던 것 같았다. 여자로서 이런 체험을 글에다 고발하기란 매우 드문 일이다. 요즘 식으로 '미투 me too' 운동이다. 그 작가는 독신이라서 자전소설 형식을 빌려서 그런 고발을 할 수 있었는지 모른다. 그 남자 선배는 당시 신춘문예 당선자인데, 나중에 작가인 여 주인공과 헤어지고 다른 여자와 결혼을 했고, 문화계 명사가 되었다. 언젠가 모 여성지에서 그에 대한 자신의 해명이 기사로 나오기까지 했다. 그는 이 자전소설로 인해 자신의 과오가 만천하에 드러났고 개인적으로 곤욕을 겪었다고 한다. 그 자전소설은 주인공 여성 작가의 시선과 입장으로만 쓰였고, 숨겨진 이야기가 있을 것으로 추측되기에 누가 진정 피해자이고 가해자인지 모호하다.

위의 두 소설이 지닌 폭로성은 작가의 재량에 의한 행위라서 그에 대해 이렇다저렇다 평가할 수는 없다. 그렇지만, 글을 통해서 폭로를 해야 할 만큼 실제 현실에서 충격이 심했다면, 애초에 바람직하지 못하거나 위험한 사태이다 싶으면 아예 피해가거나 원천 봉쇄했더라면 좋았을 것이라는 아쉬움과 씁쓸함이 든다. 현실에서 겪은 불미스런 일은 일단 현실에서 화끈하게 해결했더라면 하는 아쉬움이다.

26.
품위 있는 내용과 표현

자서전에서는 내용과 표현에서 품위(품격)를 염두에 두어야 한다. 생활 수필에서도 내용과 표현에서 품위를 유지하자는 이론이 있다. 우선 비속어, 은어, 천박한 유행어의 남발이 있는 표현, 퇴폐적이고 불건전한 생각이나 행동을 내용 중에 여과 없이 그대로 드러내는 것을 삼가야 할 것이다.

학생들 경우에, 글짓기 실력과 어휘력이 부족하면 어떤 대상이나 상황을 설명할 때 문맥과 전체 글 성격에 알맞은 적절한 단어나 표현이 쉽게 떠오르지 않아서 비속어나 은어를 사용하는 예가 있다. 비속어, 은어는 특히 자서전에서도 삼가야 할 것이다. 직장 생활에서 문서를 자주 접하고 사람들과 점잖은 대화를 하다 보면 품위 있는 표현과 그에 따른 어휘력이 길러진다. 상황에 맞는 적절하고 올바른 표현, 품위 있는 표현을 기르는 방법으로는, 평소 신문이나 남의 글을 많이 읽으면서 그러한 표현이 몸에 배게 하는 것이 빠른 방법이다. 어휘력 공부는 품위 있는 표현법과 구체적 표현법을 익히기 위해서도 필요하다.

자서전 내용에는 별의별 체험담이 많다 보니 끔찍하고 혐오스러운 내용도 얼마든지 나올 수 있다. 화나는 감정, 불쾌하고 속상한 감정을 제대로 효과적으로 나타낼 필요가 있다. '대화할 때 간혹 짜증이 났다', '상대가 내 감정을 자극하는 모욕적인 언사를 마구 퍼부었기에 나도 참다못해 감정이 솟구쳤다.'와 같은 정도로 객관적으로 표현하면 되지 않을까 한다.

반면, 소설, 논픽션, 수기에선 어떤 사실이나 현상, 상황에 대해 정말로 생생하고 구체적으로 전달하기 위해, 상대방이 험악하게 대화를 하며 심하게 언어폭력을 했다는 것을 전달하기 위해서 욕설이 들어간 대화문이나 육두문자를 그대로 인용하기도 한다. 액션 영화의 대사도 특히 그러하다. 자서전에서 욕설이 들어간 대화문을 쓰지 말라는 규정은 없다. 필요에 따라 신문기사에서처럼 ○○자 표시로 처리하는 것이 좋겠다. 자서전에서도 현장감과 사실성을 주기 위해선 비속어는 쓸 수 있다. 단, 그 비속어는 특정 인물의 말을 그대로 인용할 때에나 허용되지, 설명 대목에서 자서전 저자의 육성으로 나오는 것은 곤란하다.

자서전과 수필에선 남녀 관계를 서술하는 에로틱한 성애(性愛) 장면을 노골적으로 밝히는 것은 품위에 어긋나며 미풍양속에 어긋나는 내용으로 인식되었다. 특별한 의도가 없는 한, 일부러 쓰려는 분도 없을 것 같다. 문학작품에서 에로틱한 성애(性愛)에 해당하는 내용은 무조건 금기라고 할 수는 없다. 어느 한도까지 허용되는 것인지 예전부터 논란이 있어 왔다. 소설에선 예술적 표현을 준수(遵守)하며, 주제 전개를 위해 에로틱한 장면을 구체적으로 묘사하기도 한다. 그러한 표현은 일제 강점기 작품에서도 있었다. 고전 명작 보카치오(Giovanni Boccaccio, 1313~1375)의 『데카메론(1349~1351)』에서도 외설적 내용이 더러 나온다. 야한 내용은 삼국시대에도 있었고, 『고금소총(古今笑叢, 조선 후기에 편찬)』과 같은 설화집에서 보듯이 엄격한 유교사상이 지배했던 조선 시대에도 있었다. 그러나 작가의 의도에 어긋날 정도로 지나치면 자칫 외설(猥褻) 판정을 받고 외설문학 시비에 휘말린다. 국내 작가 중에도 그런 시비로 법적 문제가 된 작가들도 있었다. 그렇지만, 자서전과 수필에선 글의 성격상 허용되지 않고 있다.

27.
문장 바로 쓰기와 표현의 구체성

　　　　모든 글에는 그 글의 성격과 목적(정보 전달, 의견
주장, 설득하기, 정서 표현 등등)에 맞는 표현 방식을 요구한다. 자서전,
논픽션, 수기 등과 같은 사실문학에서는 독자가 최소한 잘못 해석하
는 일이 없도록 모호한 표현은 삼가고, 논리와 문법에 맞게 정확하게
표현해야 한다.

　자서전에서는 특히 중고생이 읽어도 이해가 될 정도로 무분별한 현
학적 표현보다는 쉽고 효과적인 전달력을 지닌 표현이 가장 무난하
다. 표현을 쉽게 한다고 해서 쉬운 내용의 글이 되는 것은 아니다. 진
정한 전문가라면 독자의 수준에 따라 같은 내용을 다르게 전달할 줄
알아야 한다. 손쉬운 예로 병원에서 의사가 환자에게 설명할 때에,
복잡한 의학용어를 사용하지 않고서 병의 원인과 과정을 알기 쉬운
비유를 들면서 설명한다. 자서전에서도 복잡한 내용을 전달할 때에
는 독자 입장에서 이해가 잘되도록 표현하는 것은 쓰는 사람의 능력
에 달려 있다. 표현에선 쓴 사람의 의도가 제대로 드러나도록 필요에
따라 적절한 수사법을 사용하면서 명료함을 지켜야 한다. 자신을 유
일한 독자로 설정하고서 쓰는 일기에서도 독자를 의식해서 정확하고
명료하게 표현하는 습관을 지녀야 한다.

글은 하나의 유기체이다. 유기체라는 말은 부분이 전체를 이루는 필수적 구성요소라는 점을 전제로 하고 부분과 전체 간에 서로 불가결한 역할을 한다는 것을 말할 때 통용된다. 시와 소설 같은 문학작품에도 주제를 암시하기 위해서 각 문장은 보이지 않는 구성으로 유기적 관계를 이루고 있다. 그래서 문장들을 저마다 앞뒤 문장과의 관계를 따져가면서 잘 배열해야 한다. 자서전에서도 마찬가지이다.

글이란 하나의 주제 아래 이뤄진 생각의 실체이다. 글쓰기는 일차적으로 단어를 그 품사와 문장 성분에 따라 조합해서 문장을 완성하고, 그것을 모아서 단락을 만들어서 점차 하나의 주제를 지닌 글을 향해 전개하는 것이다. 문장은 정리된 생각(Idea)이나 화제(話題)의 한 조각이다. 단락은 문장이 한 개 이상 모여 통일된 생각을 나타낸 문장의 집합체이며, 글 전체의 한 단위이다. 경우에 따라 한 문장만으로 단락을 이루기도 한다. 각 단락에는 글 전체의 주제에 비해 작은 생각이 담긴 소주제가 있다. 자서전을 비롯한 산문 글에는 말하고자 하는 내용이 달라질 때마다 소제목을 달면서 단락을 구분한다. 독자에게 가독성(可讀性)을 주기 위해선 단락을 적당한 곳에서 끊는 것이 좋다. 단락은 앞 단락과 어떤 내용상의 관계를 가졌느냐에 따라 도입 단락, 중심 단락, 보조 단락, 부연 단락, 예시 단락, 강조 단락, 요약 단락 등등으로 종류가 나누어진다.

모든 글이란 문법에 맞게 정확히 쓰는 것이 생명이다. 자서전이든, 어떤 글이든 제대로 글을 쓰기 위해선 개인적으로 국어 문법 지식을 필수적으로 익혀야 한다. 중·고등학교 수준의 문법 지식이면 충분하다. 시중에 나온 문장 바로쓰기 서적을 사서 읽으면서 직접 연습하면 된다. 국어의 각 문장 성분(주어, 서술어, 목적어, 보어, 관형어, 부사어, 독립어)을 어떤 위치에서 적절하게 사용하는지를 알아야 한다. 문장에서 우선 주어와 서술어 간의 호응이 이루어지도록 작성해야 한다. '여간, 별로, 일절, 전혀, 조금도, 절대로, 그다지, 결코, 좀체' 등의 부사어는 '아니다, 않다, 없다' 등의 부정적 서술어와 호응한다.

각 단어의 품사를 알고 올바르게 띄어쓰기와 붙여쓰기를 지켜야 한다. 띄어쓰기와 붙여쓰기는 사전적 풀이를 자주 보며 독서를 많이 하면 저절로 익히게 된다. '아름다운 사람'처럼 수식어와 피수식어 사이에서는 띄어쓰기를 지킨다. '약속을 지킬 수 없었다.'에서 보듯이 의존명사(것, 대로, 만, 만큼, 바, 수, 지, ~ㄹ 뻔 등등) 앞에서 띄어쓰기를 지켜야 한다. 그런데 요즘 '이것, 저것, 마음속' 등처럼 일부 관용적 표현에선 붙여쓰기를 허용하고 있다. 국어 문법 분야 중, 두음법칙, 구개음화, 자음동화, 모음동화, 모음조화, 활음조 현상, 음운축약과 음운탈락, 사잇소리현상 등등의 기초적인 음운현상을 알아둘 필요가 있다. 예를 들어, 두음법칙을 적용해서 표기하는 단어가 있다. 의견란(意見欄), 가정란(家庭欄)에선 '란'이 한자어 뒤라서 두음법칙을 적용하지 않아서 한자 원음 그대로 '란'이고, '스포츠난, 알림난, 어린이난' 등은 외래어, 고유어 다음이라서 두음법칙을 적용해서 '난'이다. 모음조화 현상에서도 '잡다'의 활용 '잡아, 잡아라, 잡아서, 잡았다, 잡으니' 등등을 잘 몰라서 잘못 표기하는 수가 있다. 모음조화 현상을 안다면 '아름다워, 깡충깡충, 안타까워, 고마워, 꼬불꼬불' 등등처럼 옳게 표기한다. 음운탈락 현상을 안다면 '썼다, (이불을) 갰다, 깨끗지, 생각지, 청컨대, 생각건대' 등등처럼 옳게 표기한다.

단어 사용에서 뜻이 헷갈리는 유사한 단어를 알고 각 문장 뜻에 따라 알맞게 써야 한다. 특히 '다르다'와 '틀리다'를 잘 구분해서 표현해야 한다. '포기했다'와 '거부했다'도 전달되는 의미가 서로 다르다. 올바른 표준어와 맞춤법, 올바른 외국어와 외래어 사용에 대해선 역시 말할 필요가 없다. 이 외 무분별한 외국어 사용과 인터넷 신조어와 청소년들이 사용하는 줄임말의 사용은 삼가야 한다. 인터넷 신조어와 줄임말은 인쇄 매체로 발표되는 글에선 아직 사용이 허용되지 않고 있다.

영어 번역투 표현, 피동식 표현, 일본어 '~의(の)'를 남용하는 것 등은 삼가는 추세이다. '-았었', '-했었'처럼 영어식 대과거 시제도 가급적 피한다. '~에 있어서, ~에 대하여, ~으로서의, ~적(的)' 등등처럼 필요 없이 조사를 겹쳐서 쓰는 번역 투 표현은 순우리말로 간략하게 써도 얼마든지 뜻이 통한다. 이에 대해선 내용이 많은데, 이 글에선 지면상 일일이 설명할 수가 없다는 것을 양해해 주시기를 바란다.

글을 쓰는 사람들은 독서를 하면서 어휘력 공부까지 별도로 해 둔다. 신문이든, 인문학 서적이든, 문학작품이든 가리지 않고 많이 읽어두면 일반적으로 어떤 내용에선 어떤 단어가 어떤 방식으로 적절히 사용되는지 감각을 익힐 수 있다. 어휘력이 풍부해야 표현력도 그에 비례한다. 자신이 알고 있는 단어라도 연상되는 유사한 뜻의 단어, 반대어, 문학작품에서 비유적으로 표현하는 말 등을 정리하면 자서전을 비롯한 모든 글을 쓸 때도 한결 유익할 것이다.

글을 쓰면서 자신이 구사하는 문장과 거기에 들어간 단어들이 올바른 단어인지 국어사전을 펼치면서 확인해야 한다. 단어를 익힐 때에는 문자언어로 익혀야 한다. 귀로 들은 대로만 단어를 알다 보면 정확한 표기를 모르는 경우가 있기 때문이다. 오래전 초등학생이 '남을 배려(配慮)하다'를 '베려하다[cut]'로 잘못 알아들었다는 인터넷 유머가 있다. '배'와 '베'는 음운론적 차이로 인해 뜻이 달라진다.

표현의 경제성을 위해서 중복된 단어와 표현이 있으면 그것을 빼서 간략하게 표현한다. 문장 성분들이 필요 없이 자주 나오는 것도 읽기에 불편하다. 그렇다고 불필요하게 문장 성분을 생략해서 문장의 의미 전달을 흐리게 한다면 곤란하다. 자서전은 본질상 '나는'이란 주어가 많이 나온다. 그렇지만, '나는'이란 주어를 빼도 뜻이 통한다면 과감히 빼는 것이 좋겠다. 요즘 소설 문장은 대부분 핵심 내용을 간결한 표현 형식으로 드러낸 단문이 많다. 쉽고 효과적 표현을 지향하는 자서전에서 처음부터 끝까지 다 읽느라 숨을 헐떡거릴 정도로 지나치게 긴 문장은 삼가는 것이 좋다. 물론 문장이 길어도 문법에 맞는 문장들로 이어졌기에 읽는 사람이 이해가 잘 된다면 문제가 없다. 그런데 그러지도 못하면서 쓸데없이 긴 문장의 연속은 곤란하다. 대체로 고대소설, 신소설, 일제 강점기에 발표된 소설에는 매끄럽지 못한 문장에 길고 난삽한 문장으로 된 소설들이 더러 있었다.

우리는 일상 대화 중에 다음과 같은 모호한 표현을 자주 사용한다.

그는 참 착한(좋은) 사람이다.
그는 아주 못된(나쁜) 사람이다.
그 여자는 얼굴이 참 예쁘다. (인물이 좋다. 인상이 좋다)
그 여자는 얼굴이 못생겼다. (인물이 안 좋다. 인상이 안 좋다.)

이런 표현은 우리가 일상 대화 중에 하더라도 신기하게도 그 의미는 대충 전달이 된다. 그렇지만 이런 표현은 소설 문장에선 아주 최악이다. 실지로 소설에서 이렇게 표현된 문장은 거의 접하지는 못했다. 기왕이면 자서전에서도 자신만의 기준과 이유, 그런 판단을 하게 된 구체적 사례를 밝히면서 독자가 착한 사람 또는 나쁜 사람으로 판단하도록 서술하면 좋겠다. 자서전에서도 필요에 따라 잘생긴 사람, 못생긴 사람, 인상이 험악한 사람을 묘사할 때에도, 그렇게 판단

되도록 구체적으로 이목구비의 인상을 감각적으로 간단하게라도 표현한다면 독자에게 정서적 공감과 설득력을 준다. 자서전에서 어떤 대상이나 모습을 나타날 때 멋진 비유법이나 구체적 이유를 들면서 표현하는 것은, 옵션이긴 하지만, 그래도 소설적 표현을 지향할 것을 권한다.

소제목에서도 기왕이면 비유법을 사용하면서 독자의 주의를 환기하는 기법을 쓴다면 한층 읽을 맛이 날 것이다. 문장 표현에서 약간 리듬감 있게 변화를 주면서 독자에게 주의를 환기하는 것도 독자에게 지루함을 덜 느끼게 하고, 그 내용에 더욱 몰입(沒入)하게 한다. 예를 들어, '이다', '아니다', '한다', '했다' 등등 똑같은 서술어를 반복하기보다는 가끔 의문형이 들어가는 문장 유형이나 색다른 서술어를 사용하는 것이 좋다.

요즘 소설에서는 소재나 주제는 훌륭하고 참신한데 표현력, 구성이 너무 구태의연해서 우수작으로 선정되지 못하는 경우가 있다. 그런가 하면 소재나 주제는 평범한데 깊은 사고력이 담긴 참신한 시각으로 바라본 나머지 구성력과 표현력에서 우수함을 발휘해서 우수작으로 선정되는 경우가 있다. 자서전, 수기, 논픽션에서는 구성력과 표현력보다는 일단 내용으로 승부를 본다. 참신한 소재와 주제를 선정하고서 그것을 잘 풀어나가는 것에 우수성이 달려 있다. "알고 있는 것과 가르치는 것은 별개"라는 말이 있는데, 우선 가르칠 내용부터 완벽하게 숙지(熟知)하면 효과적으로 잘 전달하는 방법이 저절로 구상이 된다. 이처럼 자서전에서도 전체 내용을 확실히 장악하고 있다면 내용 구성력과 표현력이 멋지게 발휘가 된다.

PART 5
자서전, 완성하기까지

       이제 마지막으로, 자서전을 제대로 완성하기 위해서 표면적으로 갖출 준비 사항을 살펴보고자 한다. 자서전을 쓰는 분의 개인 사정에 따라 여러 준비 사항이 있겠지만, 여기서는 무슨 책을 보고, 어디로 가서 쓰는 법을 배울지, 어떤 장소에서 쓸지 그에 대한 구체적 사항을 간단히 언급한다.

28.
다른 사람이 쓴 자서전의
충실한 독자가 되기

　　　다음 장에서는 자서전을 그룹 쓰기 방식을 선택해서 쓰는 것을 설명할 것인데, 그에 앞서 자서전 쓰기 이론서나 지침서를 틈나는 대로 읽어 보시길 권한다. 자서전 지침서 외에 일반 글쓰기 지침서를 읽어도 무방하다. 글쓰기 지침서에는 모든 글의 종류를 각 설명하면서 각 글의 특성과 작성법을 설명한 대목이 있다. 그중 논픽션이나 수기, 기타 사실 기록문학, 자서전에 대한 부분이 있으면 찾아서 읽으면 된다.

　자서전 쓰기 이론서나 지침서는 현재 20권가량 나와 있다. 서점에서 검색하면 알 수 있다. 책마다 저자의 집필 방향은 같지는 않지만, 그래도 읽으면 자서전의 모든 것을 어느 정도 익히게 된다. 그 외에 읽어야 할 책은 남의 자서전이다. 글 쓰는 사람은 누구나 독자이듯이, 세상의 모든 작가는 모두 독자이다. 소설가(시인)가 되고자 하거나 현재 소설가(시인)라면 우선 다른 소설가(시인)의 소설(시) 작품의 충실한 독자가 되어야 하듯이, 자서전을 쓰고자 하는 사람도 다른 사람이 쓴 자서전의 충실한 독자가 되어야 한다. 자서전도 좋지만, 자전적 소설도 읽어보길 권하는 바이다. 소설이라서 재미있고 공감이 가는 이야기들이 많아서 자신의 자서전을 쓸 때 참고가 될 것이다. 또 다른 세계에 사는 작중 인물의 이야기를 접하면서 그와 유사한 자신의 이야기를 떠올리게 된다. 게다가 소설다운 표현을 익힐 수 있어서 여러모로 도움이 될 것이다.

글쓰기는 표현이다. 글쓰기를 잘하기 위해선 읽어야 한다. 쓰기 위해서 읽고, 읽으면서 쓴다. 이 방법이 자서전을 비롯한 모든 글쓰기의 방법이다. 읽기란 신문, 잡지이든 무엇이든 이미 발표된 남의 글을 읽는 것이다. 읽기란 남의 지식을 자기 것으로 소비하는 행위이면서 수용하는 행위이다. 전문 문인이라면 읽기를 통해 자신의 창작에 활용하기도 한다. 전문 문인이 아니라면 자기 교양의 함양(涵養)을 위해 읽는 것으로 그치는 수도 많다.

어떤 자서전이 모델로 삼을 만한 좋은 자서전인지에 대해선 독자의 각자 판단 기준에 달려 있다. 동서양 자서전 종류의 책을 검색한다면 많이 나온다. 유명인이 쓴 자서전에는 회고록에 쓸 수 있는 내용도 더러 나온다. 좋은 자서전이란 지금까지 말한 대로 자서전 쓰기의 바람직한 지침이 잘 나타나 있는 자서전이다. 한 번에 읽어서 내용 파악이 잘 되는 자서전은 단락마다 주제와 전달력이 명확하다. 어떤 자서전에서 독자로서 많은 교훈과 재미를 얻었다면 게다가 문장표현력이 우수하다고 판단이 들면 그 자서전을 모델로 삼을 수 있다. 모델로 삼을 만한 자서전의 선정은 일단 많은 자서전 중에서 무작위로 읽어 보아야만 알 수 있다. 그렇지만, 자신이 쓰고자 하는 취향, 방향과는 그다지 맞지 않은 자서전도 있을 수 있다. 남의 자서전을 읽어 보며 자신의 판단 기준과는 맞지 않으면 나름 비판해 볼 수 있다. 그래도 남의 자서전을 읽어 보며 어떤 표현과 내용이 맘에 들었는지 정리해 보고, 공감이 가는 내용을 발견했으면 그와 유사한 자신의 체험담을 떠올리며 인생 주기표에 메모를 하면서 내용을 구상할 수 있다. 우선 동서양 문학사에서 거론되었던 유명 자서전부터 읽어 보는 것이 좋겠다. 그 저자는 기나긴 생애에서 어떤 시기의 어떤 체험담을 주로 썼는지 살펴보자. 그것이 독자에게 어떤 흥미, 교훈성, 깨달음을 주는지 살펴보자.

자서전 쓰기는 쓰는 사람의 일생에서 일회성에 그친다 해도, 한 번 자서전 쓰기를 위해서 남의 자서전을 여러 권 읽을 필요가 있다. 자기 책 한 권을 쓰기 위해서 남의 책을 여러 권 읽는 것은 하나의 소중한 독서 체험이며, 자기 계발이 된다. 역사소설을 쓰는 소설가들도 많은 역사 자료나 해당 도서를 읽고서 창작을 한다고 한다. 한 편의 학술논문 작성을 위해서 많은 자료와 책을 읽는 일은 필수이다.

29.
그룹 자서전 쓰기 교실에 참가하기

앞서 말한 대로 자서전 쓰기 지침서와 남의 자서전을 읽어보았으면 어느 정도 자서전 쓰는 것에 감이 올 것이다. 첫 장이라도 일단 완성할 수 있다면 그룹 자서전 쓰기 교실에 참가할 것을 권하고자 한다. 물론 어느 정도 글쓰기 실력이 갖추어진 분이라면 개인적으로 혼자 힘으로 자서전을 완성할 수 있다. 자서전 쓰기 강의를 해 본 필자 경험에 의하면, 그룹 쓰기 방식을 권하고 싶다. 그룹 쓰기 방식은 강의실에서 강의를 듣는 형태인데, 자신이 쓴 자서전을 강사에게 제출하고 지도를 받는 것이다. 그룹 쓰기 방식은 보통 '자서전 쓰기 반(班)' 또는 '자서전 쓰기 교실'이라고 해서 공공 도서관이나 복지센터, 평생교육원, 문화센터에서 운영하는 강의 형태인데, 수강생들이 과제로 자서전을 주어진 날짜(주로 주 1회)에 맞추어 써오게 하는 방식으로 진행한다. 수강료는 저렴하거나 무료이다. 간혹 고액 수강료를 받는 곳도 있다. 어느 곳을 선택하든 쓰는 분의 열성에 따라 좋은 자서전을 완성할 수 있다. 지도강사는 주로 소설가, 기자 출신 작가, 글쓰기 강사, 자서전 집필 경험자 등이 담당한다.

앞에서 자서전을 쓰기에 앞서 또는 쓰는 도중에라도 자서전 쓰기 이론서나 지침서를 읽어 보라고 했다. 그 이유는 강사로선 수강생들의 사정이나 강의 시간의 제약으로 인해 자서전 쓰기에 대한 이론까지는 체계적으로 가르쳐 주지 못하는 한계가 있기 때문이다. 어떤 강사를 만나더라도 수강생으로서 적극적으로 질문을 하면서 좋은 글을 쓰도록 열기 넘치는 교실로 이끌기를 바라는 바이다.

자신이 써 온 자서전을 강사의 지도와 함께 다른 수강생들의 평을 받아 볼 수 있다는 장점이 있다. 강사는 어법이 잘못된 문장부터 지적을 해 주어서 수정할 수 있게 해 주고, 어떤 내용은 과감히 빼는 것이 좋다고 조언을 해 준다. 그럴 때에는 자신이 쓴 자서전이 담긴 노트북을 가지고 다니면서 그 자리에서 수정하면 편리하다. 수강생들끼리 다른 분의 자서전을 읽어 보면서 자신이 쓰고자 하는 자서전 내용의 소재거리를 얻을 수 있다. 서로의 발전을 위해서 경험이나 정보를 나눌 수 있고, 빨리 완성할 수 있도록 서로 격려하고 자극을 주는 것이 큰 장점이다. 그런데 수강생들이 자기 자서전을 써 오기 바빠서 남의 자서전에 대해 독자로서 평을 해 줄 여력이 없어서 그냥 넘어가는 경우도 있다.

지도강사가 자신만의 판단 기준으로 수강생이 쓴 자서전의 내용에 대해 삭제할 것을 지시하면서 내용을 간추리도록 조언을 할 때가 있다. 그럴 때는 의견이 분분하기도 있다. 어떤 분이 학창 시절에 자신을 괴롭힌 친구를 인과응보라고 몰래 잔뜩 골탕 먹였다는 사연을 써 오자 강사가 보아주기에 역겨운 내용이라며 삭제하길 요청하는 것을 보았다. 보복할 것이 아니라 정정당당하게 당사자와 직접 싸워서 해결하는 것만이 바람직하다는 것이다. 어떤 수강생은 쓰신 분이 자신의 그런 행동을 어떻게 해석하고 마음 정리했느냐에 따라 판단할 일이며, 또한 독자가 받아들이기 나름이라며 문제시하지 않았다.

이럴 때는 자서전에서 어느 한도까지 숨기고 밝혀야 하는지 고민스럽다. 어떤 자서전 지도강사는 이미 써 온 것만을 가지고 문장 수정을 해 주며 이렇다저렇다 평을 해 줄 뿐, 구체적 전달을 위해서 숨겨진 이야기까지 쓰라는 지시는 하지 않는다. 만약에 소설 창작이라면 효과적인 주제 전달을 위해서 저자가 암시를 하든, 직접 설명을 하든 없는 내용을 짜내서 써야 할 필요가 있다. 그 반면 자서전에서 무엇을 숨기고 무엇을 드러내는지는 쓰는 분의 재량이다. 모든 글이란 말하고자 하는 주제에 맞추다 보니 숨길 것은 숨기며 핵심 사항만 들려주기는 마찬가지이다. 자서전 역시 숨기는 이야기가 있다는 것은 도리가 없다.

30.
마감을 정하고, 집에서 안 써진다면 장소를 옮겨 보자

문학공모전은 투고 마감일이 정해져 있다. 자서전 집필도 마감일을 스스로 정하는 것이 좋다. 짧은 기간에 집중적으로 쓰는 것이 효율적이기 때문이다. 6개월 이내에 완성하는 것이 무난하다. 늦으면 1년까지 갈 수 있다. 앞서 소개한 그룹 자서전 쓰기 교실에서는 자서전을 완성하는 데에 기간을 오래 끌지 않는다. 그런 점에서도 그룹 자서전 쓰기 교실에 참석하는 것이 효율적이다. 공공 도서관에서는 평생학습프로그램의 하나로 그룹 자서전 쓰기 교실을 운영하는 곳도 있다.

자서전을 쓰는 장소에 대해 말한다. 글을 쓰겠다는 의지를 강하게 가졌다면, 어떤 장소에서 글을 쓰게 되든지 그 장소의 분위기에 영향을 받지 않을 것이다. 다급하게 글을 써야 할 상황이라면 지하철 이동 중에도 글을 쓸 수 있다. 학습도 그렇지만 글쓰기 역시 집중력을 요한다. 그런데 주변 소음에 예민한 사람이 짧은 시간 내에 효율적으로 집중해서 글을 완성하려고 한다면 절간처럼 조용한 곳에서 쓰려고 한다. 글이 안 써진다면 글이 잘 써지는 장소로 이동하는 것이 좋다. 유명 작가 중에는 자택 외에 임대료나 관리비를 별도로 부담하면서 조용한 창작 집필실을 다른 장소에 두고 있는 분들이 있다. 작가들에게는 보통 사람들보다는 책이 많기 때문에 책을 둘 공간을 마련하느라 그렇게 하는 수가 있다. 그런가 하면 방이 많고 넓은 평수의 집에서 거주하는 작가라면 방 하나를 집필실로 정하고 자신의 많은 책과 책상을 들여놓는다. 그 집필실을 일터로 정하고 직장인의 출근 시간에 맞추어 그 방에 들어가 종일 집필하다가 퇴근 시간이 되면 그 방을 나와서 가족들과 시간을 보낸다.

자서전을 쓰려고 할 때 전문 작가의 경우처럼 조용한 집필실이 여의치 않다면 동네 주변에 있는 사설 독서실을 생각할 수 있다. 좌우가 막힌 개인 책상에 앉아서 새벽 2시까지 이용할 수 있지만, 비용이 비싸다. 독서실 책상을 개인이 주문해서 집에 두는 학생들도 있는데, 이런 방법도 고려할 수 있다. 경제적 부담이 없이 조용한 곳에서 집중해서 써야겠다면 동네에 있는 공공(시립, 구립) 도서관을 권하고 싶다. 그곳에도 좌우 칸막이가 있는 독서실(자습실)이 있다. 비용이 무료이다. 그런데 자택과 거리가 멀다면 왔다 갔다 하는 데에 시간이 소모되는 단점이 있다. 공공 도서관의 독서실은 사설 독서실에 비해 이용 시간에 한계가 있다. 대부분 저녁 10시까지이다. 공공 도서관은 구내식당에 참고 도서실, 정기 간행물 비치, 자료 복사 등 여러 편의 시설이 있다는 점이 큰 장점이다.

그룹 자서전 쓰기 교실에 참가하는 것, 6개월 이내에 마감을 정해서 완성하는 것, 독서실에 앉아서 집중해서 쓰는 것, 이 조건들을 만족시켜 주는 방법은 그룹 자서전 쓰기 교실을 운영하는 공공 도서관으로 가는 것이다. 도서관에서 하는 그룹 자서전 쓰기 교실에 수강하면 구내식당에서 점심을 해결하고 매번 강의 시간 전후에 도서관 내 독서실에서 자서전을 쓰게 되기에 가장 편한 방식이 된다. 평소에도 그곳에서 열심히 자서전을 쓰다가 표현에서 어려움을 겪으면 참고 도서실로 내려와서 국어사전이나 국어 문장 바로 쓰기 책을 보아서 해결할 수 있다. 심심하면 유명한 자서전이나 자신에게 롤 모델이 될 만한 자서전을 찾아서 읽어 보는 재미 또한 쏠쏠하지 않겠는가? 그래서 만약 자신이 참가하는 그룹 자서전 쓰기 교실이 공공도서관과 거리가 멀더라도 일부러 수시로 도서관으로 가서 쓰는 분들도 있다.

이 긴 글을 완독하고 나면 자서전을 쓰는 일에 충분한 동기 부여가 되었으며, 헌 노트라도 꺼내서 자서전 쓰는 일을 시도하리라 믿는다.

자신에게 주어진 일거리가 많을 때는 가장 중요도가 많은 것부터 처리하는 것이 정석이다. 자서전 쓰기를 우선 순위에 놓자는 것이다. '작심삼일'이란 말대로, 한 번 미루다 보면 자꾸 미루어지고, 그러다 보면 영영 못 쓰게 될지도 모른다. 그 이유 중의 하나는, 몸으로 실천하기보다는 생각이 너무 많다는 것에 있다. 글쓰기의 첫 단계인 아웃라인 잡기, 콘셉트(concept) 잡기와 같은 계획 세우는 일에만 능통하고 몸으로 빨리 움직이지 못하는 것이다. 그러다 보니 본격적 집필을 시도하지 못한다. 이에 대해 깊게 따지고 들면 심리적 치료 문제까지 거론된다. 대학교에서도 리포트를 제날짜에 내지 못하고 뒤늦게 내는 학생들이 있다. 그 학생이 제날짜에 제출한 학생들에 비해 월등히 잘 썼느냐 하면 반드시 그렇지도 않다. 미룬다고 해서 반드시 잘 된다는 보장이 없다는 것이다.

'시작이 반(半)'이란 말대로 무조건 매일 써 보는 시작부터 하는 것이다. 연습장이나 가로줄이 있는 빈 노트에다 세로줄을 그어서 인생 주기표를 만든 다음에 손이 가는 대로 유년 시절 이야기부터 기억나는 대로 메모하는 것이다. 무질서하게라도 자유롭게 써 보는 것이다. 언제라도 할 것이라면 지금 당장 하자는 말이 있다. 언제라도 써야 할 자서전이라면 지금 당장 쓰자! 집에서 안 써지면 주변의 가까운 도서관으로 가는 것이다.

일단 이렇게라도 시작을 했으면 시작을 했다는 만족감에 자꾸 들여다보게 되고, 들여다보면 자꾸 내용을 보완, 수정하며 계속 이어갈 의욕이 생긴다. 쓰다만 원고 뭉치를 보면 답답한 생각이 들어서 마저 써서 완성하려는 의지가 생긴다. 그러니 그 어떤 핑계는 대지 말고 지금 당장 자유롭게 써 보시길!

자서전을 쓴다는 것은 모든 글쓰기의 기초가 된다. 자서전을 완성해 보면 어떤 종류의 글이든 쓰는 일에 자신감을 지니게 된다. 기왕 자서전을 쓰겠다면 자신의 삶에서 감동을 하고 애정을 가져야 독자에게도 무언가 도움을 주는 자서전을 쓸 수 있다. 비록 과거 기억에서 출발하여도 현재와 미래의 자신을 계발하게 하며 자신에게 풍요로움과 행복을 가져다준다는 소신을 갖고 쓰길 바라는 바이다.

자서전이 완성된 후에는 서점 유통을 위해 출판사를 통해서 자비 출간을 할 것인지, 비매품으로 출간한 것인지, 아니면 주변에다 배포하기 위해 제본할지를 결정할 필요가 있다. 주변에 보면 저렴한 가격으로 출판해 주는 출판사들이 있다. (출판사 홍보가 되기에 밝힐 수는 없다.) 자비로 출판하더라도 팔리지 않는 수가 있다. 부득이 반품된 자서전을 주변에 나누어 주어도 후손들에게 자신의 인생담을 남겼다는 뿌듯함과 보람을 지닐 수 있다. 한 권의 내 책, 자서전은 유형(有形)의 업적이다. 그 자서전이 어떤 경로에서든 일단 독자 손으로 넘어갔으면 독자의 것이 되고, 독자에겐 하나의 작품으로 남는다는 것을 명심하고서 고생이 되더라도 제대로 쓰기를 권하는 바이다. 지금까지 이 글에서 말한 대로 여러 비법을 잘 새기면서!

글쓰기의 시작은 자서전 쓰기에서

펴 낸 날 2021년 9월 27일

지 은 이   이정미
펴 낸 이   이기성
편집팀장   이윤숙
기획편집   윤가영, 이지희, 서해주
표지디자인 윤가영
책임마케팅 강보현, 김성욱
펴 낸 곳   도서출판 생각나눔
출판등록   제 2018-000288호
주   소   서울 잔다리로7안길 22, 태성빌딩 3층
전   화   02-325-5100
팩   스   02-325-5101
홈페이지   www.생각나눔.kr
이 메 일   bookmain@think-book.com

• 책값은 표지 뒷면에 표기되어 있습니다.
  ISBN   979-11-7048-290-1(03800)

• 이 도서의 국립중앙도서관 출판 시 도서목록(CIP)은 서지정보유통지원시스템 홈페이지(http://seoji.
  nl.go.kr)와 국가자료공동목록시스템(http://www.nl.go.kr/kolisnet)에서 이용하실 수 있습니다